द पावर ऑफ एन

(संतुलित भोजन-स्वस्थ जीवन)

द पावर ऑफ एन

लेखिका

मीता लाल

•

अनुवाद

सुमन वाजपेयी

सस्ता साहित्य मण्डल प्रकाशन

ISBN 978-81-7309-594-8 (PB)

•

प्रकाशक

सस्ता साहित्य मंडल

एन-77, पहली मंजिल, कनॉट सर्कस, नई दिल्ली-110001

Publisher

Sasta Sahitya Mandal

N-77, First Floor, Connaught Circus, New Delhi-110 001

फोन ीद्म Phone : 23310505, 41523565

Visit us at : www.sastasahityamandal.org

E-mail : sastasahityamandal@gmail.com

manager@sastasahityamandal.org,

शाखा : 126, जीरो रोड, इलाहाबाद-211003

फोन : 0532-2400034

•

प्रथम संस्करण : 2011

मूल्य : ₹ 150/-

•

आवरण सज्जा : अंतिका आर्ट्स

मुद्रक : इंडिया बाइंडिंग हाउस, ए-98, सेक्टर-65, नोएडा

THE POWER OF N

by Meeta Lal

Price : ₹ 150/-

प्रकाशकीय

प्राकृतिक और आयुर्वेदिक चिकित्सा तथा योग संबंधी कई पुस्तकें सस्ता साहित्य मंडल द्वारा पूर्व में प्रकाशित हो चुकी हैं जिसे पाठकों द्वारा हाथोंहाथ लिया गया। इसी क्रम में यह पुस्तक प्रकाशित की जा रही है जो हमें स्वस्थ रहने के लिए विविध जानकारियों से परिचित कराती है। अंग्रेजी में यह पुस्तक पहले ही 'रूपा एंड कंपनी' से प्रकाशित होकर चर्चित हो चुकी है। प्रस्तुत पुस्तक में स्वास्थ्य और पोषण के बारे में बहुत ही सरल ढंग से समझाया गया है। हम क्या खाएँ इससे पहले जानने की जरूरत यह है कि हम क्या नहीं खाएँ और हमारे खाने का तरीका क्या हो, किन चीजों की कितनी मात्रा हो। इन तमाम बिंदुओं पर विस्तार से शोधपूर्ण विचार यहाँ प्रस्तुत किया गया है। यह पुस्तक हमारे लिए स्वस्थ रहने की कुँजी साबित हो सकती है बशर्ते कि हम इसके विचारों को अपने दैनिक जीवन के उपयोग में ले आएँ। आशा है इसे पाठक हाथोंहाथ लेंगे।

—सचिव

नि:स्वार्थ प्रेम, स्नेह व मार्गदर्शन के लिए
अपने माता-पिता अरविंद व कुसुम कुमार को
और
मुझे समझने, प्यार करने और हर तरह से सहयोग देने के लिए
मेरे सास-ससुर मोहन और आशा सक्सेना को

अनुक्रम

प्रस्तावना व आभार 13

भाग 1 : आधुनिक समय में पोषण

1. आधुनिक समय में पोषण 17

भाग 2 : अच्छे स्वास्थ्य के लिए पोषण की आवश्यकताएँ

परिचय 25

2.1 वयस्क पुरुष व महिलाओं के लिए उत्तम पोषण 27

2.2 गर्भावस्था के दौरान विशेष आवश्यकताएँ 34

2.3 स्तनपान करानेवाली माँ का आहार 42

2.4 बढ़ते शिशु के लिए आहार 47

2.5 बचपन के वर्ष 55

2.6 किशोरावस्था की जरूरतें 64

2.7 मेनोपॉज से गुजरते हुए 73

2.8 60, 70 और 80 में फिट रहना 77

भाग 3 : स्वास्थ्य के लिए विशेष पोषक तत्त्व

परिचय 85

3.1 क्या आप अप्रत्यक्ष भूख से पीड़ित हैं? 86

3.2 आपके भोजन का रंग क्या है? 91

3.3 आपके आहार में फाइबर 95

3.4 पानी–जीवन की जादुई खुराक 99
3.5 क्या हमें वास्तव में चीनी (शर्करा) की जरूरत है? 104
3.6 नमक खाने की आदत से पीछा छुड़ाएँ 109

भाग 4 : स्वास्थ्यकर भोजन

4.1 ब्रेकफास्ट (नाश्ता) मस्तिष्क का भोजन है 117
4.2 स्वास्थ्यकर भोजन के लिए क्या करें, क्या नहीं 122
4.3 काम के दौरान स्वास्थ्यकर भोजन 126
4.4 स्नैक्स का चमत्कार 129
4.5 स्कूल टिफिन : अब रोजमर्रा की परेशानी नहीं रहा 134

भाग 5 : विशेष आहार

5.1 अच्छी नींद के लिए आहार 143
5.2 आपकी रसोई में चिकित्सीय आहार 147
5.3 ऊर्जा देनेवाले और ऊर्जा न देनेवाले 155
5.4 कैफीन का कमाल 159
5.5 चॉकलेट की मिठास 164
5.6 मेवों की करामात 169

भाग 6 : बाहर खाना

6.1 रेस्टोरेंट में स्वास्थ्यकर खाने का रहस्य 179
6.2 यात्रा के दौरान संतुलित आहार के टिप्स 186
6.3 फास्ट फूड से अपने को बचाए रखना 189

भाग 7 : वजन प्रबंधन

भूमिका 195
7.1 क्या मैं ओवरवेट हूँ? 196
7.2 वजन कम करने की लड़ाई को जीतना 201
7.3 आज ही बदलें अपनी जीवनशैली 207
7.4 क्या आप अपना पेट कम कर सकते हैं? 214
7.5 क्या आपके बच्चे का वजन ज्यादा है? 219
7.6 अधिक वजनवाले या मोटे बच्चों पर नियंत्रण 225

भाग 8 : भविष्य के लिए आहार

8.1 ऑरगैनिक आहार का बढ़ता क्रेज 233

8.2 हेल्थ फूड्स का उपलब्ध होना 235

8.3 जीएम फूड्स : वे क्या हैं? 237

8.4 आहार : दीर्घायु की कुंजी 241

परिशिष्ट 243

प्रस्तावना व आभार

यह किताब डॉक्टरों (चिकित्सकों) और न्यूट्रिशन (पोषण) विज्ञानियों के लिए नहीं है। यह किताब उनके लिए है जो अच्छा खाना चाहते हैं और साथ ही एक बेहतर जीवन जीना चाहते हैं।

निस्संदेह, आज के समय में उत्तम पोषण महत्त्वपूर्ण हो गया है। बाजार में आज विविध तरह के आहार उपलब्ध हैं। स्वास्थ्य से जुड़ी विरोधाभासी सलाह हर जगह हमें दी जाती है–जिसकी वजह से हम योजना बनाने, खरीदारी करने, खाना पकाने और खाना खाने में अपने रोजमर्रा का अधिकांश भाग खर्च कर देते हैं–वह भी एक दुविधा के साथ।

पोषण के बारे में सही समझ होना–अकसर माना जाता है कि यह विषय अत्यधिक तकनीकी है और इसलिए समझ से परे है–अनिवार्य है। हममें से अधिकांश लोग उत्तम पोषण की महत्ता को समझते हैं, पर कुछ ही लोग उत्तम पोषण के क्या, कब और कैसे के बारे में जानते हैं।

इस किताब में पोषण के बारे में बहुत सरल ढंग से बताया गया है। पोषण के महत्त्वपूर्ण पहलुओं के बारे में संक्षिप्त रूप से बताया गया है और आधुनिक समय के उन व्यस्त लोगों के लिए जो जीवन में हर चीज भोजन व स्वास्थ्य सहित उत्कृष्ट चाहते हैं–आसानी से समझ आनेवाले कैप्स्यूल भी हैं।

इसकी सरल प्रस्तुति के बावजूद, किताब विस्तृत शोध पर आधारित है। प्रत्येक विषय पर गहराई से अनुसंधान किया गया है और इस क्षेत्र की नवीनतम खोजों को उसमें शामिल किया गया है। पोषण विज्ञानियों के लिए एक अमूल्य स्रोत संदर्भ करोयूज की 'फूड, न्यूट्रीशन एंड डाइट थेरेपी' इस किताब में

शामिल अधिकांश विषयों का सर्वेक्षण करने में मददगार साबित हुई है। हमारे देश में न्यूट्रीशन रिसर्च में अग्रणी संस्था नेशनल इंस्टीच्यूट ऑफ न्यूट्रीशन द्वारा तैयार की गई आहार निदेशिकाओं को शामिल करने से यह किताब विशेष तौर पर भारतीयों के लिए उपयोगी बन गई है।

मैं अपने पति अतुल लाल को धन्यवाद देना चाहती हूँ जिन्होंने यह ध्यान रखा कि मैं प्रतिदिन इस किताब पर काम करूँ। उनके सहयोग की वजह से ही मैं हर काम से ज्यादा, चाहे वे कितने भी जरूरी क्यों न हों, इसे महत्त्व दे सकी। मेरे बच्चों, तन्वी व अक्षय ने जहाँ भी संभव हुआ मेरी मदद करने में कोई कसर नहीं छोड़ी। मैं अपने भाई डॉ. सुमीत कुमार की भी ऋणी हूँ जो जानकारीपूर्ण सामग्री उपलब्ध कराने में पारंगत हैं।

अपने मार्गदर्शकों लेडी इरविन कॉलेज की डॉ. सुषमा शर्मा और श्रीमती अरविंद वधवा का जितना आभार प्रकट करूँ उतना कम है, साथ ही युनीसेफ की डॉ. शीला वीर की भी मैं आभारी हूँ जिन्होंने मेरे कैरियर में एक महत्त्वपूर्ण भूमिका निभाई है।

मुझे अपनी पहली किताब लिखने का अवसर देने के लिए मैं रूपा एंड कंपनी के श्री कपीश मेहरा की भी हमेशा आभारी रहूँगी।

इस पुस्तक का हिंदी अनुवाद प्रकाशित करने के लिए मैं सस्ता साहित्य मंडल की आभारी हूँ। मुझे गर्व है कि महात्मा गांधी की प्रेरणा से संस्थापित इस प्रतिष्ठित प्रकाशन संस्थान ने यह किताब विशाल हिंदी पाठक समूह तक पहुँचाना उपयुक्त समझा।

पोषण की सही समझ और सही पोषण का उपभोग आज की जीवनशैली में हमारे हर परिवार की जरूरत बन गया है। पर खेद की बात है कि इस विषय पर हिंदी में जानकारी देनेवाला साहित्य सुलभ नहीं है। केवल समाचार-पत्रों में इधर-उधर बिखरी जो सामग्री मिलती है, वह सही संदर्भ के अभाव में अक्सर हानिकारक सिद्ध होती है।

यह पुस्तक आज के भारतीय परिवारों, विशेषकर उन सचेतन गृहणियों के लिए है, जो अपने परिवार को स्वस्थ रखना चाहती हैं और इसलिए अपने प्रियजनों को पौष्टिक आहार देना चाहती हैं...।

ध्यान रहे : स्वस्थ परिवारों में बीमारियाँ कम होती हैं। उन्हीं के स्वास्थ्य पर पूरे समाज का स्वास्थ्य निर्भर है...।

मीता लाल
20 दिसंबर, 2010

भाग 1

आधुनिक समय में पोषण

1
आधुनिक समय में पोषण

हम बहुत ही सुखद समय में जी रहे हैं। भारतीय अर्थव्यवस्था इस समय शिखर पर पहुँची हुई है और समृद्ध शहरी मध्यम वर्ग का विस्तार हो रहा है। खरीदने की बढ़ती ताकत और भूमंडलीकरण ने व्यापक रूप से शहरी जीवनशैली को बदल दिया है। शॉपिंग मॉल, मल्टीप्लेक्सेस, विदेशी ब्रांड और अंतर्राष्ट्रीय रेस्तराओं ने हमारे सोचने, जीने व खर्च करने के तरीके को बदल दिया है।

समृद्धि एक कीमत के साथ आती है

समृद्धि ने एक ऐसी जीवनशैली को जन्म दिया है जो लगातार निष्क्रियता और खाने की ऐसी आदतों को बढ़ावा दे रही है जो अत्यधिक खतरनाक है। काम पर खर्च होनेवाली ऊर्जा को कंप्यूटरों और मेहनत बचानेवाले उपकरणों ने घटा दिया है। यहाँ तक कि आराम करने का मतलब भी घंटों टीवी देखना या कंप्यूटर गेम्स खेलना हो गया है। सप्ताहांत का तनाव दूर करना भी एयरकंडीशन की सुविधा में सिनेमा देखना, खरीदारी करना और बाहर खाना खाने तक सीमित हो गया है।

घर व कार्यक्षेत्र, दोनों में हमारे खाने की आदतों में अत्यधिक परिवर्तन आया है। अब हमारे आहार में ऐसे भोजन के सम्मिलन से जिनमें कार्बोहाइड्रेट, फैट व अतिरिक्त चीनी की मात्रा होती है, ज्यादा कैलोरी निहित हैं। पशु आहार–अंडे, मीट, मुर्गा, मछली, दूध–फलों व सब्जियों की जगह ले रहे

हैं, जिसकी वजह से हानिकारक सैचुरेटेड फैट्स के सेवन की मात्रा में वृद्धि होती है।

निष्क्रिय जीवनशैली और अत्यधिक कैलोरीयुक्त आहार ने आज की मोटी पीढ़ी को जन्म दिया है।* न्यूट्रीशन फाउंडेशन ऑफ इंडिया (एनएफआई) के आकलनों के अनुसार, आज देश में अत्यधिक वजनवाले लगभग 40–50 करोड़ लोग हैं। दिल्ली में उच्च मध्यम वर्ग का हर तीसरा पुरुष और हर दूसरी महिला ओवरवेट है।

मोटापा केवल वयस्कों तक ही सीमित नहीं है, बच्चों में भी व्यापक रूप से इसे देखा जा सकता है। पाँच भारतीय शहरों–दिल्ली, मुंबई, चेन्नई, हैदराबाद व कोलकाता के स्कूल जानेवाले प्रत्येक पाँच में से एक बच्चा ओवरवेट है। नई दिल्ली के एम्स द्वारा किए गए एक और अध्ययन के अनुसार, कम-से-कम 27 प्रतिशत या स्कूल जानेवाले प्रत्येक चार में से एक बच्चा मोटा है।

शहरी भारत में, मोटापा वैसे ही व्याप्त है जैसे कि अमेरिका में, जहाँ मोटापे को एक महामारी के रूप में घोषित किया गया है। अगर वर्तमान स्थिति कायम रहती है तो वर्ल्ड हेल्थ ऑरगेनाइजेशन (डब्ल्यूएचओ) का अनुमान है कि अगले 25 वर्षों में भारत में मोटे लोगों की संख्या बढ़कर तिगुनी हो जाएगी।

भविष्य के लिए खतरनाक

अधिक वजनवाले लोगों की बढ़ती संख्या के कारण, भारत में गंभीर बीमारियों के मामले अधिक देखने को मिल रहे हैं। मोटापा हमारे सारे अवयवों पर असर डालता है और मधुमेह, हृदय रोगों व आघात, यकृत की बीमारियों व कोलोन कैंसर, ऑस्टियोआर्थराइटिस व हाइपरटेंशन के जोखिम में बढ़ोतरी करता है।

आप मानें या न मानें, शीघ्र ही दुनिया में पाँच में से तीन हृदय रोगी भारत में होंगे। विशेषज्ञ मानते हैं कि हमारे देश में बहुत जल्दी ही हृदय संबंधी बीमारियाँ मृत्यु का मुख्य कारण बन जाएँगी। अगले दस वर्षों में, हर चार में से एक भारतीय मधुमेह से ग्रस्त होगा। पहले ही, भारत में दुनिया के किसी अन्य देश की अपेक्षा सबसे अधिक मधुमेह रोगी हैं। 2025 तक, भारतीय जनसंख्या के एक तिहाई वयस्क उच्च रक्तचाप से पीड़ित हो जाएँगे।

---

* मोटापे की तकनीकी परिभाषा इस प्रकार की गई है–शरीर के आयतन यानी बाडी मास का इंडैक्स (BMI) यानी शरीर की ऊँचाई के अनुपात में शरीर का वजन। यदि BMI 25 से लेकर 30 तक हो तो व्यक्ति को अतिभारग्रस्त माना जाता है। यदि यह आँकड़ा 30 से ऊपर हो, तो मोटा।

जाहिर है, निकट भविष्य में एक बहुत ही बीमार भारत की छवि नजर आ रही है।

सिंड्रोम एक्स : बीमारी का उभरता हुआ ढाँचा

सिंड्रोम एक्स या मेटाबोलिक सिंड्रोम भारत में व दुनिया के अन्य भागों में भी गंभीर बीमारियों के उभरते ढाँचे की ओर संकेत करता है। इक्कीसवीं सदी की महामारी के रूप में वर्णित सिंड्रोम एक्स कोई बीमारी नहीं है, वरन् कई खतरों के कारणों की उपस्थिति है, जैसे – हाई ब्लड प्रेशर, मोटापा और रक्त में वसा की अत्यधिक मात्रा जिसके परिणामस्वरूप ग्लूकोज मेटाबॉलिज्म में खराबी आ जाती है, अर्थात् इंसुलिन प्रतिरोध व डायबिटीज।

जयपुर में हुआ एक अध्ययन दर्शाता है कि नगरों व शहरों में प्रत्येक चार में से एक वयस्क के अंदर सिंड्रोम एक्स विद्यमान है। आश्चर्य की बात तो यह है कि पुरुषों की तुलना में (18 प्रतिशत या पाँच में से एक को) महिलाओं में सिंड्रोम एक्स अधिक देखने को मिलता है (31 प्रतिशत या तीन में से एक को)। चेन्नई में हुए अन्य अध्ययन दर्शाते हैं कि सिंड्रोम एक्स 41 प्रतिशत या पाँच वयस्कों में से दो में व्याप्त है।

सिंड्रोम एक्स को चिकित्सक हृदय रोगों का प्रमुख कारण मानते हैं। भारत में, लगभग प्रत्येक मिनट चार लोगों की मृत्यु हार्ट अटैक से होती है। 40 वर्ष से कम आयु के भारतीयों में सिंड्रोम एक्स दस गुना अधिक हृदय रोगों की संभावना बढ़ा देता है। सिंड्रोम एक्स से ग्रस्त भारतीय महिलाएँ पुरुषों की ही तरह हृदय रोगों का शिकार हो जाती हैं।

आनुवंशिक कारण कारक बनते हैं, जीवनशैली उन्हें बढ़ावा देती है

आनुवंशिक कारणों से भारतीय सिंड्रोम एक्स के जल्दी शिकार हो जाते हैं। आनुवंशिक प्रवृत्ति जब गलत जीवनशैली, खाने की गलत आदतों, निष्क्रियता के साथ मिलती है तो सिंड्रोम एक्स के होने की वजह तैयार हो जाती है।

सिंड्रोम एक्स से ग्रस्त मरीजों की मुख्य समस्या इंसुलिन प्रतिरोध के विकसित होने की है। ब्रेड, पास्ता, मीठे पदार्थ, आलू आदि जैसे कार्बोहाइड्रेट का अधिक सेवन करने से मुख्यतया इंसुलिन प्रतिरोध पैदा होता है। रेड मीट, वेजीटेबल ऑयल व मारगेरिन व वनस्पति जैसे हाइड्रोनेटेड फैट्स का अत्यधिक सेवन इंसुलिन प्रतिरोध को और बढ़ा देता है।

सामान्यतया, खाना खाने के बाद, आपका शरीर कार्बोहाइड्रेट को ग्लूकोज में या ब्लड शूगर (रक्त शर्करा) में बदल देता है। ग्लूकोज की उपस्थिति

पैनक्रियाज (अग्नाशय) में बननेवाले हार्मोन–इंसुलिन–का स्राव करती है। इंसुलिन रक्त से कोशिकाओं तक ग्लूकोज को पहुँचाने में मदद करता है, जहाँ यह ऊर्जा पाने या संग्रहीत करने के काम करता है।

जब लगातार कोई व्यक्ति सालों-साल परिष्कृत कार्बोहाइड्रेट्स का सेवन करता रहता है तो एक खतरनाक स्थिति आ जाती है। इंसुलिन का स्तर बहुत अधिक रहने लगता है और कोशिकाएँ कम क्रियाशील व इंसुलिन के प्रति अधिक प्रतिरोधी हो जाती हैं। परिणामस्वरूप, रक्त में इंसुलिन की उच्चस्तरीय मात्रा होने के बावजूद बहुत कम ग्लूकोज खर्च होता है, जिससे ग्लूकोज का स्तर अत्यधिक हो जाता है।

इंसुलिन का बढ़ा हुआ स्तर, प्रत्यक्ष या अप्रत्यक्ष रूप से, ग्लूकोज के स्तर को बढ़ा देता है। लगातार बढ़नेवाले ग्लूकोज के स्तर से इंसुलिन प्रतिरोध डायबिटीज में बदल जाता है।

सामान्य, घातक, अनपहचाना–लेकिन चिकित्स्य भी

सिंड्रोम एक्स रोग तब होता है जब निम्नलिखित तीन या ज्यादा स्थितियाँ दिखाई दें :

* पेट का मोटापा (पुरुषों में कमर का आकार 40 इंच और औरतों में 35 इंच से ज्यादा),
* ट्रिग्लिसेराइड्स के उच्च रक्त स्तर (150 मिग्राम/डी1 या ज्यादा), अच्छे (एचडीएल) कोलेस्ट्रोल का निम्न स्तर (पुरुषों में 40 मिग्राम/डी1 व औरतों में 50 मिग्राम/डी1 से नीचे),
* हाई ब्लड प्रेशर (135/85 एमएम एचजी या ज्यादा),
* हाई ब्लड शूगर (खाली पेट शूगर 100 मिग्राम/डी1 से ज्यादा), और
* इंसुलिन प्रतिरोध।

सिंड्रोम एक्स से बचाव

सिंड्रोम एक्स की नींव बचपन में ही पड़ जाती है (या उससे भी पहले भ्रूण की अवस्था में) और फिर धीरे-धीरे यह विकसित होता रहता है। अंधाधुंध कुछ भी खा लेनेवाले युवाओं का वजन बढ़ जाता है और 35-40 वर्ष की उम्र तक वे इंसुलिन प्रतिरोधी बन जाते हैं।

याद रखें, इंसुलिन प्रतिरोध को गंभीर बनने में वर्षों लग जाते हैं। अगर आप 30 या 40 वर्ष की आयु में ही हाई ब्लड प्रेशर और बढ़े ट्रिग्लिसेराइड्स व कोलेस्ट्रोल के स्तर पर ध्यान दे देते हैं तो आप इंसुलिन प्रतिरोध को पलट सकते

हैं। तब आप बुढ़ापे में डायबिटीज व हृदय रोगों से अपना बचाव कर सकते हैं।

चिकित्सकों की सलाह है कि 25 वर्ष से अधिक आयु का प्रत्येक पुरुष व 35 वर्ष से अधिक की हर औरत को सिंड्रोम एक्स से जुड़े जोखिमों से बचने के लिए टेस्ट कराने चाहिए। हर व्यक्ति के जोखिम कारकों (उच्च वसा स्तर, हाई ब्लड प्रेशर व हाई ब्लड शूगर) का निदान निर्धारित मार्गदर्शिकाओं के अनुसार होना चाहिए।

यह तो निश्चित है कि उत्तम पोषण व उपयुक्त एक्सरसाइज से युक्त स्वस्थ जीवनशैली सिंड्रोम एक्स को नियंत्रित करने की कुंजी है।

उत्तम पोषण क्या है?

आज पहले की अपेक्षा उत्तम पोषण की महत्ता कहीं ज्यादा है। बढ़ता दबाव, खाने-पकाने का कम समय, और आसानी से पकाए जानेवाले भोजन की उपलब्धता खाने की आदतों व भोजन के चुनाव को तय करती है। हमारा सामना अनगिनत और कई बार उलझानेवाली ऐसी पोषण संबंधी जानकारी से होता है जो सही तरह से निर्णय लेने को और कठिन बना देती है।

उत्तम पोषण हमारे विकास, कार्य करने, खेलने, संक्रमणों से बचाव करने व बीमारियों से लड़ने के लिए रास्ते खोलता है ताकि हम अपनी पूरी क्षमताओं को पहचानकर एक उत्पादक व स्वस्थ जीवन बिता सकें।

उपयुक्त आहार उत्तम पोषण का आधार है। यह विकास के लिए एक व्यक्ति की पोषण की सारी आवश्यकताओं की पूर्ति तो करता ही है, साथ ही विकास को कायम व ठीक भी रखता है। इसमें ऊर्जा के साथ उपयुक्त मात्रा में बाकी अन्य पोषक तत्त्व निहित होते हैं जो एक-दूसरे की सहायता करते हैं। यही नहीं, आहार व रोग के बीच के संबंध को पहचानकर, एक उपयुक्त आहार क्षीण बना देनेवाली गंभीर बीमारियों के खतरे को भी कम कर देता है।

ध्यान रहे कि जहाँ तक पोषण का सवाल है, हमें कोई जादुई छड़ी या वटी उपलब्ध नहीं है। अच्छे पोषण-सुपोषण का मतलब है तत्संबंधी जानकारी और साथ-साथ अच्छी सेहत के लिए सही आहार का चुनाव और उपभोग।

भाग 2

अच्छे स्वास्थ्य के लिए पोषण की आवश्यकताएँ

परिचय

खाना खाना जीवन का एक आनंददायक अनुभव है। लोग आनंद व एनर्जी (ऊर्जा) व पोषक तत्त्वों को प्राप्त करने के लिए भोजन करते हैं। सही विकास, अच्छे स्वास्थ्य व रोग-मुक्त जीवन के लिए आहार का भी समान रूप से महत्त्व है।

आम धारणा के विपरीत, सही भोजन के लिए आपका विज्ञानी होना जरूरी नहीं है। थोड़ी-सी समझदारी से, मात्रा व गुणवत्ता (क्वालिटी) दोनों तरह से पौष्टिक आहार का सेवन व उस पर कायम रहना संभव है।

हम सब जानते हैं कि हमें अपने आहार में कार्बोहाइड्रेट, फैट (वसा), विटामिन व मिनरल (खनिज) का मिश्रण चाहिए (परिशिष्ट–1)। पहले तीन यानी, कार्बोहाइड्रेट, प्रोटीन व फैट की आवश्यकता अधिक मात्रा में होती है और इसीलिए उन्हें मैक्रोन्यूट्रिएंट्स कहा जाता है। दूसरी ओर, हमें विटामिन व मिनरल बहुत कम मात्रा में चाहिए होते हैं, जिन्हें माइक्रोन्यूट्रिएंट्स कहा जाता है।

वास्तव में, हमारी पोषण की आवश्यकताएँ आयु, लिंग, शारीरिक स्थिति (गर्भावस्था, शिशु को स्तनपान कराना, बीमारी आदि), शारीरिक गतिविधि के प्रकार व तनाव के स्तर के अनुसार बदलती रहती हैं। आहार की मात्रा शरीर की जरूरतों से कम या ज्यादा होने पर न्यून-पोषण (कमी होने की बीमारी) या जरूरत से ज्यादा पोषण हो सकता है (समृद्धि से जुड़ी बीमारियाँ)। शैशव, बचपन, किशोरावस्था, गर्भावस्था या स्तनपान कराने के दौरान जैसे जीवन के नाजुक समय में बहुत कम भोजन करने के हानिकारक परिणाम हो सकते हैं।

परिशिष्ट 2 में सुझाई गई आहार की मात्रा (रिकमंडेड डाइटिरी अलाउंस–

आरडीए)* या प्रतिदिन सेवनवाले पोषक तत्त्वों की मात्रा दी गई है। ये सुझाव विशेष तौर पर भारतीयों के लिए हैं। कुल एनर्जी, प्रोटीन व फैट के अतिरिक्त, आरडीए आवश्यक खनिजों (आयरन व कैल्शियम) व विटामिनों के लिए भी दिए जाते हैं, जिसमें विटामिन ए (पशु आहार से रेटीनोल व पौधों के आहार से बीटा-केरोटीन), बी-कांप्लेक्स विटामिन (थाईमिन, रिबोफ्लेविन, निकोटिनिक एसिड, पाइरोआइडायक्सिन, फोलिक एसिड व सायनोकोबालामान) व विटामिन सी (एस्कोरबिक एसिड) भी निहित हैं। वयस्क पुरुषों, महिलाओं, गर्भवती महिलाओं, स्तनपान करानेवाली माँ (स्तनपान कराने के पहले छह महीने व अगले छह महीनों के लिए), शिशुओं, बच्चों व किशोरों की विशेष जरूरतों के बारे में अलग से बताया गया है।

सुझावों के अनुसार, एक संतुलित आहार से कार्बोहाइड्रेट से कुल कैलोरी का लगभग 60–70 प्रतिशत, प्रोटीन से लगभग 10–12 प्रतिशत व फैट्स से लगभग 20–25 प्रतिशत प्राप्त होता है।

परिशिष्ट 2 एक तरफ अगर पोषण संबंधी कुल आवश्यकताओं के बारे में बताता है, वहीं इस भाग के अगले अध्याय में वयस्क होने (गर्भावस्था व स्तनपान सहित) से लेकर शैशव, बचपन, किशोरावस्था और मेनोपाज (औरतों के लिए) व वृद्धावस्था तक खतम होनेवाली जीवन की हर अवस्था के दौरान सही आहार लेने के बारे में सरल, आसान व व्यावहारिक टिप्स दिए गए हैं।

याद रखें, जब आप स्वयं सही ढंग से चयन करते हैं तो वे आपकी जीवनशैली से उपयुक्त ढंग से मेल खाते हैं।

---

* इन परामर्शों का आधार है—हैदराबाद स्थित प्रमुख शोध संस्थान नेशनल इंस्टीट्यूट ऑफ न्यूट्रीशन। यह इंडियन कौंसिल ऑफ मेडिकल रिसर्च का एक अंग है।

2.1
वयस्क पुरुष व महिलाओं के लिए उत्तम पोषण

काम, काम और अधिक काम वयस्क जीवन की दिशा को निर्देशित करता है। हर तरफ से हमारे समय व ऊर्जा की अधिकतम माँग होती है। घर चलाने, ऑफिस में काम करने, परिवार की देखभाल करने, बच्चों की परवरिश करने, माता-पिता को खुश रखने और सामाजिक दायित्वों का निर्वाह करने में ही यह समय निकल जाता है।

स्वाभाविक है कि उत्तम पोषण इस समय की सबसे बड़ी अनिवार्यता है।

फूड गाइड पिरामिड

फूड गाइड पिरामिड आसानी से समझ आनेवाला, सही आहार का चयन (देखें चित्र) करने का चित्रात्मक वर्णन है। पौष्टिक आहार जिनका सेवन अधिक मात्रा में किया जाना चाहिए, उन्हें पिरामिड के सबसे नीचे (सबसे चौड़े हिस्से में) रखा गया है। हानिकारक आहार जिनका सेवन कम मात्रा में किया जाना चाहिए, उन्हें हिस्से के सबसे सँकरे ऊपर के भाग में रखा गया है।

फूड गाइड पिरामिड के अनुसार :

- प्रोसेस्ड फूड, फास्ट फूड और मिठाइयाँ बहुत कम खाएँ
- फल व सब्जियाँ अधिक मात्रा में खाएँ

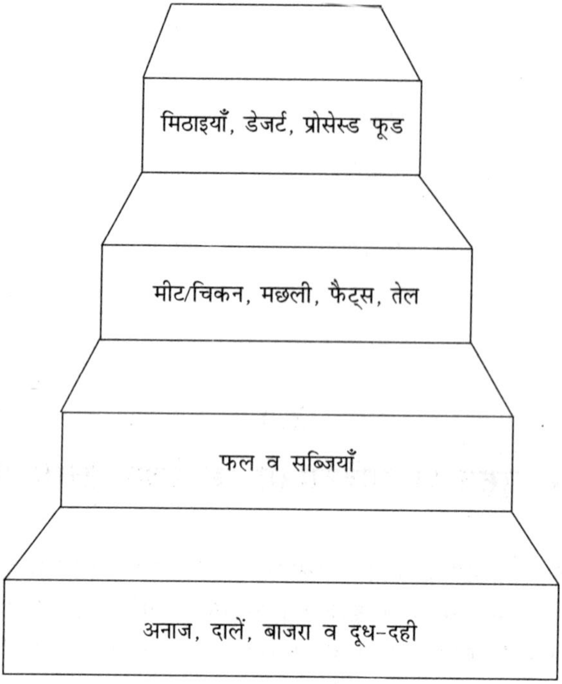

चित्र 1 फूड गाइड पिरामिड

- मीट, चिकन, मछली, अंडे, फैट्स, तेल चीनी व मसालों का सेवन संतुलित मात्रा में करें; और
- अनाज, दालें, बाजरा व दूध-दही का सेवन पर्याप्त मात्रा में करें।

कितना ज्यादा 'पर्याप्त' है?

इस प्रश्न का उत्तर देने के लिए इनमें से प्रत्येक आहार का सेवन हम कितनी मात्रा में करें? फूड गाइड पिरामिड को एक और कदम आगे ले जाते हैं।

परिशिष्ट 2 में वयस्क भारतीय पुरुषों व महिलाओं की पौष्टिक आहार की जरूरतों को दिया गया है। हालाँकि, पौष्टिक आहार की जरूरतों (कैलोरी, प्रोटीन, विटामिन व मिनरल्स) को खाने में असली भोजन की मात्रा (चावल, दाल, सब्जियाँ आदि) में बदलना कठिन है। चित्र 2 में उन भारतीय वयस्क पुरुषों व महिलाओं के लिए संतुलित आहार के तत्त्वों को चित्रित करने का प्रयास किया गया है जो सारा दिन बैठे रहकर काम करते हैं।

पौष्टिक आहार का ही सेवन किया जाए, इसके लिए बैठकर काम करनेवाले पुरुषों व महिलाओं को प्रतिदिन अपने भोजन में इन्हें शामिल करना चाहिए :

- अनाजों व बाजरे की 10-14[1] कोई भी चीज (30 ग्राम का प्रत्येक विकल्प भारतीय घरों में बनाई जानेवाली चपाती या ब्रेड के एक स्लाइस के बराबर होता है)
- किसी भी प्रकार का एक फल (100 ग्राम का एक विकल्प एक छोटे सेब या एक छोटे संतरे के बराबर होता है)
- 3-4[2] प्रकार की सब्जियाँ (प्रत्येक विकल्प 100 ग्राम के बराबर होता है)
- शाकाहारियों के लिए दो प्रकार की दालें (30 ग्राम की एक दाल पकी हुई एक कटोरी दाल के बराबर है) और अंडे या मीट या मछली (30 ग्राम) खाने की सलाह दी जाती है
- दूध या दूध से बने तीन प्रकार के उत्पाद (100 ग्राम का कोई पदार्थ आधे गिलास दूध या एक कटोरी दही के बराबर होता है)
- चीनी के 4-5[3] चम्मच (5 ग्राम चीनी एक चम्मच चीनी या शहद के बराबर होती है)
- वसा व तेल के 4 चम्मच (5 ग्राम तेल एक चम्मच तेल के बराबर होता है)

सुझाई गई मात्रा में इन भोज्य पदार्थों को खाने से आपकी सारे पौष्टिक तत्त्वों की प्रतिदिन की अनिवार्यता की पूर्ति हो जाती है।

वयस्कों के पोषण के सुनहरे नियम

सही मात्रा में उपयुक्त भोज्य पदार्थों को शामिल करना ही उत्तम पोषण नहीं है। वयस्कों के लिए डाइट सुनिश्चित करते समय कई और पहलुओं पर भी ध्यान देना आवश्यक है। वे हैं :

विविधता–विभिन्न प्रकार के भोज्य पदार्थों का सेवन करने से सारे पोषक तत्त्वों की जरूरतों को पूरा करने में मदद मिलती है। इससे यह भी सुनिश्चित होता

---

1. 10 विकल्प महिलाओं और 14 पुरुषों के लिए
2. 3 विकल्प महिलाओं और 4 पुरुषों के लिए
3. 4 विकल्प महिलाओं और 5 पुरुषों के लिए

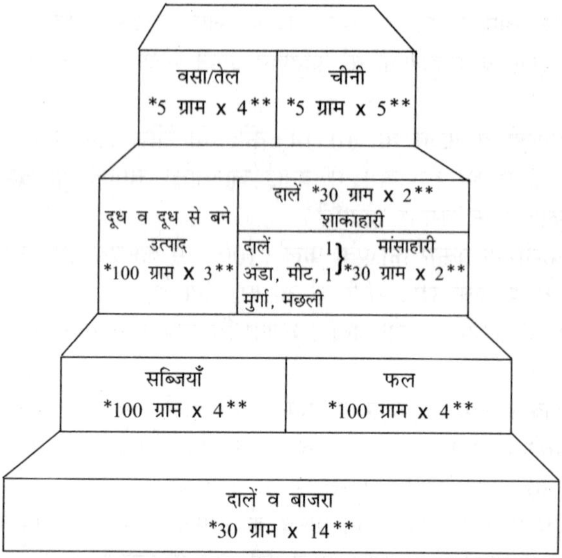

चित्र 2 ए : वयस्क पुरुषों के लिए संतुलित आहार (बैठे रहनेवाले)

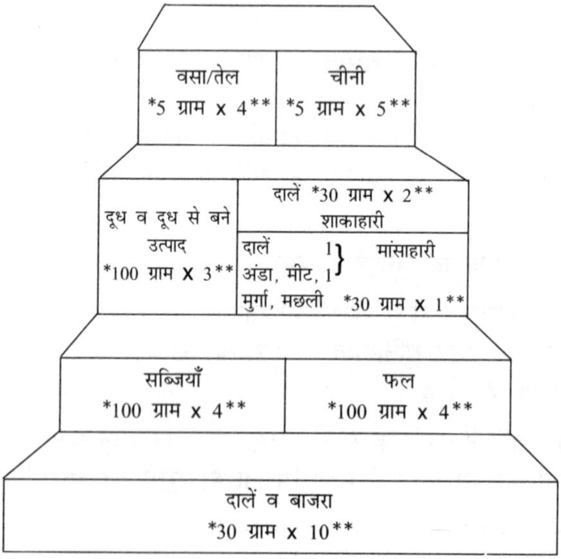

चित्र 2 बी : वयस्क महिलाओं के लिए संतुलित आहार (बैठी रहनेवाली)

* मात्रा ** कितनी मात्रा लें

है कि आपके शरीर को वे घटक भी मिलें जिन्हें बेशक पौष्टिक के वर्ग में नहीं रखा जाता, लेकिन वे स्वास्थ्य पर असर डालते हैं व जिनका सेवन न करने से रोग होने के खतरे भी बढ़ जाते हैं। इसलिए 2 या 3 मनपसंद सब्जियाँ ही न खाएँ। बाजार में उपलब्ध मौसम की हर सब्जी खरीदें व अलग-अलग ढंग से उसे पकाएँ। सरसों, मूँगफली, मक्की, कैनोला या ऑलिव ऑयल जैसे तेलों के मिश्रण का प्रयोग करें।

शरीर का उपयुक्त वजन (बॉडी वेट) कायम रखें–शरीर के उपयुक्त वजन को कायम रखने के लिए ऊर्जा (एनर्जी) व एक्सरसाइज के स्तर को संतुलित रखें। ज्यादा खाने से बचें और सप्ताह में कम-से-कम पाँच बार तीस मिनट तक कोई भी शारीरिक व्यायाम करें।

मिश्रित कार्बोहाइड्रेट्स का सेवन करें–साबुत अनाज (व्हाइट की जगह ब्राउन ब्रेड का सेवन करें) व छिलकों सहित फल व सब्जियाँ (छिलके सहित सेब, जूस के बजाय संतरा, हरे पत्तेदार सब्जियाँ आदि) खाएँ।

चीनी की मात्रा कम करें–चीनी से मिलनेवाली कैलोरी का कोई फायदा नहीं होता है। बहुत कम मात्रा में चीनी का इस्तेमाल करें। बहुत ज्यादा मीठे फल, कोला, चॉकलेट, केक, आइसक्रीम व मिठाई खाने से बचें।

संतुलित मात्रा में कुकिंग ऑयल व पशु खाद्य पदार्थों (एनिमल फूड) का उपयोग करें–वनस्पति, घी, मक्खन व सैचुरेटेड फैट्स का प्रयोग बहुत कम मात्रा में करना चाहिए। एक से ज्यादा कुकिंग ऑयल का प्रयोग करें। रेड मीट महीने में एक बार ही खाएँ।

नमक का अत्यधिक प्रयोग करने से बचें–नमक के अधिक सेवन का सीधा संबंध हाई ब्लड प्रेशर से है। खाने में बहुत कम नमक का इस्तेमाल करें। पापड़, अचार, सॉस, चिप्स, चीज आदि जैसे डिब्बाबंद पदार्थों के सेवन से बचें।

प्रोसेस्ड व तैयार भोज्य पदार्थों का प्रयोग कम करें–सूप, पास्ता, डिब्बाबंद पदार्थ, बेकरी के उत्पाद, ब्रेकफास्ट फूड्स, चिप्स, कैंडी, चॉकलेट आदि जंक फूड भूख को दबा देते हैं और इनमें विभिन्न खाद्य रसायन निहित होते हैं जो सेहत को नुकसान पहुँचा सकते हैं। जितना संभव हो उनके सेवन से बचें।

पर्याप्त मात्रा में पानी पिएँ–प्रतिदिन कम-से-कम 8-10 गिलास पानी पिएँ। कोला, चाय, कॉफी का सेवन कम मात्रा में करें, क्योंकि वे शरीर की नमी को सोख लेते हैं।

शराब का सेवन संतुलित मात्रा में करें–औरतों को एक दिन में एक ड्रिंक व पुरुषों को दो ड्रिंक से ज्यादा का सेवन नहीं करना चाहिए। अगर संभव हो तो इसे पिएँ ही नहीं।

महिलाओं के लिए विशेष जरूरतें–कैल्शियम व आयरन (लौह) प्रारंभिक वयस्कता के दौरान पर्याप्त मात्रा में लिया गया कैल्शियम हड्डियों का अत्यधिक निर्माण करता है और ऑस्टियोपोरोसिस जल्दी नहीं होता। औरतों को दूध से बने पदार्थों का सेवन करने के साथ-साथ मछली, सब्जियाँ जैसे ब्रोकली व पालक तथा साबुत अनाज का सेवन करना चाहिए।

यही नहीं, पीरियड्स के दौरान काफी मात्रा में आयरन खत्म हो जाता है। औरतों को आयरन युक्त भोजन जैसे मीट या चिकन या मछली तथा हरे पत्तेदार सब्जियों का सेवन प्रचुर मात्रा में करना चाहिए। डॉक्टर से सलाह लेकर आयरन-फोलिक एसिड सप्लीमेंट्स भी ले सकती हैं।

ध्यान रहे कि वयस्क होने का समय बहुत सतर्क रहने का होता है। इस समय किसी भी तरह की लापरवाही या अनदेखी का बुरा असर आनेवाले वर्षों में हमारी सेहत पर पड़ सकता है।

शाकाहारी होने के अच्छे-बुरे प्रभाव

हाल के कुछ वर्षों में शाकाहारी बनना बहुत ज्यादा प्रचलित हो गया है–इसकी वजह चाहे धर्म, दर्शनशास्त्रीय या पर्यावरणीय चिंता या एक स्वस्थ जीवनशैली अपनाने की चाह है।

यह मिथ्या है कि शाकाहारी भोजन (वह आहार जिसमें दूध व दूध से बने उत्पाद सम्मिलित होते हैं) पर्याप्त पोषक तत्त्व, खासकर प्रोटीन उपलब्ध नहीं कराते हैं। वस्तुतः, सही तरह से नियोजित शाकाहार–जो विविधता पर जोर देता है–वह वयस्कों सहित सारे आयु वर्ग के लोगों के लिए पर्याप्त होता है।

यह सही है कि शाकाहारी भोजन में आयरन कम मात्रा में होता है–हालाँकि, अनुसंधान यह नहीं दर्शाते कि मांसाहारियों की तुलना में शाकाहारियों में खून की कमी होने की संभावना ज्यादा होती है।

शाकाहारी भोजन से स्वास्थ्य को होनेवाले फायदों के कई प्रमाण हैं। जैसे कि यह आहार डायबिटीज, कैंसर व कोलोन कैंसर व दिल व पित्त के रोगों की संभावना को कम करता है। हालाँकि दूसरी ओर, हमारे पास यह

प्रमाणित करने के लिए पर्याप्त आँकड़े नहीं हैं कि एक स्वस्थ जीवनशैली के साथ सर्वाहारी (ऐसा आहार जिसमें शाकाहार व मांसाहार दोनों का मिश्रण होता है) आहार भी समान रूप से फायदेमंद नहीं होता।

पसंद आपकी है। चाहे शाकाहारी भोजन करें या मांसाहारी, स्वस्थ रहने के लिए आपको भोजन के उचित विकल्प चुनने होंगे। अगर आप हानिकारक रेड मीट (बकरी, सुअर व गाय) न खाएँ और चिकन व फिश जैसे व्हाइट मीट का ही सेवन करें तो एक स्वस्थ मांसाहारी होना संभव है।

2.2
गर्भावस्था के दौरान विशेष आवश्यकताएँ

गर्भावस्था किसी औरत के जीवन का सबसे खास समय होता है। अब उस पर नए, अनजाने, लेकिन उसके परिवार के सबसे महत्त्वपूर्ण सदस्य की देखभाल का दायित्व आ जाता है।

गर्भ धारण करने से लेकर प्रसव होने तक, बढ़ता शिशु पूरी तरह माँ पर निर्भर होता है। माँ जो खाती व पीती है, वही शिशु के विकास का मुख्य स्रोत होता है। वस्तुत: हाल में हुए अनुसंधानों से यह बात सामने आई है कि जन्म के समय बच्चे का स्वास्थ्य, बचपन में और बाद के जीवन में, बहुत निकटता से गर्भावस्था के दौरान माँ से प्राप्त पोषण से जुड़ा होता है।

गर्भावस्था के दौरान उचित पोषण लेने से बच्चे का वजन जन्म के समय अच्छा (2500 ग्राम से ज्यादा) होता है। यह नवजात शिशु में जन्म के समय होनेवाली खामियों को कम करने में मदद करता है। जिन शिशुओं का वजन जन्म के समय 2500 ग्राम से कम होता है उनके गर्भावस्था के सातवें महीने व जन्म के चार महीने बाद तक मरने की अधिक संभावना होती है। उनमें बड़े होने पर हृदय रोग, डायबिटीज, हाई ब्लड प्रेशर व उच्च कोलेस्ट्रोल जैसी बीमारियों से ग्रस्त होने के खतरे भी अधिक होते हैं।

एक स्वास्थ्यकारी आहार एनिमिया, हाई ब्लड प्रेशर व डायबिटीज जैसी प्रेगनेंसी के दौरान होनेवाली परेशानियों से भी माँ को बचाता है। उत्तम पोषक आहार का सेवन करने से मॉर्निंग सिकनेस, थकावट, कब्ज आदि से भी बचा जा सकता है। जो माँएँ गर्भावस्था के दौरान अपने आहार को सही रखती हैं,

उनके लिए बहुत जल्दी ही प्रेगनेंसी से पहले के वजन को प्राप्त करना संभव होता है।

दो के लिए खाएँ

स्वाभाविक है कि एक गर्भवती महिला अपनी दैनिक पौष्टिक आवश्यकताओं के साथ-साथ, अपने अंदर पल रहे शिशु व अपने शरीर में आनेवाले बदलावों का सामना करने के लिए भी खाती है (देखें बॉक्स)।

मर्जी और अधिकता में खाने के बजाय गर्भावस्था का समय ऐसा होता है जब सोच-समझकर व पौष्टिक आहार खाने की आवश्यकता होती है। वजन में होनेवाली बढ़ोतरी (10-12 किलो) का मतलब यह नहीं है कि गर्भवती महिला जरूरत से ज्यादा खाए। याद रखें, बेशक आप दो लोगों के लिए खा रही हों पर दूसरा प्राणी बहुत छोटा है। प्रतिदिन केवल 300 कैलोरी अधिक लेना ही पर्याप्त है—वह भी केवल चार महीने पूरे हो जाने के बाद ही, जब शिशु तेजी से बढ़ना शुरू कर देता है। अतिरिक्त प्रोटीन (15 ग्राम) व फैट (10 ग्राम) खाने की भी सलाह दी जाती है (परिशिष्ट 2)।

गर्भावस्था के दौरान विकासात्मक बदलाव

गर्भावस्था के तीन महीने बाद भी भ्रूण बहुत छोटा होता है। वह मात्र दो इंच लंबा व 15 ग्राम का होता है। उसके बाद, जन्म के समय तक, हड्डियाँ, मांसपेशियाँ, फैट, खून, मस्तिष्क व अन्य ऊतक (टिश्यू) तेजी से बनने लगते हैं, जब भ्रूण का वजन 3200 ग्राम होता है। नौ महीनों तक भ्रूण को माँ से मिलनेवाले तैयार पोषक तत्त्वों की जरूरत होती है।

इतना ही नहीं, गर्भवती महिला के शरीर में कई महत्त्वपूर्ण बदलाव भी होते हैं—विकसित हो रहे भ्रूण को जगह देने के लिए उसके प्रजनन अवयव विस्तृत हो जाते हैं। भ्रूण तक भोजन पहुँचाने के लिए उसके रक्त के स्तर में बढ़ोतरी हो जाती है और उसका संग्रहीत फैट गर्भावस्था व बाद में स्तनपान कराने की जरूरतों को पूरा करता है।

गर्भावस्था के दौरान एक औरत का वजन लगभग 10-12 किलो बढ़ जाता है। बढ़ता शिशु, प्लासेंटा और एम्नीओटिक द्रव से उसका आधा वजन व बाकी माँ के शरीर में होनेवाले बदलावों से बढ़ता है।

अधिक वजन की महिलाओं में वजन बढ़ना

अधिक वजन (ओवरवेट) व मोटी महिलाओं में गर्भावस्था के दौरान डायबिटीज व हाइपरटेंशन होने के खतरे ज्यादा होते हैं। उनकी डिलीवरी सिजेरियन होने की भी ज्यादा संभावनाएँ रहती हैं। जब माँ मोटी होती है तो भ्रूण के मर जाने (गर्भावस्था के सातवें महीने से या नवें महीने में), शिशुओं के हृदय संबंधी खामियों के साथ पैदा होने, समय से पहले बच्चा होने, तंत्रिका नली में दोष या चार किलोग्राम से ज्यादा वजन होने की संभावनाएँ ज्यादा होती हैं।

अधिक वजनवाली स्त्रियों के लिए सामान्य वजनवाली महिलाओं को सुझाए गए 10-12 किलोग्राम वजन बढ़ने की तुलना में केवल 7-8 किलो वजन बढ़ना ही सही माना जाता है। इससे माँ के वसावाले ऊतकों में वृद्धि किए बिना भ्रूण का विकास सही ढंग से हो जाता है।

उसी के साथ-साथ, अधिक वजनवाली गर्भवती औरतों को यह भी याद रखना चाहिए कि डायटिंग करने के लिए गर्भावस्था सही समय नहीं है। डायटिंग करने से शिशु को मिलनेवाले पोषक तत्त्वों में कमी हो जाएगी और इससे बच्चे के विकास पर असर पड़ेगा। उन्हें उस समय पौष्टिक आहार खाना चाहिए और अनावश्यक अधिक कैलोरीवाले भोजन का सेवन करने से बचना चाहिए।

फूड गाइड पिरामिड का पालन करें

वयस्कों की तरह एक गर्भवती महिला भी फूड गाइड पिरामिड का पालन करते हुए पौष्टिक आहार का सेवन कर सकती है। प्रत्येक आहार समूह अलग-अलग पोषक तत्त्व प्रदान करता है, इसलिए प्रतिदिन सारे आहार समूहों में से खाने से संपूर्ण आहार मिलता है।

सुझाई गई कैलोरी, प्रोटीन व फैट्स की ज्यादा मात्रा को शामिल करने के लिए अपने खाने के ढंग में परिवर्तन करने की कोई जरूरत नहीं है। इस वृद्धि की पूर्ति अतिरिक्त दालों (30 ग्राम) के साथ अनाजों (30 ग्राम) या दूध (100 मिली), एक प्रकार की सब्जी या फल (प्रत्येक 100 ग्राम) और एक-दो प्रकार के फैट्स (5-10 ग्राम) लेने से हो जाती है। इन भोज्य पदार्थों को या तो रोजमर्रा के खाने में शामिल किया जा सकता है या दिन के समय अतिरिक्त नाश्ते की तरह खाया जा सकता है।

आहार में विविधता लाएँ

गर्भवती महिला को माइक्रोन्यूट्रिएंट्स की भी अधिक मात्रा में जरूरत होती है। आयरन, फोलिक एसिड, कैल्शियम व आयोडीन के अतिरिक्त गर्भावस्था विटामिन ए, विटामिन सी, अन्य बी-कॉम्प्लेक्स विटामिन तथा कॉपर, क्रोमियम, मैंगनीज, फॉस्फोरस, पोटाशियम आदि जैसे खनिजों की जरूरत में भी वृद्धि करती है।

विभिन्न प्रकार के खाद्य पदार्थों का सेवन करने से यह सुनिश्चित हो जाता है कि अधिकांश विटामिनों व खनिजों की आवश्यकता की पूर्ति हो जाए। प्रतिदिन एक जैसा ही आहार खाने से बचें। नए खाद्य पदार्थों को अपनाएँ। नए व्यंजन बनाएँ। प्रतिदिन अलग-अलग तरह के फल व सब्जियाँ खाएँ। अपने आहार को रंगीन बनाएँ।

गर्भावस्था के दौरान अतिरिक्त जरूरतें

स्वस्थ लाल कोशिकाओं का पर्याप्त निर्माण हो, यह सुनिश्चित करने के लिए, माँ व उसके विकसित होनेवाले शिशु को अतिरिक्त *आयरन* की जरूरत होती है। गर्भावस्था के दौरान आयरन की कमी होने पर माँ की मृत्यु व कम वजन का शिशु पैदा होने का खतरा बढ़ जाता है।

मांस, मछली व मुर्गा आयरन के उत्तम स्रोत हैं और साथ ही हरी पत्तेदार सब्जियाँ, दालें व सूखे मेवे भी। इसके अतिरिक्त, गर्भवती महिलाओं को आयरन सप्लीमेंट्स लेने की सलाह दी जाती है।

आयरन पेट में तेजी से घुल जाए इसके लिए आयरन सप्लीमेंट्स खाने के बीच में लिए जाने चाहिए और उन्हें दूध, चाय या कॉफी के साथ नहीं लेना चाहिए क्योंकि वे आयरन को शरीर में घुलने से बाधित करते हैं। जिन पेय पदार्थों में एस्कोरबिक एसिड होता है—जैसे नींबू पानी और फलों का जूस, वे उसे पचाने में मदद करते हैं।

गर्भावस्था के दौरान फोलिक एसिड, बी-कॉम्प्लेक्स विटामिन की दोगुनी जरूरत महिला को होती है, जो मस्तिष्क और रीढ़ की हड्डी (स्पाइनल कोर्ड) के विकास के लिए बहुत जरूरी होते हैं। गर्भावस्था के दौरान *फोलिक एसिड* लेने से जन्मजात विकृतियों, विशेषकर तंत्रिका ट्यूब दोषों के खतरों में कमी आती है और बच्चे के वजन में बढ़ोतरी होती है। हरी पत्तेदार सब्जियाँ, मेवे, दालें व लीवर में प्रचुर मात्रा में फोलिक एसिड पाया जाता है। अधिकांश आयरन सप्लीमेंट्स में भी फोलिक एसिड होता है।

शिशु की हड्डियों और दाँतों के सही ढंग से निर्माण के लिए कैल्शियम एक महत्त्वपूर्ण खनिज है। स्तनपान के समय काम आनेवाले अतिरिक्त संसाधन के रूप में यह माँ के अस्थिपंजर में संचित रहता है। दूध आयरन का बहुत ही उत्तम स्रोत है।

आयोडीन से बढ़ते भ्रूण और शिशु का उचित मानसिक विकास होता है। आयोडाइज्ड नमक पर्याप्त आयोडीन प्राप्त करने का बेहतरीन स्रोत है।

एक स्वस्थ शुरुआत

गर्भधारण करने से पहले माँ की पौषणिक स्थिति की भी समान महत्ता है। जब आप पौष्टिक भोजन करती हैं तो आप और आपके शिशु उन पोषक तत्त्वों से आरंभ करते हैं, जिनकी आवश्यकता आप दोनों को होती है। उदाहरणतया, फोलिक एसिड, जो आपके अजन्मे शिशु के मस्तिष्क और रीढ़ की हड्डी के विकास के लिए बहुत जरूरी होता है। आपको अपनी गर्भावस्था का पता चलने से पहले के कुछ दिनों व सप्ताहों में यह आवश्यक होता है।

खाने की ललक

किसी खास चीज को खाने की इच्छा होना गर्भावस्था का एक अहम् हिस्सा है। अधिकांश (लगभग 85 प्रतिशत) महिलाओं को गर्भावस्था के दौरान किसी एक चीज को खाने की बहुत लालसा होती है। मीठे, मसालेदार व खट्टे भोजन खाने की इच्छा होना बहुत ही आम है। अधिकतर लालसाएँ गर्भावस्था के तीन महीनों तक खत्म हो जाती हैं।

इनमें से अधिक लालसाएँ उग्रता से पनपती हैं। वे कहाँ से पैदा होती हैं? गर्भावस्था के दौरान अधिकता में होनेवाले हार्मोनल बदलाव स्वाद व सुगंध पर बहुत ज्यादा असर डाल सकते हैं, फिर भी इसके बारे में कोई निश्चित धारणा नहीं है।

विशेषज्ञों का मानना है कि औरतों को इस ललक पर ध्यान देना चाहिए। उन्हें पौष्टिक चीजें ही खानी चाहिए और कम पौष्टिक चीजों के विकल्प ढूँढ़ने चाहिए।

कभी-कभी गर्भवती स्त्रियों के अंदर अजीब तरह की चीजें खाने की इच्छा पैदा होती है, जैसे–चॉक, मिट्टी, सिगरेट के टुकड़े आदि (इस स्थिति को पिका कहा जाता है)। ये वास्तव में हानिकारक हो सकते हैं। उन चीजों को

खाने की इच्छा न करें जो किसी अंधविश्वास, परंपरा या रिवाज पर आधारित हों और जिन्हें अकसर माँ अपनी बेटी को बताती है।

इन पदार्थों का सेवन करने से बचें

कैफीन–कैफीन के अत्यधिक सेवन से गर्भपात के खतरे में वृद्धि हो सकती है, इसलिए एक दिन में केवल एक या दो कप चाय, कॉफी या कोला का ही सेवन करें या ऐसे पदार्थ लें, जिनमें कैफीन न हो। कैफीन का प्रयोग न करना ही सही है।

दवाइयाँ–बिना चिकित्सीय सलाह के किसी भी तरह की जड़ी-बूटी, प्राकृतिक सप्लीमेंट्स आदि का सेवन न करें। ये भ्रूण को नुकसान पहुँचा सकते हैं।

धूम्रपान, तंबाकू चबाना व शराब–गर्भावस्था के दौरान ये चीजें सुरक्षित नहीं मानी जाती हैं। तीनों चीजों से पूरी तरह परहेज करना चाहिए। गर्भावस्था के दौरान शराब का सेवन करने से (प्रतिदिन एक ड्रिंक से ज्यादा) गर्भपात, जन्म के समय बच्चे का कम वजन व विकास में असामान्यताएँ हो सकती हैं।

कृत्रिम स्वीटनर–किसी भी तरह के कृत्रिम मीठा करनेवाली चीजों, जिनमें सैकरीन, सुकरालोज, एस्परटेम व एकेसल्फेम–जैसे मीठे रसायन निहित हों, उनसे परहेज करना चाहिए। कृत्रिम ढंग से मीठे किए गए पेय पदार्थों (डायट कोक आदि) और मिठाई आदि का सेवन न करें।

कच्चा या प्रोसेस्ड फूड

जब आप गर्भवती हों तो खाने से पैदा होनेवाली उन बीमारियों से बचना आवश्यक है जो जन्म के समय होनेवाले विकारों या गर्भपात का कारण बन सकती हैं। नरम, पैस्टराइज्ड न किया चीज, पैस्टराइज्ड न किया गया दूध, जूस, कच्चे अंडे या कच्चे अंडेवाला भोजन (ऐगनाग, मूसे, तिरामिसू आदि) निहित हों, जो मांस ठीक से पका न हो, डिब्बाबंद मछली व शेलफिश का सेवन न करें। इस नियम का पालन करें–ताजा ही उत्तम है। ताजे भोजन में पौष्टिक तत्त्व प्रचुर मात्रा में होते हैं और अकसर किसी भी तरह के प्रिजरवेटिव, रंग या स्वीटनर से रहित होते हैं।

नमक का सेवन

गर्भावस्था के कारण उत्पन्न हुई हाइपरटेंशन, प्रीक्लेमपिसया और ईडीमा को रोकने के लिए भी नमक लेना कम **नहीं** करना चाहिए। हालाँकि संतुलित

मात्रा में नमक व सोडियम युक्त आहार का सेवन हर किसी के लिए उपयुक्त रहता है, गर्भावस्था के दौरान अत्यधिक रोक आमतौर पर अनुचित होती है। प्रोसेस्ड फूड का सेवन न करें जिनमें काफी मात्रा में सोडियम होता है।

स्थिति	विवरण	उपाय
मार्निंग सिकनेस	सुबह के समय जी मिचलाना या उलटी आना गर्भावस्था की आरंभिक अवस्थाओं में बहुत ही आम है और जिस स्वाभाविक ढंग से वे आरंभ होती हैं, वैसे ही गायब भी हो जाती हैं। आहार में सरल उपाय से इससे छुटकारा पाया जा सकता है।	● बिस्तर से उठने से पहले बहुत ही कम मात्रा में सूखा स्नैक (कुछ बिस्कुट, क्रैकर या टोस्ट) खाएँ। ● बहुत कम मात्रा में थोड़ी-थोड़ी देर बाद आसानी से पचनेवाला भोजन करें। ● खाना खाने के बाद तरल पदार्थ लें, लेकिन खाने के साथ नहीं। ● सख्त कैंडी चूसें। ● तले व अन्य वसायुक्त भोजन का सेवन न करें। ● ऐसी खुशबू न लगाएँ जिससे जी मिचलाए। ● जब उलटी न आ रही हो तो जितना खा सकती हों, उतना खा लें।
कब्ज	गर्भावस्था के दौरान कब्ज होना एक आम समस्या है और जब आप आयरन सप्लीमेंट्स लेना आरंभ कर देती हैं तो स्थिति और खराब हो जाती है। इसलिए इस समय साबुत अनाज, दालें,	● पूरे दिन में कम-से-कम 8-12 गिलास तरल पदार्थ लें। किसी समय गर्म चाय, सूप फायदा कर सकता है। स्नैक की तरह खाने के लिए अपने पास हमेशा सूखे मेवे रखें जिनमें खनिज, विटामिन और फाइबर प्रचुर मात्रा में

	सब्जियाँ, फल व मेवे जैसे फाइबर का सेवन करना उचित रहता है।	होता है। अत्यधिक मात्रा में फाइबर व तरल पदार्थों का सेवन करने से कब्ज से बचा जा सकता है। ● डॉक्टर की सलाह के बिना लेक्सेटिव का प्रयोग न करें। पुरानी सुझाई जानेवाली विधि–कैस्टर ऑयल से बचें क्योंकि यह आपके शरीर की पोषक तत्त्वों को पचाने की क्षमता को बाधित कर सकता है। ● ज्यादा एक्सरसाइज करें, कब्ज दूर करने का यह सबसे उत्तम तरीका है।
छाती में जलन (हार्टबर्न)	गर्भावस्था के आखिरी चरणों में एसिडिटी या गैस बनना आम बात है और अकसर रात को आँतों व पेट पर बढ़े हुए यूटरस के दबाव के कारण होती है।	● सोने से पहले कम भोजन करें। ● कम मात्रा में कई बार भोजन करें। ● तरल पदार्थ खाने के साथ लेने के बजाय खाने के बाद लें। ● कमर से खुले परिधान पहनें, धीरे–धीरे खाएँ, खाने के बाद कम–से–कम तीन घंटे तक सीधे बैठें, पलंग को सिर की तरफ से ऊँचा कर लें। ● पालक, फूलगोभी, तला हुआ भोजन, कोला आदि जैसे भोजन से बचें जिनसे छाती में जलन होती है।

2.3
स्तनपान करानेवाली माँ का आहार

गर्भावस्था की तुलना में स्तनपान कराने से माँ को अधिक परेशानी होती है। उसे अब पूरी तरह से विकसित व तेजी से बढ़ते बच्चे को पालना होता है जिसकी जरूरतें दिन-ब-दिन बढ़ती जाती हैं। किशोरावस्था से ही प्रकृति औरत को स्तनपान कराने के लिए तैयार कर देती है। गर्भावस्था के दौरान होनेवाले बदलाव–स्तनों का बढ़ना, माँ के शरीर में फैट व अन्य पोषक तत्त्वों का संग्रहीत होना–सही ढंग से स्तनपान कराने के लिए उसे तैयार करता है।

प्रसव के बाद, एक औसत भारतीय महिला के अंदर से पहले छह महीनों में लगभग 750 मिली. दूध निकलता है, अगले छह महीनों में यह घटकर 600 मिली. रह जाता है। प्रसव के आरंभिक कुछ दिनों में स्तनों से दूध के आने में धीरे-धीरे वृद्धि हो जाती है और दूसरे महीने में यह वृद्धि अधिकतम हो जाती है। बच्चे के जन्म के 4-6 महीनों तक यही वृद्धि कायम रहती है। वस्तुतः, बढ़ते शिशु को जिसका वजन केवल कुछ पाउंड ही होता है, माँ के दूध से प्रतिदिन 1000 कैलोरी मिलती है।

स्तनपान करानेवाली माँ के द्वारा खाया जानेवाला आहार न सिर्फ उसकी पोषण की जरूरतों की पूर्ति करता है, जो प्रसव के बाद बहुत बढ़ जाती है, वरन् उसकी दूध उत्पन्न करने में भी मदद करता है। बच्चे को जीवित रखने में प्रकृति मदद करती है। माँ की जरूरतों की बजाय शिशु की जरूरतें अहम् हो जाती हैं। अगर दूध पिलानेवाली माँ ठीक से नहीं खाती है तो उसके शरीर में दूध भी ठीक से नहीं बनता है। अपने ही रक्त, मांसपेशी व हड्डियों से पोषक

तत्त्व लेकर स्तनों के दूध की मात्रा व गुणवत्ता को कायम रखती है। इसलिए उसके ऊतकों को किसी तरह से हानि न पहुँचे इसके लिए उसे उत्तम व पौष्टिक आहार देना चाहिए।

स्तनपान कराना माँ के लिए क्यों अच्छा है?

स्तनपान कराना नई बनी माँ के लिए बहुत अच्छा होता है। न तो किसी बोतल को स्टर्लाइज करना पड़ता है, न ही पाउडर का दूध खरीदना, नापना या उसे बनाना पड़ता है। स्तनपान करानेवाली माँ को आराम करने का समय मिल जाता है। उसे स्तनपान कराने के लिए बैठना, अपने पैरों को ऊपर उठाना व कुछ समय रिलेक्स अवश्य करना चाहिए। रात को दूध पिलाना आसान व सुविधाजनक भी होता है।

चूँकि दूध पिलाने से माँ की बहुत सारी कैलोरी खर्च हो जाती है, इसलिए गर्भावस्था के दौरान बढ़ा वजन कम करना स्तनपान करानेवाली माँ के लिए आसान होता है। स्तनपान कराने से यूटरस अपने पहलेवाले आकार में भी आ जाता है। यह एक गर्भनिरोधक की तरह भी काम करता है, हालाँकि यह पूरी तरह से सुरक्षित नहीं है। जिन माँओं ने अपने बच्चों को अपना दूध पिलाया होता है, उनमें ब्रेस्ट कैंसर होने की संभावनाएँ भी बहुत कम होती हैं।

स्तनपान करानेवाली माँ की आहार संबंधी जरूरतें

बच्चे को जन्म देने के बाद बहुत थकान हो जाती है और इसके बाद अधिकांश नई माँओं की भूख व प्यास में बढ़ोतरी हो जाती है। अपनी भूख को शांत करने के लिए पर्याप्त भोजन करने से स्तनपान कराने में आवश्यक सारे पोषक तत्त्व प्राप्त हो जाते हैं।

अतिरिक्त ऊर्जा की जरूरत—दूध पर्याप्त मात्रा में आए, इसके लिए पहले छह महीनों में स्तनपान करानेवाली माँ को अतिरिक्त 550 कैलोरी लेने की सलाह दी जाती है। हालाँकि, अगले छह महीनों में दूध बनना कम हो जाता है और शिशु अन्य चीजें खाने लगता है। इसलिए 6–12 महीने के शिशुओं की माताओं को केवल अतिरिक्त 400 कैलोरी की जरूरत होती है।

प्रोटीन व फैट की जरूरतें—माँ के दूध में प्रोटीन प्रचुर मात्रा में होता है और स्तनपान करानेवाली माँ को अपनी दैनिक जरूरत के अतिरिक्त केवल 25 ग्राम

अधिक प्रोटीन की आवश्यकता होती है। दालें, मेवे, दूध, मांस, मुर्गी, मछली व अंडे में प्रचुर मात्रा में प्रोटीन पाया जाता है।

स्तनपान कराने के दौरान उपयुक्त मात्रा में फैट लेना बहुत जरूरी है। वस्तुत: माँ के आहार के अनुसार माँ के दूध में वसा की मात्रा व प्रकार में अंतर पाया जाता है। शिशु के रेटिना, मस्तिष्क व स्नायुतंत्र के विकास के लिए सामान्य महिला की तुलना में स्तनपान करानेवाली महिला को दुगने से भी ज्यादा वसा की जरूरत होती है।

अन्य पोषण–स्तनपान करानेवाली महिला को कैल्शियम, जिंक, विटामिन ए, बी-कॉम्प्लेक्स विटामिन व विटामिन सी जैसे अधिकांश पोषणों की अतिरिक्त मात्रा की जरूरत होती है। दूध व दूध से बने उत्पाद, सब्जियाँ व फलों का सेवन पर्याप्त मात्रा में करने से इन अतिरिक्त जरूरतों की पूर्ति आसानी से हो जाती है। कुछ डॉक्टर विटामिन व खनिज सप्लिमेंट्स लेने की भी सलाह देते हैं।

चूँकि गर्भावस्था के दौरान स्तनपान करानेवाली महिला को संतुलित आहार लेने के लिए फूड गाइड पिरामिड का पालन करने की सलाह दी जाती है, इसलिए वह कोई भी अनाज, दाल, दूध के दो प्रकारों, दो प्रकार के फल या सब्जियाँ, दो प्रकार का वसा या तेल या मेवा व दो चम्मच चीनी अपने आहार में शामिल कर[1] आसान से स्तनपान के लिए आवश्यक जरूरतों की पूर्ति कर सकती है।

पाँच बार खाने की आदतों को अपनाएँ–ब्रेकफास्ट, मिड-मॉर्निंग स्नैक, लंच, इवनिंग स्नैक व डिनर।

अन्य टिप्स

तरल पदार्थ–स्तनपान करानेवाली माँ को बहुत प्यास लगती है खासकर दूध पिलाते समय। दूध पर्याप्त मात्रा में आए इसके लिए कम-से-कम 10-12 गिलास पानी अवश्य पिएँ। सूप, दूध व जूस अतिरिक्त तरल पेय का काम करते हैं।

कैफीन–कॉफी, चाय व कोला में कैफीन निहित होता है और उससे शिशु को बेचैनी महसूस हो सकती है। प्रतिदिन दो कप कॉफी से ज्यादा न पिएँ।

---

1. अध्याय 1 में वर्णित वयस्क महिलाओं के लिए संतुलित आहार के साथ यह भी शामिल करें।

परेशानी पैदा करनेवाले भोजन–स्तनपान करानेवाली माँ जो कुछ भी खाती है वह उसके दूध में आ जाता है। कुछ आहार जैसे शलगम, खट्टे फल, प्याज, बंदगोभी, मसाले, लहसुन व फूलगोभी बच्चे में गैस उत्पन्न कर या माँ के दूध का स्वाद बदल उसे परेशान कर सकते हैं। हर बच्चे पर अपनी माँ द्वारा खाए गए भोजन का असर अलग तरह से होता है। स्तनपान कराते समय यह ध्यान रखें कि कहीं आपके बच्चे को किसी तरह की असुविधा तो नहीं हो रही है। बच्चे को जिन पदार्थों से परेशानी हो, उन्हें न खाएँ।

तंबाकू–निकोटीन (तंबाकू में निहित पदार्थ) माँ के दूध से सीधे शिशु तक पहुँचता है। शिशु को निकोटीन की वजह से उलटी, दस्त व बेचैनी का अनुभव हो सकता है, साथ ही माँ के दूध की मात्रा में भी कमी आ जाती है। धूम्रपान (कोई दूसरा पिए तब भी) शिशु की अचानक मृत्यु के सिंड्रोम (एसआईडीएस) की संभावनाओं में भी वृद्धि करता है और इससे श्वास व कानों के संक्रमण में भी वृद्धि हो सकती है।

शराब–शराब एक घंटे से भी कम समय में दूध में पहुँच जाती है। माँ के दूध में इसकी अधिक मात्रा शिशु के विकास को बाधित कर सकती है। आप दूध पिलाने के बाद कभी-कभी एक गिलास वाइन पी सकती हैं।

दवाइयाँ–डॉक्टर की सलाह लिए बिना कोई भी दवाई न लें। दूध पिलाने के दौरान अधिकांश एंटीबायोटिक्स, सल्फा युक्त दवाइयाँ, कैमिकल लैक्सेटिव (रासायनिक विरेचक) और आयोडीन युक्त अन्य उत्पादों के सेवन से परहेज करें। जिन माताओं को मिरगी, मधुमेह या उच्च रक्तचाप जैसी बीमारियों की वजह से प्रतिदिन दवाई लेनी होती है, उन्हें पहले बाल-चिकित्सक से सलाह लेनी चाहिए।

नशीले पदार्थ (ड्रग)–कोकीन, हेरोइन व मारीजुआना बच्चे को बेचैन कर सकते हैं और उसकी वजह से उसके अंदर चिड़चिड़ापन, ठीक से नींद न आना, कँपकँपी, उलटी आदि जैसी समस्याएँ पैदा हो सकती हैं। शिशुओं को इन नशीले पदार्थों की आदत हो जाती है। उनका सेवन बिलकुल न करें।

विषाक्त पदार्थ–निकोटीन की तरह कीटनाशक भी आसानी से माँ के दूध में पहुँच जाते हैं। कीटनाशकों से दूर रहें (खासकर हवा में घुलनेवाले)। सिट्रोनेला जैसे प्राकृतिक कीटनाशकों का प्रयोग करें।

एड्स–जो औरतें एचआईवी या एड्स से ग्रस्त हैं उन्हें स्तनपान नहीं कराना चाहिए क्योंकि उससे शिशु को भी संक्रमण हो जाता है। ऐसी महिलाओं को

भी स्तनपान नहीं कराना चाहिए जिन्हें इस तरह का वायरस होने का खतरा हो (जो इंजेक्शन लेती हैं या जिनका साथी एचआईवी से ग्रस्त है)।

एक्सरसाइज—एक बार जब माँ ठीक से स्तनपान कराने लगे तो उसे एक्सरसाइज करनी शुरू कर देनी चाहिए। 60-70 प्रतिशत की अधिकतम हृदय गति से ऐरोबिक एक्सरसाइज का माँ के दूध के उत्पादन पर कोई बुरा प्रभाव नहीं पड़ता। हालाँकि, कठिन एक्सरसाइज लेक्टिक एसिड निर्मित करती है जो एक्सरसाइज करने के 90 मिनट के बाद तक भी तीव्र रहता है। लेक्टिक एसिड स्तनों में पहुँचकर दूध का स्वाद बिगाड़ देता है।

गेलेक्टोगोग्स

गेलेक्टोगोग्स पोषणीय सप्लीमेंट्स होते हैं जो माना जाता है कि स्तनों में दूध की मात्रा में वृद्धि करते हैं। हालाँकि वैज्ञानिक रूप से उनके प्रभाव सिद्ध नहीं हुए हैं, पर भारत में स्तनपान करानेवाली सारी महिलाओं को एक या एक से अधिक गेलेक्टोगोग्स दिए जाते हैं।

भारत में दूध पिलानेवाली महिलाओं को आहार के रूप में जीरा, मेथी, अजवाइन, सौंफ आदि मसालों के साथ अखरोट, पिस्ता, मूँगफली, बादाम आदि मेवे भी दिए जाते हैं।

ओमेगा–३ फैटी एसिड्स और माँ का दूध

गर्भवती व स्तनपान करानेवाली माँ के आहार में ओमेगा–3 फैटी एसिड्स[1] प्रचुर मात्रा में होने चाहिए जो शिशु के स्नायुतंत्र व रेटिना के विकास के लिए महत्त्वपूर्ण हैं। हालाँकि मछली इसका अच्छा स्रोत है, कुछ मछलियों का सेवन गर्भवती व स्तनपान करानेवाली माँओं को नहीं करना चाहिए, विशेषकर, सार्डीन का, क्योंकि उनके अंदर अत्यधिक पारा व पीसीबी होता है। अंडे, अलसी के बीज, मेवे विशेषकर अखरोट व अखरोट के तेल में प्रचुर मात्रा में ओमेगा–3 फैट होता है।

---

1. फैटी एसिड सभी प्रकार के वसा और तेल के निर्माण तत्त्व होते हैं।

2.4
बढ़ते शिशु के लिए आहार

जन्म के बाद बच्चों का विकास व वृद्धि बहुत तेजी से होती है। 4-6 महीने की आयु तक शिशु का वजन दुगुना होकर 6 किलो के करीब हो जाता है। अगले छह महीनों में वजन बढ़ने की गति थोड़ी धीमी होती है इसलिए एक वर्ष का होने पर उसका वजन 9 किलो ही हो पाता है। पहले वर्ष में लंबाई 50 प्रतिशत तक बढ़ जाती है। धीरे-धीरे शिशु की गतिविधियाँ व बाहरी दुनिया से संपर्क प्रतिदिन बढ़ने लगता है। आरंभिक वर्षों में दिया गया पौष्टिक आहार शारीरिक व भावनात्मक रूप से स्वस्थ वयस्क की नींव डालता है।

पहले 4-6 महीने

जीवन के पहले चार महीनों में पर्याप्त विकास व अच्छे स्वास्थ्य के लिए शिशु को केवल माँ के दूध की आवश्यकता होती है। उसके बाद, शिशु की आवश्यकताएँ बढ़ती हैं और माँ के दूध के साथ अन्य भोज्य पदार्थों को भी उसे देना पड़ता है।

माँ का दूध सबसे उत्तम

वास्तव में शिशु को किसी भी तरह का कृत्रिम रूप से तैयार दूध देने की जरूरत नहीं है। माँ का दूध सबसे श्रेष्ठ होता है और उससे कम-से-कम 100 तत्त्व पाए जाते हैं जो पशु के दूध या पाउडर के दूध में नहीं पाए जाते। भाग्यवश, भारतीय महिलाओं में स्तनपान कराना एक परंपरा है।

- माँ के दूध में उपयुक्त मात्रा में सारे अनिवार्य पोषण होते हैं जो उपयुक्त विकास व वृद्धि के लिए आवश्यक होते हैं।
- माँ के दूध में निहित पोषक तत्त्व आसानी से पच व घुल जाते हैं।
- माँ के दूध में किसी तरह के जीवाणु नहीं होते और हमेशा ताजा होता है।
- चूसने से जबड़े, तालू, मुँह और गालों की मांसपेशी के विकास में मदद मिलती है।
- माँ का दूध नवजात शिशु के अपरिपक्व इम्यून सिस्टम (रोगरोधी प्रक्रिया)को सुदृढ़ करता है। माँ का दूध पीनेवाले शिशुओं में बोतल का दूध पीनेवाले शिशुओं की अपेक्षा अस्पताल जाने, दस्त, खाँसी, जुकाम, निमोनिया, कान के इंफेक्शन, खुजली, खसरा व अन्य चिकित्सीय समस्याओं की दर कम होती है।
- माँ के दूध से किसी तरह की एलर्जी होने की संभावना कम ही रहती है।
- माँ का दूध पीने से मांसपेशीय विकास में लाभ होता है।
- माँ का दूध बचपन में होनेवाले दमे से बचाव करता है।
- माँ का दूध पीनेवाले शिशु आवश्यकता से अधिक दूध नहीं पीते। इसलिए वजन ज्यादा होने की संभावना भी बहुत कम हो जाती है।
- माँ के प्यार व उपस्थिति से शिशु सुरक्षित महसूस करता है। स्तनपान करना व कराना माँ और बच्चे दोनों के लिए एक सुखद अनुभव है और भावनात्मक जुड़ाव और संतुष्टि को बढ़ावा देता है।

सही ढंग से स्तनपान कराना

जल्दी शुरू करें—बच्चा होने के एक घंटे बाद जब नवजात शिशु जागा हुआ हो और उसकी चूसने की इच्छा तीव्र हो, स्तनपान कराना शुरू कर देना चाहिए। इससे शिशु को जन्म के बाद पहले कुछ घंटों में गाढ़ा, पीले रंग का माँ का दूध या पहला दूध जिसे कोलोस्ट्रम या पीयूष कहा जाता है, मिल जाता है। कोलोस्ट्रम में प्रोटीन, खनिज, विटामिन (खासकर विटामिन ए) व रोगप्रतिकारक प्रचुर मात्रा में होते हैं। कम मात्रा में ही निकलने के बावजूद कोलोस्ट्रम शिशु की पहली भूख की पूर्ति कर देता है। आम संक्रमणों से कोलोस्ट्रम शिशु की रक्षा करता है और वह लेक्सेटिव भी होता है।

स्तनपान कराने से पहले शहद, ग्लूकोज, पानी या दूध के पाउडर को पतला करके पिलाने से बिलकुल बचना चाहिए।

सुविधा का ख्याल रखें–शिशु का मुँह पूरा खुला होना चाहिए और जितना ज्यादा हो निपल उसके मुँह के अंदर होने चाहिए। स्तनपान किस सुविधाजनक मुद्रा में कराना चाहिए इसमें महिला के घर की कोई सदस्या या नर्स मदद कर सकती है। प्रत्येक स्तन से शिशु को लगभग 10 मिनट तक दूध पिलाना चाहिए। खुश, भावनात्मक रूप से संतुष्ट व तनावमुक्त रहें।

माँगने पर दूध पिलाएँ–नवजात शिशुओं को बहुत बार दूध चाहिए होता है। इससे दूध भी अधिक मात्रा में बनता है। चूँकि पाउडर के दूध की तुलना में माँ का दूध ज्यादा आसानी से पच जाता है, इसलिए नवजात शिशु को हर दो घंटे बाद उसकी जरूरत पड़ती है। धीरे-धीरे अधिकांश शिशु दिन के समय हर 3-4 घंटे बाद नियमित रूप से दूध पीने की आदत विकसित कर लेते हैं और रात को उन्हें इसकी जरूरत नहीं पड़ती।

कई बार दूध का समय न होने पर भी शिशु रोने लगता है, उसे तब जबर्दस्ती दूध पिलाने की कोशिश न करें। उसे प्यार से सीने से चिपटा लें।

केवल अपना दूध ही पिलाएँ–चार माह तक माँ के दूध के अतिरिक्त शिशुओं को किसी अन्य आहार की जरूरत नहीं होती है, यहाँ तक कि सादे पानी, शहद के पानी या पाउडर के दूध की। इससे बच्चे की भूख पर असर पड़ सकता है, जिससे दूध उतरना कम हो सकता है। शिशु जितना अधिक दूध पीता है, माँ का दूध उतनी ही अधिक मात्रा में बनता है।

कृत्रिम निपल न दें–पहले चार महीनों में बोतल से या किसी तरह के कृत्रिम निपलों का प्रयोग करने से बचें। क्योंकि बोतल से दूध पीने में स्तनों से दूध पीने की अपेक्षा ज्यादा मेहनत लगती है और इस स्थिति में शिशु निपल को लेकर उलझन में पड़ जाते हैं और कई शिशु फिर स्तनपान करने से मना कर देते हैं। स्तनपान करनेवाले शिशुओं को बोतल से पानी न पिलाएँ–माँ का दूध शिशु के लिए आवश्यक सारे तरल पदार्थों को उस तक पहुँचा देता है।

स्तनपान कराने की अवधि–इसके लिए कोई नियम नहीं है, लेकिन शिशु को एक साल तक तो अवश्य ही स्तनपान कराना चाहिए। अगर माँ चाहे तो वह दूसरे वर्ष भी उसे स्तनपान करा सकती है। याद रखें, 4-6 महीने की आयु से शिशु को माँ के दूध के अलावा अन्य आहारों की जरूरत भी होती है।

बीमारी व स्तनपान

जुकाम, फ्लू, त्वचा के इंफेक्शन या पेचिश आदि आम बीमारियाँ स्तनपान कराने में बाधक नहीं होती हैं। वस्तुतः, जब माँ बीमार होती है तो उसके दूध में रोगप्रतिकारक निहित होते हैं जो उसी बीमारी से बच्चे की रक्षा करते हैं।

उसी तरह, बच्चे के बीमार होने पर स्तनपान कराना नहीं छोड़ना चाहिए। शिशु को दस्त, बुखार, जुकाम या अन्य बीमारी होने पर भी उसे स्तनपान कराते रहें। बीमार बच्चे को भूख नहीं लगती है, इसलिए माँ का दूध आहार का आसानी से पचनेवाला व सुविधाजनक विकल्प होता है।

स्तनपान व कामकाजी माँ

बच्चे के जन्म के लिए कामकाजी माँ को काफी छुट्टियाँ लेनी चाहिए। गर्भावस्था में काफी समय तक काम करना व फिर अपने सारे प्रसवाकाशों का प्रयोग बच्चे के जन्म के बाद करना ठीक रहता है। इससे आप सही ढंग से उसे स्तनपान करा पाती हैं।

कई बार जब माँ दूध पिलाने के समय कहीं बाहर होती है तो पहले से निकाले गए माँ के दूध को बोतल में भरकर उसे पिलाया जा सकता है। माँ का दूध फ्रिज के बाहर 8 घंटों तक सुरक्षित रह सकता है।

जिन माँओं को बच्चे के जन्म के कुछ समय बाद ही काम पर लौटना पड़ता है, उन्हें बहुत सावधानी से स्तनपान कराने के बारे में सोचना चाहिए। सुबह व रात को स्तनपान कराया जा सकता है। दिन के समय के लिए, वे अपने दूध को निकालकर उसे फ्रिज में रख सकती हैं, ताकि बाद में बच्चे को वह बोतल में डालकर पिलाया जा सके।

4-6 माह के शिशु का दूध छुड़ाना

विकास व वृद्धि हेतु आवश्यक सारे पौष्टिक तत्त्व उपलब्ध कराने के लिए केवल माँ का दूध ही पर्याप्त नहीं होता। यही नहीं, माँ के दूध में भी कमी आ जाती है और स्वस्थ व तंदुरुस्त रहने के लिए शिशु को अतिरिक्त या सहायक आहार की आवश्यकता होती है। यही वह समय होता है जब अधिकतर विकारों की नींव पड़ती है। इसलिए उचित पोषण अत्यधिक महत्त्वपूर्ण है।

दूध कम करना या वह प्रक्रिया जब शिशु को सहायक भोजन देना आरंभ

कर दिया जाता है और उसका पूरी तरह से माँ का दूध छुड़ा दिया जाता है, बच्चे के जीवन का एक महत्त्वपूर्ण हिस्सा होता है। स्तनपान कराना कम करने के साथ उचित अतिरिक्त आहार का चयन व उससे उसका परिचय कराने में संतुलन के लिए बहुत सावधानी की आवश्यकता होती है।

कई हफ्तों में स्तनपान कम करने की प्रक्रिया पूरी करनी चाहिए। आरंभ में, एक समय स्तनपान न कराएँ और उसे सहायक आहार दें। धीरे-धीरे शिशु कई बार सहायक आहार लेने लगता है और माँ का दूध पीना काफी कम हो जाता है। आखिर तक सुबह व रात को दूध पिलाना कायम रखें।

दूध व जूस जैसे तरल पदार्थ देते हुए स्तनपान कम करने की प्रक्रिया आरंभ होनी चाहिए। धीरे-धीरे फिर मसले हुए या छने हुए अर्ध-ठोस आहार जैसे खिचड़ी, खीर, केला, आलू, दही आदि देना शुरू करना चाहिए। जब बच्चे के दाँत आने लगें तो उसे हाथ में पकड़े जानेवाले ठोस आहार जैसे बिस्कुट, टोस्ट, सब्जी या फल आदि देना शुरू करें।

दूध छुड़ाने के लिए आहार

आयु	भोजन के प्रकार	सुझाव
4 माह	ताजे फलों के जूस	सबसे पहले, उबले, ठंडे किए पानी के साथ मिलाकर कुछ चम्मच दिए जाएँ। फिर धीरे-धीरे बिना पानी मिला 1/3 कप जूस दें।
5 माह	पशु का दूध (गाय, भैंस का दूध)	कुछ समय तक 2 चम्मच दूध में 1 चम्मच पानी व कुछ दाने चीनी के मिलाकर दें। फिर धीरे-धीरे पानी की मात्रा कम कर दें। फिर उसके बड़े (पूरे बचपन तक) होने तक बिना पानी मिला 225 मि.ली. गाय या भैंस का दूध दें।

आयु	भोजन के प्रकार	सुझाव
6 माह	**मसला हुआ आहार :** दूध व चीनी के साथ अनाज (सूजी या चावल) जैसे खीर या दलिया, दाल व सब्जी के साथ अनाज जैसे खिचड़ी या उपमा। केला, मक्खन के साथ आलू, उबले हुए अंडे की जर्दी, उबला हुआ मुर्गा या मछली, पका हुआ मसला मांस, फलों का गूदा।	1-2 चम्मच से शुरू करें और धीरे-धीरे उसकी मात्रा बढ़ाएँ। सब्जियों व फलों के छिलके व बीज निकाल दें। सब्जियाँ धुली, उबली व छानकर दें।
8-9 माह	**बारीक कटा/पतला ठोस आहार :** चावल, चपाती, कच्ची सब्जियाँ–गाजर, खीरा आदि। पकी हुई सब्जियाँ, उबला अंडा, हड्डी रहित मांस, मछली, बिस्कुट, टोस्ट, फल आदि।	मसूड़ों व दाँतों को भोजन चबाने से होनेवाली एक्सर-साइज की जरूरत होती है। छिलके सहित पदार्थ या ऐसा आहार न दें जो मुँह में चिपके, इससे शिशु का दम घुट सकता है। आहार बहुत ही छोटे टुकड़ों में दें।
12 माह	शिशु घर में बननेवाले हर तरह के भोजन को खाने लगते हैं।	

सही ढंग से दूध छुड़ाने के टिप्स

- एक समय में एक ही तरह का नया आहार दें। लगातार कुछ दिनों तब तक यह दें जब तक कि शिशु उसे पसंद न करने लगे। कम मात्रा में आहार दें।
- अगर बिना किसी कारण कोई आहार उसे अच्छा नहीं लगता या वह उसे खाने से इनकार करता है तो शिशु को उसे खाने के लिए बाध्य न करें।

कुछ दिनों बाद उस पदार्थ को खिलाने की कोशिश करें। स्वाद बदलने से हो सकता है बच्चे को तब वह पसंद आ जाए।

- जैसे ही बच्चा किसी एक आहार को खाने लगे, दूसरा नया आहार देना शुरू कर दें ताकि बच्चे को अलग-अलग तरह का भोजन खाने की आदत हो जाए।
- नया आहार किसी अन्य के साथ मिलाकर देने के बजाय अलग से देना चाहिए ताकि बच्चा हर आहार के स्वाद से परिचित हो सके।
- हर भोजन व हर दिन के साथ बच्चे की भूख में भिन्नता आती है। किसी दिन बच्चे को कम या ज्यादा मात्रा में खाना दें।
- उसे जबर्दस्ती न खिलाएँ–इससे उलटी हो सकती है।
- 1 वर्ष से कम उम्र के बच्चे को कोला, चॉकलेट, आइसक्रीम या अन्य किसी प्रकार का फास्ट फूड न दें।
- दिन में एक बार पकी और मसली हुई सब्जियाँ अवश्य दें।
- गर्म मौसम में उसे काफी मात्रा में पानी पिलाएँ। दिन में 2-3 बार व खाने के बाद उबले हुए पानी को ठंडा कर उसे अवश्य पिलाएँ।
- चूँकि शिशु का पेट काफी छोटा होता है, इसलिए उसे दिन में 5-6 बार भोजन दें। चूँकि शिशु भारी भोजन नहीं कर सकते हैं, उनमें वसा या चीनी मिलाने से उनकी ऊर्जा कम हो जाती है।
- शिशु व छोटे बच्चों के लिए खाना बनाते समय स्वच्छता का ध्यान रखें।
- शिशु के आहार को बहुत पहले न बनाकर रखें। उसमें कीटाणु पैदा हो सकते हैं, जिससे बच्चा बीमार पड़ सकता है।
- चूँकि शिशु के लिए दिन में 5-6 बार ताजा खाना बनाना संभव नहीं होता है इसलिए फल, ब्रेड जैसा तैयार भोजन व घर में बने अन्य स्नैक उसे दिए जा सकते हैं।
- बच्चा जब एक साल का हो जाता है तो वह घर में बननेवाले भोजन को खाने लगता है।
- दिमाग के लिए भोजन दें। अपने बच्चे के साथ बात करें व खेलें। उसे अपना प्यार दिखाएँ व उस पर ध्यान दें। बैठने, घुटनों चलने, चलने व बात करने के बच्चे के प्रयासों की प्रशंसा करें व उन्हें समझें।

समय के साथ शिशु निगलने की कला में माहिर हो जाते हैं। इसलिए धैर्य रखें। खाना बाहर निकालने का अर्थ यह नहीं है कि उसे खाना पसंद नहीं है। बल्कि यह इस बात की ओर इंगित करता है कि शिशु को निगलने के लिए जरूरी समन्वय अभी सीखना है।

पहले वर्ष में महत्त्वपूर्ण सप्लीमेंट्स

समय से पैदा हुए बच्चों के अंदर आयरन की पर्याप्त मात्रा संग्रहित होती है जो उन्हें जीवन के पहले चार महीनों तक ताकत देता है। चूँकि माँ के दूध में आयरन पर्याप्त मात्रा में नहीं होता है, इसलिए केवल माँ का दूध पीनेवाले शिशु में पाँच महीने का होते-होते एक नकारात्मक आयरन संतुलन विकसित हो जाता है और 6-9 महीने के बीच में उनका संग्रह चुक जाता है। अगर उसकी पूर्ति न की जाए तो आयरन की कमी या एनीमिया से बुद्धि क्षीण हो जाती है और वह स्कूल की पढ़ाई में पिछड़ने लगता है।

अधिकांश डॉक्टर 2-3 माह की आयु से ही आयरन सप्लीमेंट्स देना आरंभ कर देते हैं ताकि पहले छह महीनों में तेजी से विकास करने के लिए शिशु के पास भरपूर मात्रा में आयरन हो।

शिशु अवस्था के लिए विटामिन डी भी बहुत महत्त्वपूर्ण होता है। हालाँकि हमारे जैसे देश में इसकी कोई समस्या नहीं है जहाँ बहुत तेज धूप निकलती है और अकसर मालिश करने के बाद बच्चों को लिटा दिया जाता है।

क्या मेरा शिशु पर्याप्त मात्रा में खा रहा है?

चमकती हुई आँखें, हमेशा मुसकराना व सक्रिय रहना एक स्वस्थ शिशु की पहचान है।

यह जानने के लिए कि शिशु जो खा रहा है वह पर्याप्त है कि नहीं, उसके वजन की हर माह जाँच करें। अगर दो महीनों तक वजन न बढ़े तो डॉक्टर से जाँच करानी चाहिए।

2.5
बचपन के वर्ष

शिशु अवस्था में जिस तेजी से परिवर्तन होते हैं, उतनी ही धीमी गति से बचपन में परिवर्तन होते हैं। बच्चे की 9 या 10 वर्ष की आयु तक औसतन 2-3 किलो वजन प्रतिवर्ष बढ़ता है। लंबाई प्रतिवर्ष औसतन 6-8 सें.मी. तक बढ़ती है। प्री-स्कूल (1-6 वर्ष) व स्कूल जानेवाले बच्चों (6-11 वर्ष) में ज्ञान व भावनाओं का तीव्रता से विकास होता है जिससे वे एक सामाजिक प्राणी बन जाते हैं।

कुल मिलाकर, बिना अधिक वजन बढ़े बच्चों के आहार से उन्हें विकास व वृद्धि के लिए पर्याप्त ऊर्जा मिलती है। (देखें बॉक्स) उसी के साथ-साथ, आहार में पर्याप्त मात्रा में मिनरल्स व विटामिन होने चाहिए क्योंकि वृद्धि करनेवाले वर्षों में उनकी कमी होने से शारीरिक व मानसिक विकास पर दीर्घकालीन प्रभाव पड़ते हैं।

अब हमें पता है कि वयस्कों की अधिकांश बीमारियों की जड़-दिल के रोग, कैंसर, डायबिटीज व मोटापा अकसर उसके बचपन में है। पौष्टिक भोजन करने की आदत व सक्रिय जीवनशैली को अपनाने के लिए यही सही उम्र होती है। याद रखें, आरंभिक वर्षों में विकसित हुईं खाने की अच्छी आदतें बड़े होने तक कायम रहती हैं।

अत्यधिक वजनवाले (ओवरवेट) बच्चे

यह एक बढ़ती समस्या है कि आज के बच्चे 10 वर्ष पहले की तुलना में कहीं ज्यादा भारी हैं। मोटापा न केवल एक स्वस्थ भविष्य को खतरे में डालता है, बल्कि मोटे बच्चों को कई अन्य खतरों का भी सामना करना पड़ सकता है जैसे वसा का उच्च स्तर, उच्च रक्तचाप व हृदय रोग के साथ इंसुलिन प्रतिरोध।

आमतौर पर, बचपन के आरंभिक वर्षों में फैट घटता है और 4-6 वर्ष में बिलकुल न्यूनतम रह जाता है। 6-7 वर्ष की आयु के आसपास बच्चों को फिर से मोटापे का सामना करना पड़ता है जो बहुत ही स्वाभाविक होता है जब किशोरावस्था की तैयारी करने के लिए बच्चे के शरीर के फैट में वृद्धि होती है। हालाँकि, मोटापे का यह लौटना जल्दी हो जाता है, यानी 5 वर्ष की आयु से पहले तो उन बच्चों की तुलना में जिनमें यह मोटापा 7 वर्ष की आयु में आता है, वयस्क होने पर उन बच्चों का वजन ज्यादा होने की संभावना अधिक रहती है।

यही नहीं, नवीनतम अनुसंधान दर्शाते हैं कि बच्चे का वजन जितने लंबे समय तक अधिक रहता है, उतना ही उसके किशोरावस्था व वयस्क होने पर मोटे होने की संभावना अधिक बनी रहती है।

बचपन में पोषण आवश्यकताएँ

हालाँकि विकास की गति धीमी होती है, पर बचपन के वर्षों में बच्चों की हड्डियों, दाँतों, मांसपेशियों व खून में तेजी से वृद्धि होती है। स्वाभाविक है कि उन्हें भी अपने आकार के हिसाब से वयस्कों की ही तरह अधिक पोषक आहार की आवश्यकता होती है।

परिशिष्ट 2 में 1-3, 4-6, 7-9 व 10-12 वर्ष के आयु वर्ग के बच्चों की निश्चित पोषण की जरूरतों के बारे में बताया गया है। ये पोषण जरूरतें उचित आहार व मात्रा के आधार हैं जिससे बच्चे का आहार संतुलित बनता है। आहार का सुझाया गया वितरण यह सुनिश्चित करेगा कि बच्चे के लिए अनिवार्य सारे मिनरल्स व विटामिन उसे पर्याप्त मात्रा में मिलें। (देखें तालिका)

बच्चे के लिए आहार की सुझाई गई मात्रा					
आहार समूह	मात्रा	1 – 3 वर्ष	4 – 6 वर्ष	7 – 9 वर्ष	10 – 12 वर्ष
अनाज	30 ग्राम	4	7	9	9–11
दालें*	30 ग्राम	1	1.5	2	2
दूध	100 मि.ली.	5	5	5	5
जड़/गाँठदार	100 ग्राम	0.5	1	1	1
हरी पत्तेदार सब्जियाँ	100 ग्राम	0.5	0.5	1	1
अन्य सब्जियाँ	100 ग्राम	0.5	0.5	1	1
फल	100 ग्राम	1	1	1	1
चीनी	5 ग्राम	5	6	6	6–7
वसा/तेल/मेवे	5 ग्राम	4	5	5	5

* मांसाहारियों के लिए दाल की एक मात्रा के बदले 50 ग्राम मांस/मुर्गी/मछली या अंडे दिए जा सकते हैं।

बढ़नेवाले वर्षों में महत्त्वपूर्ण माइक्रोन्यूट्रिएंट्स

आयरन

इन वर्षों के दौरान कुल रक्त व हीमोग्लोबिन में अत्यधिक वृद्धि होती है, जिससे 1-3 वर्ष के बच्चों में आयरन की कमी से होनेवाले एनीमिया के खतरे बढ़ जाते हैं। प्रचुर मात्रा में आयरन युक्त संतुलित आहार काफी रहता है। इसके अतिरिक्त बच्चों को अधिक मात्रा में विटामिन-सी युक्त आहार (ताजे फल) का सेवन करना चाहिए जो आयरन को पचाने में मदद करते हैं। मांसाहारी भोजन में अधिक आयरन होता है जो शाकाहारी भोजन की तुलना में ज्यादा शरीर में घुल जाता है।

कैल्शियम

बच्चों की बढ़ती हड्डियों में पर्याप्त खनिज पहुँचाने व उन्हें सही रखने के लिए कैल्शियम की जरूरत होती है। वयस्कों की तुलना में बच्चों को 2-4 गुना अधिक कैल्शियम की जरूरत होती है। विकास के वर्षों में कैल्शियम की अधिकतम मात्रा व हड्डी के घनत्व को बढ़ाकर बचपन में ही ऑस्टियोपोरेसिस से बचाव किया जा सकता है। यही नहीं, बचपन में

पर्याप्त मात्रा में लिया गया कैल्शियम बड़े होकर मोटे होने की संभावना को भी घटा देता है।
चूँकि दूध व दूध से बने अन्य उत्पाद कैल्शियम के मुख्य स्रोत होते हैं, बच्चों को अत्यधिक मात्रा में इनका सेवन करना चाहिए। साथ-साथ, उन्हें सॉफ्ट ड्रिंक पीने से भी रोकना चाहिए।

विटामिन ए

सब बच्चों को विटामिन ए से भरपूर आहार की आवश्यकता होती है। कम रोशनी में देखने के लिए विटामिन ए अनिवार्य है। साथ ही, वह बच्चों की डायरिया जैसी बीमारियों से रक्षा करता है। विटामिन ए माँ के दूध, हरी पत्तेदार सब्जियों, नारंगी या पीले फलों व गाजर जैसी सब्जियों और पपीता व आम में पाया जाता है।
याद रखें, जो बच्चा ठीक से खाता है, यानी जो विभिन्न प्रकार के आहार से अनिवार्य पोषणों का सेवन करता है, उसे किसी भी तरह के कृत्रिम खनिज या विटामिन सप्लीमेंट्स की आवश्यकता नहीं होती।

प्रीस्कूली बच्चों का आहार

1-6 वर्ष की आयु का समय बहुत दिलचस्प व बाहरी दुनिया से संबंध स्थापित करने का होता है। चूँकि इस दौरान विकास की गति धीमी होती है, इसलिए भूख भी कम लगती है। बच्चों की खाने में रुचि कम हो जाती है और वे पहले जिस चीज को स्वाद से खाते थे, उसे खाने से मना करने लगते हैं या हर भोजन में एक ही चीज की माँग करने लगते हैं।

ऐसे अभिभावकों के लिए जो अपने बच्चों के आहार को लेकर चिंतित रहते हैं और बच्चे की खाने की अनियमित आदतों के कारण परेशान रहते हैं, उनके लिए प्रीस्कूली दिन बहुत ही कठिन होते हैं। ऐसे बच्चों को खाना खिलाने के लिए इन पाँच सुनहरे नियमों का पालन करें।

नियम 1 : किसी भी बच्चे को खाने के लिए बाध्य नहीं किया जा सकता

खाने के मामले में नियंत्रण करना थकानेवाला निरर्थक प्रयास है। यह अवस्था अस्थायी होती है। न ही कठोर नियंत्रण न ही हस्तक्षेप-रहित कोशिश से कोई फायदा होता है। बच्चे की पसंदीदा चीजों के साथ विभिन्न तरह की चीजें उसे देते रहें। किसी चीज के बदले दूसरी चीज खिलाना एक आदत न बनाएँ।

नियम 2 : कम मात्रा में जल्दी-जल्दी खिलाएँ

4 वर्ष से कम उम्र के बच्चों को दिन में 5-6 बार भोजन चाहिए होता है। पेट की कम क्षमता व बार-बार लगनेवाली भूख की वजह से बच्चे तभी सही ढंग से भोजन खा पाते हैं जब उन्हें दिन में कई बार कम-कम मात्रा में भोजन खिलाया जाता है। बच्चे को हर चीज का एक चम्मच दें और उसके माँगने पर ही और खिलाएँ। उसके भोजन में अल्प मात्रा में वसा/तेल/मेवे शामिल करें जो भोजन को गरिष्ठ बनाए बिना उसे पौष्टिक बना देते हैं।

नियम 3 : भोजन का प्रस्तुतीकरण सुंदर हो

भोजन को सही ढंग से सजाकर बच्चे के सामने रखना महत्त्वपूर्ण है। कई बच्चे वैसा खाना पसंद नहीं करते जो प्लेट में एक-दूसरे से मिल रहा होता है या जिन व्यंजनों को वह पहचानते नहीं हैं। टूटा हुआ बिस्कुट या सैंडविच वे शायद इसलिए न खाएँ क्योंकि वे ठीक से काटे नहीं गए हैं। अगर आपको ये तरीके सही नहीं लगते तो बच्चे को बहलाएँ।

बच्चे को ऐसा भोजन न दें जो अत्यधिक गर्म या ठंडा हो।

नियम 4 : बच्चे को सुविधाजनक ढंग से बिठाएँ

बच्चे को हमेशा टेबल पर ही खाना परोसें। कुर्सी व मेज की लंबाई आयु के अनुसार होनी चाहिए। बच्चे के साइज की मजबूत मेज-कुर्सियाँ उपयुक्त रहती हैं। कटोरी, प्लेट व कप न टूटनेवाले हों और पकड़ने में सुविधाजनक हों। बहुत छोटे बच्चों के खाना खाने के लिए प्लेट से ज्यादा उपयुक्त एक गहरी कटोरी रहती है। मोटे और छोटे हैंडिलवाले चम्मच व काँटे आसानी से उनकी पकड़ में आ जाते हैं।

नियम 5 : खाने की सारिणी में फेर-बदल न करें।

संभव हो तो प्रतिदिन खाना खिलाने की एक नियमित समय-सारिणी पर ही कायम रहें। भोजन के बीच में तीन घंटे का अंतराल होना चाहिए। भोजन के पहले बच्चा ज्यादा भाग-दौड़ न करे या उसे भोजन से पहले आराम करने को प्रेरित करें ताकि बच्चा खाने का आनंद उठा सके। भोजन करने के डेढ़ घंटे बाद तक कोई भी खाने या पीने की चीज न दें। बच्चे की भूख थोड़ा-सा खाने से ही खत्म हो जाती है। यहाँ तक कि भोजन के समय हलका नाश्ता लेने पर भी वह खाना ठीक से नहीं खा पाता है।

फलों का जूस

फ्रूट जूस, खासकर बाजार में टैट्रापैक में उपलब्ध जूस छोटे बच्चों को बहुत पसंद है और पानी व दूध की जगह वे उन्हें पीते हैं।

आहार के पोषक तत्त्वों में बदलाव करने के साथ, अत्यधिक मात्रा में इस जूस का सेवन करने से कार्बोहाइड्रेट को पचाने पर असर पड़ सकता है और दस्त लग सकते हैं। अधिक मात्रा में फ्रूट जूस (प्रतिदिन लगभग 350-850 मि.ली.) का सेवन करने से छोटे बच्चों के विकास पर विपरीत असर पड़ता है। छोटे बच्चों द्वारा बहुत ज्यादा जूस पीने से अत्यधिक ऊर्जा प्रदान करनेवाले भोजन की मात्रा में कमी हो सकती है और इस तरह बच्चे की भूख में कमी आने से भोजन की मात्रा में कमी होती है व विकास अवरुद्ध हो जाता है। शारीरिक गतिविधि के साथ बड़ी मात्रा में जूस का सेवन करने से बच्चों में मोटापे की समस्या बनी रहती है।

छह महीने के बच्चों को प्रतिदिन केवल 4 से 6 औंस जूस ही देना चाहिए। बड़े बच्चे व किशोरों को प्रतिदिन 6 से 12 औंस से ज्यादा जूस नहीं पीना चाहिए। याद रखें, ताजे फलों के जूस ही सबसे उत्तम रहते हैं। भारत में बिकनेवाले अधिकांश फ्रूट जूस 'शुद्ध' नहीं होते हैं, बल्कि फल के सत्व व चीनी डालकर तैयार किए गए होते हैं।

स्कूल जानेवाले बच्चों को खिलाना

6 से 12 वर्ष की आयु में खाना खाने की मात्रा में काफी वृद्धि होती है। बच्चे अपने साथियों, अध्यापकों व आदर्श व्यक्ति आदि से निरंतर प्रभावित हुए दिन का एक लंबा भाग स्कूल में व्यतीत करते हैं। इस उम्र में, भोजन से जुड़ी तमाम व्यवहार-संबंधी समस्याओं को बच्चों के साथ मिलकर सुलझाना चाहिए। इन नियमों पर अमल करें।

नियम 1 : ध्यान रहे कि बच्चा हमेशा नाश्ता खाए

बच्चे को कभी भी नाश्ता न छोड़ने दें (चाहे वे बहुत सुबह ही क्यों न स्कूल जाते हों)। पोषक तत्त्वों की उपलब्धता से मस्तिष्क अल्पकालीन परिवर्तनों से भी प्रभावित हो जाता है जो ध्यान, एकाग्रता व याददाश्त पर असर डालते हैं। जो बच्चे बिना नाश्ता किए स्कूल जाते हैं, वे उन नाश्ता करनेवाले बच्चों की अपेक्षा जो नाश्ता करते हैं, कुशलता से मन नहीं लगा पाते हैं। (अध्याय 4)।

नियम 2 : स्कूल के लिए प्रतिदिन एक हेल्दी टिफिन पैक करके दें

बच्चा जैसे-जैसे बड़ा होता है, वह स्कूल कैंटीन से खरीदकर ज्यादा स्नैक्स

खाने लगता है। घर से ही बच्चे को रोज टिफिन बनाकर दें। घर के बने टिफिन ज्यादा पौष्टिक व सुरक्षित होते हैं (अध्याय 4)। स्कूल कैंटीन से सिर्फ हफ्ते में एक ही दिन खरीदकर खाने की अनुमति दें। फास्ट फूड्स महीने में एक ही बार खाने दें।

नियम 3 : हेल्दी स्नैक्स परोसें

चूँकि बच्चे दिन में चार से छह बार खाना खाते हैं, इसलिए स्नैक्स भी भोजन की तरह ही महत्त्वपूर्ण होते हैं। स्नैक्स का चयन सावधानीपूर्वक करना चाहिए ताकि उनमें पोषक तत्त्व प्रचुर मात्रा में हों और उनसे दाँत खराब या मोटे होने का खतरा न हो। बच्चों के सबसे पसंदीदा पौष्टिक स्नैक्स हैं–ताजे फल, दूध, सब्जियाँ व फलों की सलाद, साबुत अनाज के बिस्कुट, ब्राउन ब्रेड से बनी सैंडविच व पारंपरिक भारतीय स्नैक्स।

इसी के साथ, उनके मनपसंद स्नैक्स खाने पर पूर्णतया रोक न लगाएँ। बल्कि उन्हें 'कभी-कभार खानेवाला भोजन' बना दें ताकि आपका बच्चा वंचित महसूस न करे।

नियम 4 : भोजन के प्रति बच्चे में सकारात्मक दृष्टिकोण विकसित करने का प्रयास करें

आरंभिक वर्षों में ही पोषण के बारे में जानकारी प्रदान करना श्रेष्ठ रहता है। बच्चों की खाद्य-पदार्थों को खरीदने, खाना बनाने, टेबल सजाने, पौधे लगाने आदि में अपनी मदद करने के लिए प्रेरित करें। ये सारी गतिविधियाँ भोजन की सकारात्मक आदतें व दृष्टिकोण विकसित करने में बच्चे की मदद करती हैं।

अभिभावक क्या करें और क्या नहीं?

क्या करें?

आदर्श बनें : बच्चे वयस्कों का अनुसरण करते हैं। जब आप पौष्टिक आहार का सेवन करते हैं, तो वे भी ऐसा करने को बाध्य होते हैं।

साथ खाएँ : इकट्ठे बैठकर खाना सुखद होता है, स्नेह-बंधन मजबूत करता है और बच्चों को पौष्टिक भोजन खाने के लिए प्रेरित करता है। नवीनतम रिपोर्ट के अनुसार वे स्कूल जानेवाले बच्चे व किशोर उन बच्चों की अपेक्षा जो कभी-कभी ही अपने परिवारों के साथ रात का भोजन करते हैं, ज्यादा मात्रा में फल व सब्जियों व कम मात्रा में सोडा व तले हुए पदार्थों का सेवन करते हैं।

खाने के समय को सुखद बनाएँ : खाने के समय जल्दबाजी करना वातावरण को खराब करता है जिससे जल्दी-जल्दी खाने की आदत हो जाती है। बच्चों के खाना खाने के आचरण को लेकर की जानेवाली अवास्तविक अपेक्षाएँ, बहस व अन्य संवेगात्मक तनाव गंभीर नकारात्मक प्रभाव डालते हैं।

मीडिया के संदेश के बारे में समझाएँ : टी.वी. में आनेवाले अधिकांश विज्ञापनों में भोज्य पदार्थों को विज्ञापित किया जाता है। जैसे चिप्स, बिस्कुट, पिज्जा, बर्गर, कोला, पास्ता, चॉकलेट, आइसक्रीम, जैम, चॉकलेट स्प्रेड आदि। मुख्यतया इन पदार्थों में फाइबर की मात्रा कम और चीनी, वसा व सोडियम की मात्रा अधिक होती है।

बच्चों को विज्ञापन में दिखाई अधिकांश चीजें याद रहती हैं और वे उनकी माँग करते हैं। आप बेशक कभी-कभी ये चीजें उन्हें खाने को दे सकते हैं, पर इन चीजों का नियमित रूप से सेवन करने से स्वास्थ्य पर पड़नेवाले बुरे प्रभावों के बारे में उन्हें धैर्य से समझाएँ।

क्या न करें?

खाने को लेकर बच्चों से उलझे नहीं : आपका काम है बच्चों को पौष्टिक व उनके विकास में मदद करनेवाला भोजन प्रदान करना। बच्चे को तय करने दीजिए कि वह क्या खाना चाहता है और कितना? ध्यान रखें, खाने को लेकर बहस करना अपने को हराने जैसा है।

बच्चों को अपने प्लेट खाली करने के लिए बाध्य न करें : इससे बच्चों में पेट भरा होने पर भी खाने की प्रवृत्ति आ जाती है।

बच्चों को खाने के नाम पर न तो रिश्वत दें न ही इनाम : खाना खाने के बदले मिठाई को पुरस्कार के रूप में उपयोग करने से बचें।

खाने को प्यार दिखाने का माध्यम न बनाएँ : जब आप प्यार प्रदर्शित करना चाहते हैं, तो उन्हें सीने से लगा लें, उनके साथ समय व्यतीत करें या उनकी प्रशंसा करें।

क्या मेरे बच्चे का विकास ठीक से हो रहा है?
बच्चे के संपूर्ण स्वास्थ्य व विकास के लिए नियमित रूप से वजन का बढ़ना निहायत ही आवश्यक है। नियमित रूप से नजर रखने से समस्याओं का वक्त रहते निदान किया जा सकता है।

जन्म से लेकर एक वर्ष तक बच्चों का वजन हर महीने लिया जाना चाहिए और दूसरे व तीसरे वर्ष में एक महीने छोड़कर अगले महीने में। अगर लगातार दो महीनों तक वजन में बढ़ोतरी नहीं होती है तो यह ठीक नहीं है। दूसरी ओर, वजन का तेजी से बढ़ना और निर्धारित नियमों से ज्यादा हो जाने का अर्थ है मोटापे की शुरुआत।

जब खाने की कमी न होने के बावजूद बच्चे के वजन में बढ़ोतरी नहीं होती, तो ध्यान दें–

- क्या बच्चा पर्याप्त मात्रा में खा रहा है?
- क्या बच्चे के आहार में ऊर्जा की मात्रा बहुत कम है?
- क्या बच्चा अकसर बीमार रहता है?
- क्या बच्चा बीमारी में खाने से इंकार करता है?
- क्या बच्चे को पर्याप्त विटामिन 'ए' मिल रहे हैं?
- क्या बच्चे को बोतल से दूध पिलाया जा रहा है?
- क्या खाना व पानी साफ है?
- क्या बच्चे के पेट में कीड़े हैं?
- क्या बच्चा बहुत समय तक अकेला रहता है?

बीमारी व विकास का ठीक से न होना

बीमार बच्चों को भूख कम लगती है और वे बहुत कम मात्रा में खाना खाते हैं। अभिभावक की सबसे महत्त्वपूर्ण निपुणता यह है कि वह बच्चे के विकास में अवरोधक बीमारी से उसका बचाव करें। बीमार बच्चे को खाना व पेय पदार्थ लेने के लिए प्रेरित करें। उसका मनपसंद भोजन–खासकर हलका भोजन–उसे खाने को दें। एक समय में बहुत थोड़ा-सा, लेकिन जितनी अधिक बार हो, उसे खाने को दें। अगर बच्चा आपका दूध पीता है, तो स्तनपान कराती रहें।

बीमारी ठीक हो जाने के बाद अतिरिक्त भोजन देना चाहिए ताकि बच्चा खोई हुई ताकत पुनः पा सके। बीमारी ठीक हो जाने के बाद कम-से-कम एक हफ्ते तक उसे अतिरिक्त आहार दें।

2.6
किशोरावस्था की जरूरतें

मानव विकास में किशोरावस्था सबसे चुनौतीपूर्ण समय है। बचपन का सामान्य विकास अचानक तेजी से होनेवाले विकास में परिवर्तित हो जाता है (देखें बॉक्स)। ये अचानक होनेवाले बदलाव विशेष पौष्टिक आहार लेने की आवश्यकता में वृद्धि करते हैं, जिनकी पूर्ति आहार द्वारा होनी चाहिए।

यह वह समय भी है जब एक किशोर स्वतंत्र रूप से सोचने लगता है और अपने विचार स्वयं बनाने लगता है। रूप-रंग और आकर्षक दिखना भी एक चिंतनीय विषय बन जाता है। स्कूल-कॉलेज का समय व सामाजिक रुचियाँ जीवन-शैली को परिभाषित करती हैं। साथियों, आदर्श व्यक्ति व मीडिया का प्रभाव अत्यधिक होता है। अनियमित समय पर खाना और घर से बाहर खाने जैसी आदतें बनने लगती हैं।

पोषक तत्त्वों की बढ़ती जरूरत व खेलों में हिस्सा लेना, अत्यधिक डाइटिंग तथा शराब व नशीले पदार्थों का सेवन करने से किशोरावस्था में पौष्टिक तत्त्वों की कमी हो जाती है।

दूसरी ओर, आज अधिक-से-अधिक किशोर मोटे होते जा रहे हैं। किशोरावस्था में मोटे होने के दीर्घकालीन परिणाम वयस्क होने पर दिखाई देते हैं। जो वयस्क किशोरावस्था में मोटे होते हैं, उन्हें मधुमेह, हृदय रोग व आघात, लिवर की बीमारियाँ व कोलोन कैंसर, ऑस्टियोआर्थराइटिस व हाइपरटेंशन होने का खतरा बना रहता है।

किशोरावस्था में सेहत अच्छी बनी रहे, इसके लिए माता-पिता को उनके लिए पोषण की विशेष जरूरतों व मन:स्थिति को समझना आवश्यक है (देखें बॉक्स)। उन्हें किशोरों को यह बात समझने में भी मदद करनी चाहिए कि वर्तमान जीवनशैली का ऊपर वर्णित बीमारियों पर क्या असर पड़ता है?

किशोरावस्था में विकास व वृद्धि

किशोरावस्था (13-18 वर्ष की आयु) का समय बच्चे से युवा बनने की अवधि होती है। बच्चा शारीरिक, यौनिक, भावनात्मक व बौद्धिक रूप से विकास करता है। जन्म के बाद यही वह समय होता है जब विकास की दर वास्तव में बढ़ती है। किशोरावस्था के दौरान विकास होता रहता है, पर अधिकांश वृद्धि 18 से 24 महीनों के बीच हो जाती है। इस समय को 'विकास की धारा' कहा जाता है। किशोर के बदन में लगभग पचास प्रतिशत तक व लंबाई में बीस प्रतिशत तक वृद्धि होती है।

अलग-अलग किशोरों में यौवन[1] आरंभ होने पर विकास की धारा अलग-अलग उम्र में दिखाई देती है। सामान्यतया, लड़कियों में यौवन लड़कों की तुलना में दो वर्ष जल्दी आ जाता है। हालाँकि यौनिक परिपक्वता आने के बाद विकास धीमा हो जाता है, पर लड़कियों में 19 वर्ष तक और लड़कों में 20 वर्ष के आरंभ तक लंबाई व वजन का बढ़ना कायम रहता है। लड़के व लड़कियों के शरीर के गठन में बदलाव आता है। लड़कियों में लड़कों की अपेक्षा ज्यादा वसा एकत्र हो जाती है। एक वयस्क महिला में 22-26% शरीर की वसा होती है, जबकि पुरुषों में 15-18%। युवावस्था के दौरान पुरुषों में महिलाओं की अपेक्षा बिना चरबी के तंतु ज्यादा मात्रा में बनते हैं।

किशोरों को समझना

किशोरावस्था 5-6 वर्षों तक रहती है। विकास की हर अवस्था में किशोर की मन:स्थिति को समझना उसे पौष्टिक आहार प्रदान करने के लिए जरूरी है।

[1] यौवन वह अवधि है जब अन्य लैंगिक लक्षण विकसित होने लगते है। (चेहरे, जननांग, बाँहों के अंदर आदि में बाल आना, आवाज का भारी होना, (लड़कियों में) स्तनों व (लड़कों में) लिंग का विकास आदि) और व्यक्ति प्रजनन के योग्य बन जाता है।

आरंभिक किशोरावस्था में किशोर अपने शरीर को लेकर चिंतित रहते हैं। वे अपने को आकर्षक व शरीर को सुंदर बनाने के लिए कुछ भी करने को तत्पर रहते हैं। इस अवस्था में एक किशोर का उचित मार्गदर्शन करना ज्यादा आसान होता है, क्योंकि वे वयस्कों पर विश्वास व उनका सम्मान करते हैं।

मध्य किशोरावस्था में किशोर काफी हद तक अपने दोस्तों से प्रभावित रहने के कारण, वयस्कों पर अविश्वास करने लगते हैं तथा अपनी आजादी को महत्त्वपूर्ण मानने लगते हैं। अभिभावकों की बजाय किशोर अब अपने दोस्तों की बातें ज्यादा सुनते है और परिवार की खाने की आदतों की उपेक्षा करने लगते हैं।

किशोरावस्था के **अंतिम चरण** में एक किशोर अपने रूप-रंग की एक छवि कायम कर चुका होता है और भविष्य के बारे में सोचने लगता है। ज्यादा दृढ़ विश्वास व मूल्यों के साथ वह अपनी सेहत के प्रति सतर्क हो जाता है। किशोर बेशक अभी भी स्वतंत्र निर्णय लेने में यकीन रखते हैं, पर वे पोषण-संबंधी मार्गदर्शन लेने को तैयार हो जाते हैं।

पोषक जरूरतें

युवावस्था वह समय है जब पोषक तत्त्वों की जरूरतें बढ़ जाती हैं। किशोर लड़के व लड़कियों को सेहत बनाए रखने, विकास व परिपक्वता के लिए वांछनीय स्तर की शारीरिक गतिविधि हेतु वयस्कों की अपेक्षा अधिक ऊर्जा व प्रोटीन की आवश्यकता होती है (परिशिष्ट-2)। किशोरावस्था के दौरान लड़कियों के लिए पोषण नितांत आवश्यक होता है, क्योंकि वे माँ बनने के लिए तैयार हो रही होती हैं।

किशोरों के विकास व स्वास्थ्य में विटामिंस व मिनरल्स एक महत्त्वपूर्ण भूमिका निभाते हैं। अन्य समय की अपेक्षा विकास के प्रस्फुटन के समय युवाओं को कैल्शियम, आयरन, जिंक व मैग्नीशियम की दुगुनी मात्रा चाहिए होती है।

आम धारणा के विपरीत किशोर लड़कों में भी आयरन की कमी हो सकती है। मासिक स्राव में खून निकलने की वजह से अगर लड़कियों को ज्यादा आयरन की जरूरत होती है, तो मांसपेशियों का समूह निर्मित करने के लिए लड़कों को रक्त की अधिक मात्रा की अनिवार्यता होने से अत्यधिक आयरन की जरूरत होती है। किशोरावस्था के दौरान आयोडीन, फॉस्फोरस, कॉपर, क्रोमियम, कोबाल्ट व फ्लोराइड सबकी आवश्यकता होती है।

किशोरावस्था के दौरान विटामिनों की आवश्यकता बढ़ जाती है। हर प्रकार के बी-कॉम्प्लेक्स विटामिन तथा विटामिन ए, सी व ई–सबकी अधिक मात्रा में जरूरत होती है। हड्डियों की सुदृढ़ता के लिए विटामिन डी की आवश्यकता पड़ती है। फोलिक एसिड (एक बी-कॉम्प्लेक्स विटामिन) का संग्रहित होना अत्यंत आवश्यक होता है, क्योंकि गर्भावस्था के दौरान उसकी कमी से तंत्रिकीय नली विकार होने की संभावना बढ़ जाती है।

याद रखें, जो किशोर पोषक तत्त्व कम मात्रा में लेते हैं, वयस्क होने पर उनका विकास भी सही ढंग से नहीं हो पाता है। जो लड़कियाँ किशोरावस्था में संतुलित भोजन नहीं करतीं, उनका स्वस्थ गर्भावस्था व तंदुरुस्त बच्चे होने की संभावनाएँ भी क्षीण हो जाती हैं।

कैल्शियम-कोल्ड ड्रिंक के साथ संबंध

नवीनतम शोध से यह सिद्ध हो चुका है कि वे युवा जो नियमित रूप से कोल्ड ड्रिंक पीते हैं, उनमें कैल्शियम की कमी होने की अधिक संभावना हो जाती है।

दूध की जगह अकसर सॉफ्ट ड्रिंक पीने से कैल्शियम का सेवन कम मात्रा में किया जाता है। यह पाया गया है कि प्रतिदिन दो कैन सॉफ्ट ड्रिंक्स पीने से दूध पीने की मात्रा घटकर आधी रह जाती है।

किशोरावस्था के दौरान अपर्याप्त कैल्शियम हड्डियों के विकास को अवरुद्ध कर देता है। किशोरावस्था में जितनी कम हड्डियाँ बनती हैं, उतना ही बाद में ऑस्टियोपोरिसिस होने का खतरा बढ़ जाता है। यही नहीं, आरंभिक शोध दर्शाते हैं कि सॉफ्ट ड्रिंक्स का सेवन करने से किशोरावस्था में हड्डियों के टूटने के खतरों में भी वृद्धि होती है। यहाँ तक कि ऐसे चुस्त युवा की जो सोडा पीते हैं, उन चुस्त युवाओं की अपेक्षा जो सोडा नहीं पीते, हड्डी जल्दी टूट जाती है।

विभिन्न तरह के आहारों का सेवन कर युवाओं की पोषण जरूरतें पूरी हो सकती हैं। विविध प्रकार के आहारों का सेवन करने से यह सुनिश्चित हो जाता है कि मिनरल्स व विटामिनों की सारी जरूरतें पूरी हो रही हैं। इसके अतिरिक्त किशोर लड़कियों को आयरन व फोलेट सप्लीमेंट्स लेने की सलाह दी जाती है।

खाने का समूह	मात्रा	13-18 वर्ष	
		लड़कियाँ	लड़के
अनाज	30 ग्राम	10	12-14
दालें*	30 ग्राम	3	4
दूध	100 मि.ली.	5	5
कंद/मूल	100 ग्राम	1-2	2
हरी पत्तेदार सब्जियाँ	100 ग्राम	1	1
अन्य सब्जियाँ	100 ग्राम	2	2
फल	100 ग्राम	3	3
चीनी	5 ग्राम	6	7
वसा/तेल/मेवा	5 ग्राम	6	7-8

* दाल के एक हिस्से के बदले 50 ग्राम अंडा/मांस/मुर्गी/मछली दिया जा सकता है।

युवाओं की बढ़ती माँगों को पूरा करना : वयस्कों की तुलना में युवाओं को अधिक भोजन की आवश्यकता होती है। हालाँकि, उनके पास कम समय व ठीक तरह से खाने की इच्छा भी कम होती है। इसलिए उन्हें जो भोजन दिया जाए वह पोषक तत्त्वों से भरपूर हो। ऐसा उनके खाने में मेवे, चीनी व वसा मिलाकर किया जा सकता है। दूध की जगह पनीर या चीज़ देकर, फल व दूध मिश्रित क्रीम, मशरूम या चिकन के सैंडविच, कबाब व सब्जियों युक्त रोल्स किशोरों के लिए उत्तम रहते हैं। वे भारी नहीं होते और चलते-चलते खाना भी आसान होता है।

स्नैक्स : युवाओं को स्नैक से पर्याप्त मात्रा में पोषण मिल जाता है। किशोरों के लिए यह ज्यादा मायने रखता है कि वे क्या और कितना खाते हैं। कैंटीन से खरीदे गए तेलयुक्त समोसे की बजाय घर का बना ताजा खाना ज्यादा फायदेमंद होता है। ताजे फल, पराँठा रोल, क्रैकर्स, गुड़ की पट्टी ऐसी चीजें हैं जो आसानी से साथ ले जाई जा सकती हैं व जल्दी खराब भी नहीं होती।

जरूरत के हिसाब से खाने की मात्रा को संतुलित करना : विकास के प्रस्फुटन के दौरान, अकसर किशोरों को ज्यादा मात्रा में भोजन की जरूरत होती है। हालाँकि, एक बार जब विकास की गति धीमी हो जाती है, उसके अनुसार उन्हें मात्रा व कितनी बार खाना है, इसको नियंत्रित करने की आवश्यकता होती

है। किशोरावस्था के दौरान ज्यादा खाने की आदत अंततः मोटापे की ओर धकेल देती है।

फास्ट फूड : भोजन या स्नैक के रूप में फास्ट फूड खाना व्यस्त रहनेवाले किशोरों में आम बात है। हालाँकि उनसे प्रचुर मात्रा में फैट व साधारण कार्बोहाइड्रेट मिलते हैं, पर फास्ट फूड में आयरन, कैल्शियम, रिबोफ्लेविन, फोलिक एसिड, विटामिन सी व ए कम मात्रा में होते हैं। इसलिए बाहर खाना खाते समय युवाओं को सही व पौष्टिक भोजन खाने के बारे में उचित मार्गदर्शन मिलना चाहिए (अध्याय 6)।

आहार का युवाओं से संबंध

युवाओं में पौष्टिक व जंक फूड्स के साथ अलग-अलग संबंध जोड़ने की प्रवृत्ति होती है। आत्मनिर्भरता की चाह में वे आमतौर पर जंक फूड्स के साथ एक सकारात्मक जुड़ाव व पौष्टिक भोजन के साथ एक नकारात्मक जुड़ाव निर्मित कर लेते हैं।

जंक फूड्स को आनंद और मस्ती के साथ जोड़ा जाता है, जो दोस्तों के साथ, घर व माता-पिता से दूर, किसी मॉल व स्टोर में घूमते हुए पाया जाता है।

दूसरी ओर, पौष्टिक व सेहत के लिए फायदेमंद आहार को घर में रहने, माता-पिता के साथ खाना खाने, वजन व अपने शरीर के आकर्षण व स्वयं पर नियंत्रण रखने की चिंता से जोड़ा जाता है।

किशोरावस्था में शारीरिक सक्रियता

शारीरिक सक्रियता हर आयु वर्ग के लिए महत्त्वपूर्ण है, विशेषकर किशोरों में। किशोरावस्था में शारीरिक सक्रियता शरीर के गठन व ब्लड लिपिड[1] प्रोफाइल्स को सुधारती है, ब्लड प्रेशर कम करती है और हड्डियों को विकसित करती है व जीवनभर हड्डी की बनावट व कार्य करने की ताकत को बनाए रखने में मदद करती है।

यह पाया गया है कि किशोर लड़कियाँ लड़कों की अपेक्षा शारीरिक गतिविधियों, खेलों आदि में कम हिस्सा लेती हैं। विशेषज्ञ सलाह देते हैं कि सभी किशोरों

1. धमनियों के सहज क्रियाशील रहने और रक्त के प्रवाह को नियंत्रित रखने में ब्लड लिपिड मदद करते हैं जो वसा के ऐस्टर (ester) होते हैं।

को संतुलित शारीरिक गतिविधि (15 मिनट भागना या 30 मिनटों तक तेज चलना या 45 मिनट बॉलीबॉल खेलना) में हिस्सा लेना चाहिए।

स्वाभाविक है किसी भी खेल में नियमित रूप से हिस्सा लेने के लिए अभिभावक अपने बच्चों को प्रेरित करने में महत्त्वपूर्ण भूमिका निभा सकते हैं।

किशोर खिलाड़ी

किशोर खिलाड़ी पोषण से जुड़ी गलत जानकारी व प्रदर्शन में बढ़ोतरी करनेवाली असुरक्षित आदतों से बहुत जल्दी प्रभावित हो जाते हैं। सप्लीमेंट्स का अनुपयुक्त इस्तेमाल, वजन घटाने की असुरक्षित आदतें और पोषक तत्त्वों की अपर्याप्त मात्रा का सेवन उनके स्वास्थ्य पर बुरा असर डालकर विकास को अवरुद्ध कर सकता है। किशोर खिलाड़ियों को कितनी मात्रा में पोषक तत्त्वों की जरूरत होती है, इसके बारे में पोषण विज्ञानियों से सलाह लेना जरूरी है।

चूँकि युवा खिलाड़ियों में पानी की कमी जल्दी हो जाती है, इसलिए किसी भी खेल में हिस्सा लेने से पहले व बाद में पर्याप्त मात्रा में तरल पदार्थों का सेवन करना अत्यंत आवश्यक होता है।

किशोरों के भोजन में गड़बड़ियाँ

किशोर कभी भी अपने रूप-रंग को लेकर संतुष्ट नहीं होते हैं। अधिकांश लड़कियों को लगता है कि वे बहुत मोटी हैं और अपने शरीर के आकार को लेकर असंतुष्ट रहती हैं। लड़कों को लगता है कि वे बहुत पतले हैं और अकसर एक मांसल शरीर की कल्पना करते हैं, जो अकसर उनके शरीर से मेल नहीं खाता है।

कल्पना की गई और मनचाही शारीरिक छवि में भिन्नता होने के कारण अकसर खाने की अनुपयुक्त आदतें पड़ जाती हैं। इनके परिणाम नकारात्मक होते हैं। किशोर लड़कियों में खाने को लेकर अकसर गड़बड़ी होती है। हालाँकि जो लड़के शरीर बनाने में हिस्सा लेते या जिमनास्टिक आदि करते हैं, उनमें भी भोजन-संबंधी विकार हो सकते हैं।

एनोरेक्सिया नर्वोसा (क्षुधा-अभाव) (ए.एन.), बुलीमिया नर्वोसा (क्षुधातिशय) (बी.एन.) और बिंज (बहुत अधिक भोजन) किशोरों व युवा महिलाओं में होनेवाले कुछ सबसे आम भोजन-संबंधी विकार हैं।

एनोरेक्सिया नर्वोसा में वजन बढ़ने या मोटे हो जाने का एक तीव्र भय बना रहता है, तब भी जब किशोर का वजन जरूरत से भी ज्यादा कम हो। वजन

के घटने को किसी बड़ी सफलता को पाने का संकेत माना जाता है और युवा लड़की इसके लिए स्वयं को भूखा रखती है।

स्वयं को भूखा रखनेवाले युवा शरीर के सामान्य वजन से अपने शरीर का वजन 85% कम कर लेते हैं। फिर भी उन्हें लगता है कि वे मोटे हैं। प्रथम मासिक स्राव के बाद मासिक स्राव न होने से किशोर लड़की गंभीर स्थिति में आ जाती है। ऐसे मरीजों में डिप्रेशन, मनःस्थिति का बदलते रहना और आत्महत्या करने की प्रवृत्ति देखी गई है।

बुलीमिया नर्वोसा–दूसरी तरफ इसे (बिंज) अत्यधिक खाने के रूप में वर्गीकृत किया जा सकता है। इसमें वजन कम करने के लिए अनुपयुक्त तरीके अपनाए जाते हैं, जैसे–सफाई करना (मुँह में अंगुली डालकर उलटी करना, लैक्सिटिव मूत्रवर्धकों का गलत इस्तेमाल) या सफाई न करना (उपवास रखना या बहुत अधिक एक्सरसाइज करना)।

ऐनोरेक्सिया से ग्रस्त किशोर से भिन्न बुलीमिक किशोर आम वजन के स्तर पर होता है, पर शरीर के आकार व बनावट को बहुत अहमियत देता है।

अत्यधिक खाने (बिंज) का आचरण बुलीमिया में प्रधान होता है। बिंज के दौरान युवा का खाने पर नियंत्रण नहीं रहता और दो घंटों के अंदर ही वह असाधारण रूप से बड़ी मात्रा में भोजन का सेवन कर लेता है। इसमें सबसे आम व्यवहार है मुँह में अंगुली डालकर उलटी करना। अत्यधिक खाने और उलटी करने का यह क्रम सबसे छिपकर किया जाता है और बाहरवालों को शायद उनके इस आचरण की भनक भी नहीं पड़ती।

उदास हो जाना, परेशान रहना और व्यक्तित्व में असामान्यता बहुत आम बात है। एनोरेक्सिया से ग्रस्त मरीज इलाज करवाने से मना कर देते हैं। बी.एन. से ग्रस्त मरीज अपने लक्षणों से परेशान होकर अपनी बीमारी का इलाज करवाते हैं।

बिंज ईटिंग डिस्ऑर्डर एक नई तरह का विकार है जिसे छह महीने के अंतराल के दौरान हफ्ते में कम-से-कम दो बार अत्यधिक खाने के रूप में वर्गीकृत किया जा सकता है। आमतौर पर इसमें इसके विकल्प के रूप में अनुपयुक्त आचरण को नहीं अपनाया जाता है। भावनात्मक रूप से हताशा, एक शर्मिंदगी का एहसास, अपराधबोध व डिप्रेशन इसके बाद हो जाता है। यह विकार बीस वर्ष की उम्र में होता है और औरतों में ज्यादा होता है।

खाने की आदतों के विकार का अगर आरंभिक अवस्था में ही पता चल जाए तो बाद में परेशानी नहीं होती।

खाने की गलत आदतों की रोकथाम करने में माता-पिता महत्त्वपूर्ण भूमिका निभा सकते हैं।

- खाने की गलत आदतों से जुड़ें आरंभिक संकेतों के प्रति सतर्क रहें– 'मैं डाइट पर हूँ' या 'मैं बहुत ज्यादा मोटी हूँ।'
- सुंदरता और शरीर के आकार पर बहुत ज्यादा जोर न दें। ऐसा दृष्टिकोण न रखें जिसके मुताबिक, 'मैं तुम्हें तब ज्यादा पसंद करूँगी अगर तुम अपना वजन घटा लो', 'इतना मत खाओ', आदि।
- इन आचरणों पर नियंत्रण रखें–चिढ़ाना, आलोचना करना, ताकना आदि। इससे यह यकीन हो जाता है कि मोटा होना 'बुरा' है और पतला होना 'अच्छा'।
- डायटिंग के द्वारा अपने शरीर में बदलाव लाने की कोशिश करने के खतरों के बारे में अपने बेटे या बेटी से चर्चा करें।
- खुद संतुलित भोजन, एक्सरसाइज व जैसे हैं उस रूप में स्वयं को अपनाते हुए उनके आदर्श बनें।
- बच्चों को उन मीडिया संदेशों से दूर रहने के लिए प्रेरित करें जो कहते हैं कि दुबली-पतली काया का अर्थ है ताकत, रोमांच, प्रसिद्धि या संपूर्णता।
- अपने बच्चे के साथ समय बिताएँ, उनकी समस्याएँ सुनें व उन्हें सुलझाने के तरीके बताएँ। याद रखें, अपना सम्मान करने, सुरक्षित महसूस करने की भावना डायटिंग व खाने की गलत आदतों की प्रतिकारक हैं।

2.7
मेनोपॉज से गुजरते हुए

मेनोपॉज औरत की जिंदगी की एक प्राकृतिक अवस्था है। रजोनिवृत्ति का अर्थ है मासिक स्राव का रुकना या उसकी प्रजनन क्षमता का समाप्त होना। मेनोपॉज वृद्ध होने का एक संकेत है और यह पैंतालीस और साठ साल के बीच होता है। यह औरत की शारीरिक यौन ताकत या जीवन के आनंद उठाने की क्षमता पर कोई असर नहीं डालता है।

मेनोपॉज शुरू होने से पहले के वर्षों में धीरे-धीरे औरतों के सैक्स हार्मोन (एस्ट्रोजन व प्रोजेस्टेरोन) बनने कम होने लगते हैं। शरीर के अन्य हार्मोंस पर भी प्रभाव पड़ता है। हार्मोंस में होनेवाले इस असंतुलन का संबंध कई अल्पकालीन लक्षणों व दीर्घकालीन स्वास्थ्य के खतरों से है।

अल्पकालीन व दीर्घकालीन परिणाम

मेनोपॉज से 2-6 वर्ष पूर्व से रजोनिवृत्ति के लक्षण दिखाई देने लगते हैं। इन लक्षणों का दिखना धीरे-धीरे या अचानक, हलका या तीव्र हो सकता है।

मेनोपॉज होने के आम लक्षण हैं–अनियमित पीरयड्स, हॉट फ्लैशेज, रात में पसीना आना, योनि मार्ग में जलन या खुजली, सिरदर्द, चक्कर आना, दिल घबराना (हृदय की तेज गति), त्वचा पर खुजली, रूखे बाल हड्डियों व जोड़ों में दर्द, भावनात्मक रूप से हताशा और बार-बार पेशाब करने की इच्छा होना।

भावनात्मक रूप से औरतों के मनोभावों में बहुत अंतर आता है। उन्हें घबराहट, चिड़चिड़ापन, डिप्रेशन, सैक्स में अरुचि, सोने में परेशानी, थकावट, एकाग्रता में कमी व रोने की इच्छा होने लगती है।

वजन का बढ़ना मेनोपॉज का आम लक्षण है। संग्रहित फैट में वृद्धि हो जाती है और जाँघों, नितंब व कमर पर वसा का जमाव हो जाता है तथा काया क्षीण होने लगती है। शारीरिक रूप से सक्रियता में कमी व मेटाबोलिक दर की कमी इन वर्षों में वजन बढ़ाने का कारण बनती हैं।

मेनोपॉज का संबंध गंभीर दीर्घकालीन बीमारियों से भी है। मेनोपॉज से पहले एस्ट्रोजन ब्लड प्रैशर, डायबिटीज, हृदय रोग, ऑस्टियोपोरोसिस[1], एल्जाइमर रोग, स्तन कैंसर व मांसपेशीय क्षति जैसी बीमारियों से प्राकृतिक रूप से बचाव करता है। जब एस्ट्रोजन का स्तर गिर जाता है तो यह सुरक्षा खत्म हो जाती है। इस अवधि में वजन बढ़ने की स्थिति और बिगड़ जाती है जिससे हृदय रोग व आघात होने की संभावना बढ़ जाती है। भाग्यवश, थोड़ी-सी दूरदृष्टि और सही जानकारी से मेनोपॉज के इस समय को आसानी व प्रभावी ढंग से पार किया जा सकता है।

मेनोपॉज के दौरान देखभाल

पौष्टिक आहार का सेवन, पर्याप्त एक्सरसाइज व प्राकृतिक चिकित्साएँ रजनोवृत्ति की परेशानियों व स्वास्थ्य संबंधी खतरों को कम करती हैं। किसी भी तरह की चिकित्सीय परेशानी का निदान करने के लिए मेनोपॉज की अवस्था पर पहुँच चुकीं या उस अवस्था से गुजर रहीं महिलाओं के लिए चिकित्सीय जाँच कराना आवश्यक है। कई महिलाएँ हारमोन रिप्लेसमेंट थेरेपी लेना पसंद करती हैं, जिसमें घटे हुए एस्ट्रोजन की पूर्ति गोलियों, डरमल पैच या योनि की क्रीम/जैल/उसमें डालनेवाली दवाइयों के रूप में की जाती है। हालाँकि, एच.आर.टी. सब महिलाओं को माफिक नहीं आती है और उनमें ब्रेस्ट कैंसर व गर्भाशय के कैंसर के खतरे में वृद्धि कर सकती है।

---

1. ऑस्टियोपोरोसिस वह अवस्था है जब हड्डियों में कैल्शियम की मात्रा घट जाती है और उन्हें कमजोर बनाती है। परिणामत: हड्डियों के टूटने व फ्रैक्चर होने की संभावना बढ़ जाती है।

पोषण व मेनोपॉज

विविध तरह की चीजों का सेवन करते हुए संतुलित आहार लेना उन महिलाओं के लिए नितांत जरूरी है जिनकी रजोनिवृत्ति हो गई है या उसके निकट हैं। मेनोपॉज के दौरान वजन बढ़ने व ऑस्टियोपोरोसिस जैसे कई बदलाव हो सकते हैं, जिन्हें पौष्टिक आहार द्वारा नियंत्रित किया जा सकता है। हालाँकि, उन्हें भी वैसा ही पौष्टिक भोजन लेना चाहिए जैसा किसी वयस्क को (परिशिष्ट-2)। पर ऐसी महिलाओं को अपनी खाने की आदतों पर लगातार ध्यान देने की जरूरत होती है।

रजोनिवृत्ति से गुजर रही महिलाओं के आहार में सैचुरेट्ड फैट की मात्रा व साधारण कार्बोहाइड्रेट्स कम होने चाहिए। प्रोटीन संतुलित मात्रा में और ताजे फल, सब्जियाँ व साबुत अनाज प्रचुर मात्रा में होने चाहिए। मेनोपॉज से गुजर रही महिलाओं को मसालेदार, कैफीनयुक्त (चाय, कॉफी, चॉकलेट व कोला) भोजन व शराब के सेवन से परहेज करना चाहिए। इसके अतिरिक्त :

प्रचुर मात्रा में कैल्शियम का सेवन करें : पचास वर्ष की उम्र के बाद, 20-25 वर्ष की आयु वर्ग की महिलाओं की अपेक्षा उन्हें अधिक कैल्शियम की जरूरत होती है। विशेषज्ञों के अनुसार, हड्डियों की ताकत बनाए रखने के लिए इन महिलाओं को कैल्शियम की उतनी ही जरूरत होती है, जितनी कि किशोर लड़कियों को। अपने आहार में कम वसा युक्त दुग्ध उत्पाद (दूध, चीज़, दही), ब्रोकली, फूलगोभी, टूफो व हरी पत्तेदार सब्जियाँ शामिल करें।

अपने आहार के फाइटोएस्ट्रोजन तत्त्व में वृद्धि करें : फाइटोएस्ट्रोजन वे रसायन होते हैं जो मानव हार्मोन एस्ट्रोजन की नकल कर सकते हैं और रजोनिवृत्ति से जुड़ी परेशानियों को कम करने में मदद कर सकते हैं। फाइटोएस्ट्रोजन से युक्त भोजन, जैसे-अल्फाल्फा, अंकुरण, सोयाबीन, चना, काली मसूर की दाल, टूफो, मिसो तिल या पालक को अपने आहार में शामिल करें।

विटामिन व मिनरल्स के सप्लीमेंट्स लें : रजोनिवृत्ति के वर्षों में अधिकांश विशेषज्ञ औरतों को विटामिन व मिनरल्स के सप्लीमेंट्स लेने की सलाह देते हैं। कैल्शियम, विटामिन डी व बी-12 की अतिरिक्त माँग की पूर्ति के लिए चिकित्सक परामर्श से सप्लीमेंट्स लेना ठीक रहता है।

जड़ी-बूटियों का प्रयोग सावधानीपूर्वक करें : ब्लैक कोहोश, डोंग, क्वाई, पैशन फ्लावर आदि जैसी जड़ी-बूटियों का प्रयोग पारंपरिक रूप से हॉट फ्लैशेज,

निराशा, अनिद्रा, योनिमार्ग में सूखापन जैसी रजोनिवृत्ति से जुड़ी समस्याओं से राहत पाने के लिए किया जाता है। किसी भी समय जड़ी-बूटियों का प्रयोग करने से पहले चिकित्सक से सलाह लेना आवश्यक है।

नमक कम मात्रा में खाएँ : अधिक मात्रा में नमक का सेवन करने से ब्लड प्रेशर बढ़ जाता है, जो हृदय रोग होने का सबसे प्रमुख कारण है। खाना बनाते हुए नमक का प्रयोग कम करें। प्रोसेस्ड फूड कम मात्रा में खाएँ, जैसे-पापड़, अचार व चटनी।

एक्सरसाइज व मेनोपॉज

महिलाएँ जैसे-जैसे वृद्ध होने लगती हैं, उनके लिए एक्सरसाइज करना उतना ही जरूरी हो जाता है। शोध दर्शाते हैं कि मेनोपॉज के दौरान वजन बढ़ने को नियमित एक्सरसाइज द्वारा रोका या कम किया जा सकता है। एक्सरसाइज से हृदय को भी लाभ पहुँचता है, मनोभावों पर अच्छा असर पड़ता है और सेहत भी अच्छी होती है। इससे हॉट फ्लैशेज में भी कमी आती है।

अध्ययनों से यह भी पता लगता है कि हड्डियों की पेशियों में इस्तेमाल न होने के कारण आई कमी को सैर करने जैसी एक्सरसाइज द्वारा पुनःनिर्मित किया जा सकता है। हफ्ते में पाँच दिन 30 से 40 मिनटों तक तेज चलना एक्सरसाइज करने का आसान, कारगर व स्थायी तरीका है। इसके अतिरिक्त वजन उठाने जैसी एक्सरसाइज मांसपेशी को कायम रखने में बहुत कारगर सिद्ध होती है।

किसी भी तरह की एक्सरसाइज करने से पहले डॉक्टर से परामर्श लेना जरूरी है। एक्सरसाइज की शुरुआत धीरे-धीरे होनी चाहिए और फिर ज्यादा श्रमयुक्त गतिविधियों को शामिल करना चाहिए।

2.8
साठ, सत्तर और अस्सी में फिट रहना

प्रकृति के अनुसार जन्म देना व बच्चे को पालना जीवन का मुख्य उद्देश्य है। 26 वर्ष की आयु में मनुष्य अपने जीवन के सर्वोच्च शिखर पर होता है। इसके साथ ही, बूढ़े होने की प्रक्रिया आरंभ हो जाती है और धीरे-धीरे हम कमजोर, क्षीण व हृदय-रोग, कैंसर आदि रोगों का शिकार होने लगते हैं।

हर गुजरते वर्ष के साथ, विशेषकर 50 वर्ष की आयु के बाद, शरीर के सारे कार्यों में धीरे-धीरे कमी आने लगती है। देखने, सुनने, सूँघने, स्पर्श व स्वाद के संवेद लुप्त हो जाते हैं। ऊर्जा, उत्साह व शारीरिक व मानसिक रूप से कार्य करने की क्षमता घट जाती है। मांसपेशियाँ व हड्डियाँ कमजोर होने लगती हैं और दूसरी ओर, शरीर की अवांछित वसा तेजी से घुलने लगती है। रोग-प्रतिरोध क्षमता के मंद पड़ने से संक्रमणों का खतरा बढ़ जाता है। कुल मिलाकर जीने की क्षमता वृद्धावस्था में क्षीण होने लगती है।

निस्संदेह जीवन की इस अवस्था के दौरान अच्छे पोषण की अत्यधिक आवश्यकता होती है। यह शरीर में होनेवाले अनगिनत बदलावों को रोक या कम कर सकता है। लेकिन वृद्ध लोगों की खाने व पचाने की क्षमता पर भी बुरा असर पड़ता है, जिससे स्वस्थ जीवन जीना उनके लिए कठिन हो जाता है।

टूटे, ढीले व खराब दाँत या सही तरह से न लगे नकली दाँतों की वजह से उन्हें खाने व पचाने में दिक्कत आने लगती है। वृद्ध लोग नरम आहार लेना पसंद करते हैं जिसकी वजह से उनके आहार में फाइबर, मिनरल्स व

विटामिनों की कमी हो जाती है। स्वाद व सूँघने की घटती क्षमता के साथ भूख व खाने की इच्छा में भी कमी आ जाती है। खाने के कारण होनेवाली बीमारियों से ग्रस्त होने की संभावनाओं में वृद्धि हो जाती है, क्योंकि वृद्ध लोग बासी या सड़े हुए खाने को पहचान नहीं पाते हैं। स्वाद ग्रंथियाँ उन्हें बहुत अधिक मीठा या नमकीन खाने को उकसाती हैं।

लार व पाचक रसों के कम स्राव के कारण पचाने की क्षमता में भी कमी आ जाती है। लैक्टोस को पचाने में अक्षम होने के कारण वे दुग्ध उत्पाद भी नहीं ले पाते जो प्रोटीन, विटामिन व मिनरल्स का उत्तम स्रोत होते हैं। कब्ज व पेट फूलना इस समय सबसे ज्यादा होता है।

यही नहीं, वृद्ध लोगों को खासकर जो अकेले रहते हैं, चलने, खरीदारी करने व खाना बनाने में दिक्कत आती है। बीमारियाँ, जो वृद्धावस्था में अकसर उन्हें घेरे रहती हैं, खाने की आदतों व उसके पाचन पर भी असर डालती हैं। गिरते हुए स्वास्थ्य के कारण उत्पन्न डिप्रेशन, दूसरों पर बढ़ती निर्भरता, समाज से कट जाना, भूख में कमी व भोजन के प्रति अरुचि पैदा कर देते हैं जिससे आहार की मात्रा पर असर पड़ता है।

प्राकृतिक बदलावों के बावजूद वयस्क होने के समय से ही एक स्वस्थ जीवनशैली अपनाने से इसे नियंत्रित किया जा सकता है कि कैसे कोई व्यक्ति बूढ़ा होगा। सही तरह का खाना व पोषक तत्त्व मोटापे, उच्च रक्तचाप, हाइपरटेंशन व उच्च रक्त स्तर को नियंत्रित कर सकते हैं, जिससे वृद्ध होने पर भी व्यक्ति स्वस्थ रह सकता है।

पोषण आवश्यकताएँ

आयु के साथ ऊर्जा की आवश्यकता भी घट जाती है। ऐसा इसलिए होता है क्योंकि शरीर के तत्त्वों में परिवर्तन आने से बी.एम.आर. और शारीरिक सक्रियता में कमी आ जाती है। प्रोटीन, विटामिन व मिनरल्स की आवश्यकताएँ वही रहती हैं।

वृद्ध भारतीय वयस्कों के लिए किसी तरह की पोषण संबंधी सलाह अलग से वर्गीकृत नहीं की गई है। 50 वर्ष से अधिक के अमरीकी पुरुष व स्त्रियों को 2000 से 1600 तक कैलोरी लेने की सलाह दी जाती है। वयस्कों की अन्य आवश्यकताएँ वही हैं (परिशिष्ट-2)।

जैसे-जैसे व्यक्ति की आयु बढ़ती है, मिनरल्स व विटामिन उसके लिए महत्त्वपूर्ण बनते जाते हैं, क्योंकि नरम खाद्यों के खाने के कारण फाइबर, विटामिन, मिनरल्स से भरपूर फल व सब्जियाँ नहीं ली जाती हैं।

विटामिन ए[1], विटामिन सी[2] व विटामिन ई[3] जैसे एंटीऑक्सीडेंट बहुत महत्त्वपूर्ण होते हैं, क्योंकि वे कोशिका की क्षति से बचाव करते हैं और मोतियाबिंद, हृदय रोग व कैंसर के खतरे में कमी करते हैं। जिन खाद्य पदार्थों में एंटीऑक्सीडेंट प्रचुर मात्रा में होता है, वे बीमारियों की रोकथाम के लिए महत्त्वपूर्ण हैं। फल व सब्जियों में प्रचुर मात्रा में एंटीऑक्सीडेंट होते हैं और प्रतिदिन लगभग पाँच बार फल व सब्जियाँ खाने की सलाह दी जाती है।

फाइटोकैमिकल्स जैसे पोषण रहित रसायनों में भी एंटीऑक्सीडेंट के गुण होते हैं और वे लहसुन, प्याज, अदरक, जई, सोयाबीन, ग्रीन टी, रेड वाइन, मशरूम, तिलहन (सरसों, कनोला, तिल), मेवे (बादाम, मूँगफली, अखरोट), जड़ी-बूटियाँ व मसाले (काली मिर्च, लौंग, ओरेगेनो, सरसों व हल्दी) में पाए जाते हैं।

जैसे-जैसे आयु बढ़ती है, कैल्शियम हड्डियों से हटकर उन्हें क्षीण व भुरभुरी बना देता है। कैल्शियम से भरपूर उत्पादों को खाने से शरीर में कैल्शियम की पर्याप्त मात्रा बनी रहती है जिससे हड्डी टूटने की संभावना कम हो जाती है।

खाद्य समूह	**मात्रा**	**वयस्क/वृद्ध**	
		50 वर्ष या अधिक	70 वर्ष या अधिक
अनाज	30 ग्राम	6-11	6
दालें	30 ग्राम	2-3	2
दूध	100 मि.ली.	2-3	3
हरी पत्तेदार सब्जियाँ	100 ग्राम	1	1
अन्य सब्जियाँ	100 ग्राम	2-3	2

---

1. **विटामिन ए** पीली/नारंगी रंग की सब्जियों (गाजर, सीताफल, शकरकंदी), पीले/नारंगी फलों (खुबानी, आम, संतरा, खरबूजा), हरी पत्तेदार सब्जियों जैसे पालक, सरसों, मूली के पत्ते, मेथी के पत्ते व ब्रोकली में पाया जाता है।
2. **विटामिन सी** खट्टे फलों अमरूद, आँवला, खरबूजा, अनार, टमाटर, हरी पत्तेदार सब्जियों, मिर्च, बंदगोभी, अंकुरित दालों व अनाजों में पाया जाता है।
3. **विटामिन ई** मूँगफली, सोया, पाल्म, कॉर्न, सैफ्लावर, सनफ्लावर व कॉटनसीड जैसे वनस्पति तेलों, सरसों के पत्ते, शलजम आदि जैसी सब्जियों, चिकन के जिगर, साल्मन और श्रिंप (मछलियों), बादाम, मूँगफली, अखरोट आदि जैसे मेवों में पाया जाता है।

खाद्य समूह	मात्रा	वयस्क/वृद्ध	
		50 वर्ष या अधिक	70 वर्ष या अधिक
फल	100 ग्राम	2-3	2
चीनी	5 ग्राम	2-3	2-3
वसा/तेल/मेवे	5 ग्राम	4	4
पानी		8-10 गिलास	

स्वस्थ बुढ़ापे के लिए आहार संबंधी टिप्स :
निम्नलिखित टिप्स का पालन करने से आप पर्याप्त मात्रा में पोषक तत्त्व लेकर वृद्धावस्था में भी एक स्वस्थ जीवनशैली कायम रख सकते हैं–

कम मात्रा में कई बार खाना : वृद्ध लोगों को कम मात्रा में ऐसे भोजन की आवश्यकता होती है जो आसानी से पचाया जा सके। चार या पाँच बार कम मात्रा में खाने की सलाह दी जाती है। भूखे न रहें।

खाने का समय नियमित रखें : नियत समय पर खाना खाएँ। किसी भी वक्त का खाना न छोड़ें। साथ ही बोरियत, तनाव, अकेलेपन में या खाली बैठे-बैठे कुछ भी हमेशा खाते न रहें।

देखने में अच्छा व स्वादिष्ट भोजन : विभिन्न तरह के भोजन व रंगों का मिश्रण सम्मिलित कर अपने आहार को देखने में आकर्षक बनाएँ। इससे आपको खाने की इच्छा होगी। खाना अच्छे से पका होना चाहिए और इस तरह बना होना चाहिए कि खाने व चबाने में दिक्कत न आए।

विटामिंस, मिनरल्स, सप्लीमेंट्स : अत्यधिक मात्रा में फल व सब्जियाँ खाएँ जो विटामिन व मिनरल्स का उत्तम स्रोत हैं। साथ ही डॉक्टर की सलाह से विटामिन व मिनरल्स सप्लीमेंट्स भी लें।

फाइबर अधिक मात्रा में लें : कब्ज से बचने के लिए गेहूँ, चना व सोयाबीन का आटा, दालें, मटर व फलियाँ, फल व मेवों का सेवन करें। फाइबर आपकी आँतों से ठीक से निकल सके इसके लिए प्रचुर मात्रा में तरल पदार्थों का सेवन करें।

अधिक मात्रा में पानी पिएँ : वृद्ध लोगों के लिए अन्य पोषणों की तरह ही पानी भी महत्त्वपूर्ण होता है। विशेषज्ञ प्रतिदिन आठ गिलास पानी पीने की सलाह देते हैं। इसके अलावा जूस, सूप और दूध जैसे अन्य पेय पदार्थों का भी सेवन करें।

नमक का सेवन कम मात्रा में करें : अधिकांश बुजुर्ग लोग जरूरत से ज्यादा नमक का सेवन करते हैं। पूरे दिन में केवल 2-3 चम्मच नमक लेने का लक्ष्य बनाएँ। नमकीन व प्रोसेस्ड फूड खाना बंद कर दें। खाने को स्वादिष्ट बनाने के लिए मसाले, हर्ब्स व नींबू का रस डालें। साथ ही हरी पत्तेदार सब्जियों, टमाटर, केला, आलू जैसी सब्जियों का सेवन करें जिनमें पोटेशियम प्रचुर मात्रा में होता है।

शारीरिक रूप से सक्रिय रहें : पचास वर्ष की आयु वह अवधि होती है जब नियमित रूप से शारीरिक गतिविधियाँ करने से वृद्धावस्था से जुड़े अधिकांश परिवर्तनों को रोका, कम किया या पलटा जा सकता है। वृद्ध लोग अकसर बैठे रहते हैं। शारीरिक गतिविधि से लचीलापन, सहनशक्ति, फुर्ती, समन्वय, संतुलन में सुधार होता है और तंदुरुस्ती का एहसास होता है। यह बीमारियों को दूर भगाकर आत्मनिर्भरता बनाए रखने में मदद करता है। पार्क में चलने या एक्सरसाइज करने से आप मानसिक रूप से चुस्त व सामाजिक रूप से सक्रिय रहते हैं।

सामाजिक रूप से सक्रिय रहें : परिवार के अन्य सदस्यों के साथ खाना खाएँ। भोजन के समय खुश रहने से आप सही व पौष्टिक भोजन का सेवन करेंगे। बाहर जाएँ, दोस्तों के साथ मिलकर खाएँ या रिश्तेदारों के साथ बाहर कहीं जाएँ।

वृद्ध लोग इनसे बचें

- सैचुरेट्ड फैट्स से युक्त आहार, जैसे–देसी घी, मक्खन, क्रीमयुक्त दूध, चीज़, खोया, मिठाई, रेड मीट, अंडे तथा वनस्पति, मारगेरीन, प्रोसेस्ड फूड्स व बेक्ड केक, बिस्कुट आदि।
- केवल कैलोरीयुक्त खाद्य पदार्थ जिनमें पोषक तत्त्व नहीं होते, जैसे चिप्स, कुकीज, सोडा व अल्कोहल आदि का सेवन न करें। बहुत ज्यादा मीठे पदार्थ जैसे मिठाई आदि न खाएँ।

वसा की सही मात्रा का सेवन करने के लिए

- लो-फैट दुग्ध उत्पाद व सलाद ड्रेसिंग का प्रयोग करें।
- नॉन-स्टिक पॉट व पैन का प्रयोग करें तथा बिना घी, तेल के खाना बनाएँ।
- खाना पकाने से पहले अतिरिक्त वसा हटा दें।
- ऑलिव, कॉर्न, सैफ्फलावर या सनफ्लावर ऑयल जैसे अनसैचुरेट्ड वेजीटेबल ऑयल्स का प्रयोग करें।
- खाने को उबालें, भूनें, बेक, स्टीम करें या माइक्रोवेव में पकाएँ। उन्हें तलें नहीं।
- अपने भोजन में मक्खन की जगह नींबू का रस, हर्ब्स या मसाले डालें।

- रात के भोजन के बाद चाय-कॉफी न पिएँ।
- छिलकों या बीजों सहित सख्त पदार्थ न लें, जब तक कि उन्हें उबालकर या कसकर न खाया जाए।
- अत्यधिक मसालेदार भोजन जो अपच या एसीडिटी का कारण बनते हैं।
- धूम्रपान व शराब।

भाग 3

स्वास्थ्य के लिए विशेष पोषक तत्त्व

परिचय

अच्छा संतुलित आहार वह होता है जिसमें उपयुक्त मात्रा में सारे अनिवार्य पोषक तत्त्व निहित होते हैं, यानी कार्बोहाइड्रेट्स, प्रोटींस, फैट्स, विटामिंस व मिनरल्स। 'संपूर्ण' आहार एक संतुलित आहार की धारणा पर निर्मित होता है।

स्वाभाविक है, एक संपूर्ण आहार मात्रा व गुणवत्ता के अनुसार पौष्टिक होता है। साथ-साथ, एक संपूर्ण आहार में वे भोज्य पदार्थ निहित होते हैं जिनमें वे तत्त्व प्रचुर मात्रा में होते हैं, जो शरीर में भोजन को पचाने, ग्रहण व इस्तेमाल करने के लिए आवश्यक होते हैं।

पुस्तक के इस भाग में उन विशेष पोषक तत्त्वों की बात की गई है जो आहार को संपूर्ण बनाते हैं। पहला अध्याय पर्याप्त मात्रा में विटामिन ए, आयरन व आयोडीन खाने की महत्ता और उन कमियों पर प्रकाश डालता है, जो समृद्ध भारतीय परिवारों में बहुत आम है।

अगले अध्याय में भोजन के द्वारा मिलनेवाले फाइबर, पानी, नमक व एंटीऑक्सीडेंट्स जैसे विशेष पोषक तत्त्वों का पर्याप्त मात्रा में सेवन करने की अनिवार्यता के बारे में चर्चा की गई है। वह भाग, हमारे आहार के एक अनिवार्य तत्त्व, चीनी के सेवन की जरूरत के बारे में भी सवाल उठाता है।

3.1

क्या आप अप्रत्यक्ष भूख से पीड़ित हैं?

हम समृद्ध परिवारों से हैं और जहाँ तक खाने का सवाल है, तो उसका पूरा लुत्फ उठाते हैं। हम कभी भूखे नहीं रहते और इसलिए समझते हैं कि हमारा आहार 'गुणवत्ता' के हिसाब से भी उपयुक्त है।

फिर भी, शोध दर्शाते हैं कि भारत में हर पाँचवाँ व्यक्ति–लगभग 20 करोड़ लोग–आयरन, विटामिन व आयोडीन की कमी से पीड़ित हैं। आम धारणा के विपरीत, मध्य वर्ग व उच्च वर्ग के परिवार भी अनुपयुक्त आहार का सेवन करते हैं जिनमें आयरन, विटामिन व आयोडीन की कमी होती है।

अप्रत्यक्ष भूख क्या है?

आयरन, विटामिन व आयोडीन वे तीन पोषक तत्त्व हैं जो हमारे शरीर के विकास, वृद्धि व क्रियाशीलता के महत्त्वपूर्ण कार्यों को नियंत्रित करते हैं। चूँकि शरीर को भोजन के द्वारा इन पोषक तत्त्वों की बहुत कम मात्रा की आवश्यकता होती है, इसलिए इन्हें माइक्रोन्यूट्रिएंट्स कहा जाता है।

हम सबको माइक्रोन्यूट्रिएंट्स चाहिए। जब हमें यह उपयुक्त मात्रा में नहीं मिलते हैं तो इसका प्रभाव दिल दहलानेवाला हो सकता है, खासकर गर्भावस्था व शिशुवस्था में। अधिक चिंता करनेवाली बात तो यह है कि शरीर के बाहर दिखने से बहुत पहले ही ये कमियाँ हमारे शरीर को प्रभावित करने लगती हैं। इसका मतलब है कि हमें यह पता लगने से पहले ही, कि हमारा आहार अनुपयुक्त है, हमारे शरीर का नुकसान हो जाता है। माइक्रोन्यूट्रिएंट्स की कमी

सेहत को भीतर तक क्षति पहुँचाती है पर पेट के नीचे नहीं...इसीलिए इसे 'अप्रत्यक्ष भूख' कहा जाता है।

अप्रत्यक्ष भूख गंभीर हो सकती है

माइक्रोन्यूट्रिएंट्स का अपर्याप्त मात्रा में किया गया सेवन छोटे-बड़े सभी को गंभीरता से प्रभावित करता है।

गर्भावस्था के दौरान आयरन या आयोडीन की कमी से समय से पहले बच्चा या गर्भपात हो सकता है। अजन्मे शिशु के मस्तिष्क का विकास अवरुद्ध हो सकता है। कई मामलों में तो, गर्भावस्था के दौरान, आयरन की कमी होने से माँ की मृत्यु तक हो जाती है। यही नहीं, जिन बच्चों की माँएँ इस कमी से पीड़ित होती हैं, वे स्वस्थ शिशु की तरह जन्म नहीं लेते क्योंकि वे बहुत ही कम माइक्रोन्यूट्रिएंट्स के साथ पैदा होते हैं।

हमारे आहार में आयरन की अपर्याप्त मात्रा के कारण होनेवाली खून की कमी से भारत की आधी जनसंख्या पीड़ित है। गरीब या अमीर, ग्रामीण या शहरी, बूढ़े या युवा–सब इससे प्रभावित होते हैं।

चार छोटे बच्चों में तीन, प्रत्येक दूसरी महिला, कुल गर्भवती महिलाओं में तीन-चौथाई महिलाएँ व दूध पिलानेवाली माताएँ और हर किशोर लड़की एनीमिया का शिकार होती है। कामकाजी वयस्कों (18-45 वर्ष के) में भी यह व्यापक रूप से व्याप्त है।

आयरन (लौह तत्त्व) की कमी से ग्रस्त शिशुओं में मानसिक विकास, भाषा को समझने की क्षमता, शरीर के संतुलन व समन्वय में विकृति हो जाती है। स्कूल में, खून की कमी से ग्रस्त बच्चों की एकाग्रता में कमी हो जाती है, याददाश्त कम हो जाती है और किसी भी चीज को समझ न पाने के कारण स्कूल में वे बेहतर परिणाग प्रदर्शित नहीं कर पाते।

बड़े बच्चों व वयस्कों में एनीमिया के लक्षण बहुत आम होते हैं और अकसर उन पर ध्यान नहीं दिया जाता। ये लक्षण हैं–थकावट, एकाग्रता व इच्छा में कमी और थोड़ा-सा काम करने पर ही साँस का फूलना। त्वचा, आँखों, जीभ व नाखूनों की परत पर पीलापन होना अन्य लक्षण हैं। थोड़ी-सी भी खून की कमी होने पर, इलाज होने के बाद तंदुरुस्ती व काम करने के बाद थकावट में कमी देखी गई है।

विटामिन ए की कमी से ग्रस्त बच्चों का विकास सही ढंग से नहीं होता है। रात में दिखाई न देने से शुरू होकर हलकी रोशनी में भी दिखाई देना बंद हो जाता है। विटामिन ए की कमी से छोटे बच्चों में अंधापन हो जाता है। बचपन के बाद, हालाँकि हमेशा के लिए आँखों का खराब हो जाना कम ही होता है, पर युवकों और वयस्कों में सुबह और शाम के समय आँखों में धुँधलापन अवश्य उतर आता है।

आयरन की कमी से पीड़ित बच्चों में मांसपेशियों में विकार व लकवे की समस्या तथा बोलने व सुनने में कठिनाई आ जाती है। ये बच्चे मानसिक रूप से भी अक्षम होते हैं और पढ़ाई में ध्यान नहीं लगा पाते हैं। वयस्कों में आयोडीन की कमी से घेघा रोग हो जाता है, जिससे थायरॉयड ग्रंथि बढ़ जाती है।

माइक्रोन्यूट्रिएंट्स की कमी से हम शीघ्र संक्रमण ग्रस्त हो जाते हैं।

अप्रत्यक्ष भूख के बारे में हम क्या कर सकते हैं?

सौभाग्यवश, आयरन, विटामिन ए और आयोडीन का पर्याप्त मात्रा में सेवन करने से माइक्रोन्यूट्रिएंट्स कमियों से बचा, यहाँ तक कि उन्हें ठीक भी किया जा सकता है। पर्याप्त मात्रा में माइक्रोन्यूट्रिएंट्स से भरपूर आहार के साथ संतुलित भोजन सबसे उत्तम रहता है।

बहुत सारे भोज्य पदार्थों में आयरन व विटामिन ए प्रचुर मात्रा में होता है। (देखें तालिका)। कुछ ही पदार्थ–सीफूड्स के अलावा–आयोडीन के उत्तम स्रोत हैं। पर्याप्त मात्रा में आयोडीन का सेवन करने के लिए आयोडीनयुक्त नमक ही एकमात्र उपयुक्त माध्यम है।

आयरन और विटामिन ए से भरपूर भोज्य पदार्थ

सब्जी व पशु से प्राप्त भोजन दोनों आयरन व विटामिन ए के उत्तम स्रोत हैं।

	विटामिन ए	**आयरन**
हरी पत्तेदार सब्जियाँ (चौलाई का साग, धनिया, मेथी, बंदगोभी, पुदीना, पालक, मूली की पत्तियाँ आदि)	✓	✓
नारंगी/पीले फल (आम, पपीता)	✓	–
पीली/नारंगी सब्जियाँ (शकरकंदी, गाजर, सीताफल आदि)	✓	–

दूध व दूध से बने उत्पाद (दही, पनीर, खोया, छाछ व मक्खन)	✓	–
अंडे	✓	–
मांस, विशेषकर लीवर	✓	–
अनाज व उनके आटे (गेहूँ, रागी, ज्वार, बाजरा)	✓	–
दालें विशेषकर अंकुरित की हुईं	–	✓
खजूर, गुड़	–	✓

ध्यान रखें कि आपका परिवार दोपहर व रात के भोजन में सब्जियाँ अधिक मात्रा में खाए। विशेषकर हरी पत्तेदार सब्जियाँ। यह सुनिश्चित करें कि आपके परिवार का हर छोटा-बड़ा सदस्य पर्याप्त मात्रा में दूध व दूध से बने उत्पादों का सेवन करे और अगर आप मांसाहारी हैं तो अंडे/मुर्गा/मांस/मछली का सेवन करे।

गर्भावस्था और किशोरावस्था के दौरान आयरन के अलावा (फोलिक एसिड के साथ) ऊपर दर्शाए गए तालिका के अनुसार माइक्रोन्यूट्रिएंट्स की जरूरत नहीं होती।

ताकत देनेवाले आहारों से अप्रत्यक्ष भूख का अंत करना

ताकत देनेवाले पदार्थ यानी जिनमें माइक्रोन्यूट्रिएंट्स मिले हुए हैं, जैसे–आयरन के साथ आटा, विटामिन ए के साथ वनस्पति, आयोडीनयुक्त नमक आदि–हमारे सामान्य आहार में महत्त्वपूर्ण खनिजों व विटामिनों की कमी को पूरा करते हैं।

भारत में पुष्टिकरण की धारणा नई है। केवल कुछ ही आहारों को तीन अनिवार्य माइक्रोन्यूट्रिएंट्स के साथ पुष्ट किया गया है। आयोडाइज्ड नमक पुष्ट आहार का सबसे उत्तम उदाहरण है जो आयोडीन की कमी से पर्याप्त बचाव करता है।

बहुत ही कम आहारों में आयरन होता है। हालाँकि आयरन मिलाने के लिए गेहूँ और मैदा दोनों ही उत्तम हैं। केवल कुछ ही ब्रांडों में आयरन का प्रयोग किया जाता है। ब्रेकफास्ट में खाए जानेवाले कॉर्न, चावल, गेहूँ के फ्लेक्स–सबसे मुख्य वर्ग हैं जिन्हें आयरन, कैल्शियम, जिंक, विटामिन ए और बी-कॉम्पलेक्स विटामिनों से पुष्ट बनाया गया है। पौष्टिक ब्रेकफास्ट सीरियल्स का सेवन करने से अनिवार्य माइक्रोन्यूट्रिएंट्स की दैनिक जरूरत का एक तिहाई हिस्सा प्राप्त हो जाता है।

दूध और वनस्पति को भी काफी हद तक विटामिन से पौष्टिक बनाया गया है। वेजीटेबल ऑयल व देसी घी के किसी भी राष्ट्रीय ब्रांड में अनिवार्य विटामिन नहीं हैं।

भविष्य में पुष्टिकर आहार

नमक में आयरन (आयोडीन के साथ) मिलाने की संभावना पर रिसर्च की जा रही है। साथ ही चीनी, दूध व चाय को विटामिन ए युक्त करने का भी प्रयास किया जा रहा है। पुष्टिकर हल्दी पाउडर व चावल अन्य ऐसे आहार हैं, जिनकी भविष्य में बनने की उम्मीद की जा सकती है।

3.2
आपके भोजन का रंग क्या है?

रंगों की मात्रा को समझाने के लिए आपका न्यूट्रीशन विशेषज्ञ या डॉक्टर होना जरूरी नहीं है। आहार का मूल्यांकन करने का सरल आधार रंग होने चाहिए। रंग यह बताने का सही माध्यम है कि उसमें क्या है? अच्छा पोषण या खाली कैलोरी। रंग जितना चमकदार होगा, उतना ही वह पौष्टिक भी होगा।

फल व सब्जियों के चमकदार, खिले रंग 25,000 रसायनों का प्रतिनिधित्व करते हैं, जो हृदय रोगों से बचाव करने में मदद करते हैं, विभिन्न तरह के कैंसर को रोकते हैं, इम्यून सिस्टम में सुधार करते हैं, आँखों की रोशनी की सुरक्षा करते हैं और बूढ़े होने की प्रक्रिया को अवरुद्ध करते हैं।

अधिकांश फलों व सब्जियों को पाँच रंगों में वर्गीकृत किया जा सकता है–लाल, नीला/बैंगनी, हरा, पीला/नारंगी व सफेद। इन सबमें अनोखी विशेषताएँ तो होती ही हैं, साथ ही अलग-अलग रंग स्वास्थ्य को हर तरह से लाभ प्रदान करने के लिए परस्पर एक-दूसरे की मदद भी करते हैं। इस प्रकार, प्रतिदिन अलग-अलग रंगों के फलों व सब्जियों को खाना जरूरी है। आप पर्याप्त मात्रा में इनका सेवन कर सकें, इसके लिए अपने तीनों मुख्य भोजनों व स्नैक्स के बीच एक-दो फल[1] व सब्जियों का सेवन करें।

---

[1] एक फल या सब्जी का विकल्प 100 ग्राम के बराबर होता है।

निम्नलिखित तालिका में प्रत्येक रंग से जुड़े फायदों तथा विभिन्न वर्ग के रंगों में उपलब्ध पदार्थों के बारे में जानकारी दी जा रही है।

अपने आहार को सही रंग दें

रंग	लाल	नीला/बैंगनी	हरा
न्यूट्रिएंट्स	लाइकोपीन एंथोसायनिन	एंथोसायनिन	सल्फोराफेन इसोथिओसायनेट इंडोलेस, ल्यूटेन
फायदे	स्वस्थ हृदय याददाश्त में सुधार कुछ कैंसरों के होने का कम खतरा यूरीनरी ट्रैक्ट का स्वास्थ्य	स्वस्थ हृदय बुढ़ापा आने में देरी कैंसर के खतरे में कमी याददाश्त में सुधार एल्जाइमर के प्रभावों का कम होना	कुछ कैंसरों के होने का कम खतरा दृष्टि में सुधार मजबूत हड्डियाँ व दाँत
आहार	• लाल शलगम • चैरी • क्रेनबैरी • ग्रेपफ्रूट (चकोतरा) • अनार • रसभरी • लाल सेब • लाल शिमला मिर्च • लाल अंगूर • लाल प्याज • लाल मूली • स्ट्रॉबेरी • टमाटर • तरबूज	• चुकंदर • ब्लैक बैरी • ब्लूबैरी • बैंगन • क्रेनबैरी • अंगूर का रस • आलूचा • आलूबुखारा • बैंगनी बंदगोभी • बैंगनी अंगूर • रेड वाइन	• बींस • ब्रोकली • बंदगोभी • शिमला मिर्च • खीरा • हरे सेब • हरे अंगूर • हरे पत्ते • सब्जियाँ • हरा प्याज • हरी नाशपाती • कीवी • नींबू • मटर

रंग	पीला/नारंगी	सफेद
न्यूट्रिएंट्स	एल्फा केरोटीन बीटा केरोटीन बीटा क्राइप्टोक्सेनशिन विटामिन सी बायोफ्लेवोनोयड्स	एलीसिन फ्लेवोनोयड्स (क्यूरेसिटिन, केम्पफेरोल)
फायदे	कुछ कैंसरों के खतरे को कम करता है। स्वस्थ त्वचा रात में ठीक से दिखाई पड़ना स्वस्थ हृदय अच्छी प्रतिरोधक क्षमता	स्वस्थ हृदय कोलेस्ट्रोल कम करता है। ट्यूमर की कम संभावना कुछ कैंसरों के खतरे में कमी
आहार	• खुबानी • गाजर • गोल्डन सेब • चकोतरा • नींबू • आम • खरबूजा • संतरे • पपीता • आड़ू • नाशपाती • अन्नानास • सीताफल • मकई • शकरकंदी • पीली शिमला मिर्च • पीले टमाटर	• केला • फूलगोभी • लहसुन • अदरक • लीक • मशरूम • प्याज • आलू • शलजम • सफेद कॉर्न • व्हाइट वाइन

इसलिए अपने आहार में मिलाएँ कुछ रंग। हरे, नीले, बैंगनी, पीले, नारंगी, सफेद व लाल रंगों के विभिन्न तरह के पदार्थों का सेवन करें। याद रखें–**केवल सेब ही नहीं, बल्कि फलों व सब्जियों का संपूर्ण इंद्रधनुष ही डॉक्टर को हमसे दूर रखता है।**

अन्य उपयोगी टिप्स

- नाश्ते में फल खाएँ। या जब भी कुछ खाने की इच्छा हो फल खा लें।
- नाश्ते के आहारों में दूध और ताजे फल डालें।
- सुबह 10–11 बजे आप सलाद या फलों का मिल्क शेक ले सकते हैं।
- दोपहर व रात के भोजन में बहुत सारी सब्जियाँ खाएँ।
- सब्जियों को ज्यादा न पकाएँ। सही तरह से पकी हुई सब्जियों में कच्ची सब्जी का रंग बरकरार रहता है।
- सर्दियों में हरी पत्तेदार सब्जियों का अधिक मात्रा में सेवन करें और गर्मियों में आम, तरबूज व खरबूजें खाएँ।
- सूप में बहुत अधिक मात्रा में सब्जियाँ डालें।
- तीनों समय के भोजन में रंगीन सलाद बनाएँ।
- प्रत्येक व्यंजन में अतिरिक्त सब्जी डालें। पनीर, दाल, चिकन, मीट व मछली अलग–अलग सब्जियों के साथ पकाएँ।
- पास्ता व सैंडविच में सब्जियाँ डालें।
- सब्जियों के नए मिश्रणों को आजमाएँ।

नोट : फल व सब्जियों की मात्रा कभी भी जरूरत से ज्यादा नहीं होती है।

3.3

आपके आहार में फाइबर

फाइबर आहार का वह हिस्सा है जिसे मनुष्य द्वारा पचाया नहीं जा सकता है। इससे हमें न कोई कैलोरी मिलती, न मिनरल और न ही विटामिंस। फिर भी यह एक पौष्टिक व हेल्दी डाइट का महत्त्वपूर्ण हिस्सा है।

आहार संबंधी फाइबर क्या है?

आहार संबंधी फाइबर पौधों से मिलनेवाले भोजन में निहित न पचाए जानेवाले कार्बोहाइड्रेट्स का सामूहिक नाम है। इसमें सेल्युलोज, हेमीसेल्युलोज, लिग्निन, पेक्टिन, गम्स व म्यूकीलेज आते हैं। इनमें से कुछ पानी में घुलनशील होते हैं और कुछ नहीं।

फाइबर केवल पौधों से प्राप्त होनेवाले आहारों में पाया जाता है। पशु से प्राप्त होनेवाली चीजों जैसे मीट, चिकन, फिश, अंडे व दूध में कोई भी फाइबर नहीं होता है।

फाइबर क्यों खाना चाहिए?

फाइबर पचाने, मेटाबॉलिज्म व गंभीर बीमारियों से बचाव करने में महत्त्वपूर्ण भूमिका निभाता है।

फाइबर आहार को घनत्व प्रदान करता है। इसे चबाने व खाने में ज्यादा समय लगता है, जिससे खाना खाने के बाद संतुष्टि या पेट भर जाने की भावना में वृद्धि होती है। यह घनत्व हमारे पेट को भी साफ रखता है जिससे कब्ज

नहीं होता। फाइबर से छाती में जलन और एसीडिटी की शिकायत नहीं होती। चूँकि यह आँत में माइक्रोफ्लोरा गतिविधि को सक्रिय करता है, इसलिए फाइबर से पाचन में भी मदद मिलती है।

आहार से मिलनेवाला फाइबर पेट की परत पर तह लगाकर पेट के मल की प्रक्रिया को जल्दी-जल्दी चालित नहीं होने देता। चूँकि आहार की अल्प मात्रा आँत में निकलती है, फाइबर से कोलोन कैंसर होने का खतरा कम हो जाता है। यही नहीं, आँत से रक्त में चीनी को पचाना भी स्वाभाविक रूप से होने लगता है। नवीनतम शोधों से यह निष्कर्ष निकाला गया है कि फाइबर से भरपूर आहार का सेवन करने से मधुमेह के रोगियों को अपनी रक्त-शर्करा नियंत्रित करने में भी मदद मिलती है। इतना ही नहीं, फाइबर खून के कोलेस्ट्रॉल को कम करने में भी महत्त्वपूर्ण भूमिका निभाता है और इस तरह हृदय रोगों से बचाव करता है।

फाइबरयुक्त आहार खाने से वजन भी कम होता है और खाने की आदतों में भी सुधार होता है (देखें बॉक्स)।

फाइबर : वजन को नियंत्रित रखनेवाले का सपना

फाइबर आहार को घनत्व प्रदान करता है और पेट भरे होने का अहसास देता है, जो लंबे समय तक कायम रहता है। यह भोजन पाचन को भी धीमा करता है। इसका अर्थ हुआ कि चीनी बहुत धीरे-धीरे रक्त में घुलती है। उसी के अनुसार, इंसुलिन का भी कम मात्रा में स्राव होता है। जिस आहार में प्रचुर मात्रा में फाइबर होता है, वह रक्त-शर्करा की तीव्र वृद्धि को रोकता है। इस वृद्धि से ही इंसुलिन का स्राव उत्प्रेरित होता है। बहुत जल्दी-जल्दी भूख का अहसास होता है। इस प्रकार फाइबरयुक्त आहार भूख और अधिक खाने की इच्छा को मिटाते हैं। इस तरह हम दिन में कम भोजन खाते हैं।

हम किस तरह के फाइबर से भरपूर आहार खा सकते हैं?

पारंपरिक रूप से भारतीय आहार में भोज्य पदार्थों में प्रचुर मात्रा में फाइबर निहित होता है (देखें बॉक्स)।

फाइबरयुक्त आहार

साबुत अनाज व आटा–गेहूँ का आटा, मक्की का आटा, जई, ब्राउन ब्रेड, आटे के बिस्कुट, जौ आदि।

साबुत दालें–चने की दाल या छोले, काली उड़द, हरी मूँग, मसूर, मोठ, राजमा, लोबिया, सूखे मटर, अरहर, सोयाबीन।
सारे मेवे–मूँगफली, बादाम, अखरोट, पिस्ता व सूखा नारियल।
सब्जियाँ–विशेषकर हरी पत्तेदार सब्जियाँ, हर प्रकार की फलियाँ, सहजन की फली, कमलककड़ी, हरी मटर, टमाटर, बैंगन, बंदगोभी व अन्य।
फल–सेब, अमरूद, अनार, नाशपाती, चीकू, आड़ू, संतरा, अंगूर, स्ट्रॉबैरी, खजूर, अंजीर आदि।
याद रखें कि मीट, चिकन, फिश, अंडे जैसे मांसाहारी पदार्थों व दूध में फाइबर नहीं होता।

वयस्क पुरुषों और महिलाओं को एक दिन में 35–40 ग्राम फाइबर अवश्य लेना चाहिए। बच्चे को कितना फाइबर लेना चाहिए, इसके लिए बच्चे की आयु में 5 अंक जोड़कर गणना की जा सकती है। जैसे कि 7 वर्षीय बच्चे को चाहिए 12 ग्राम फाइबर (7+5=12)। अगर हम निश्चित आयु के लिए सुझाई गई आहार मात्रा का पालन करें, तो फाइबर की जरूरत को आसानी से पूरा किया जा सकता है (भाग–2)। यही नहीं, विभिन्न तरह के आहारों का सेवन करना उपयुक्त रहता है ताकि घुलनशील व न घुलनेवाले फाइबर दोनों की पर्याप्त मात्रा को प्राप्त किया जा सके (देखें बॉक्स)।

घुलनशील व न घुलनेवाले फाइबर

विभिन्न तरह के आहारों में विभिन्न मात्रा व प्रकार के (घुलनशील व न घुलनेवाले) फाइबर निहित होते हैं। फाइबर अलग-अलग ढंग से कार्य करते हैं और अलग-अलग ढंग से स्वास्थ्य को लाभ पहुँचाते हैं। न घुलनेवाले फाइबर पानी में घुलते नहीं हैं और आहार रेशेदार तत्त्वों की मात्रा बढ़ाते हैं। ये कब्ज, आँतों की विकृति व कोलोन कैंसर से बचाव करते हैं। घुलनशील फाइबर पानी में घुल जाते हैं और रक्त कोलेस्ट्रोल को कम व मधुमेह को नियंत्रित करते हैं।

मेथीदाना–इसमें 40% से भी अधिक गोंद (घुलनशील फाइबर) होता है जो रक्त-शर्करा व कोलेस्ट्रोल के स्तर को घटाने में बहुत प्रभावी सिद्ध होता है। प्रतिदिन 20 ग्राम मेथी का पाउडर खाने से संपूर्ण कोलेस्ट्रोल, खराब (एलडीएल व वीएलडीएल) कोलेस्ट्रोल व ट्रीग्लीसेराइट्स कम हो जाते हैं।

फाइबर का पूरा फायदा पाने के लिए उपयोगी टिप्स

- जूस की बजाय ताजे फल व सब्जियाँ खाएँ।
- फलों व सब्जियों को छिलके, रेशे व बीजों सहित खाएँ।
- प्रतिदिन साबुत अनाजवाला नाश्ता लें।
- तैयार भोज्य पदार्थ कम मात्रा में खाएँ व ताजा खाना अधिक।
- फाइबर सप्लीमेंट्स से फाइबर प्राप्त करने के बजाय भोजन से उसे लें, क्योंकि वह ज्यादा पोषक होता है।
- फाइबर से भरपूर आहार के साथ बहुत अधिक मात्रा में पानी पीएँ। बहुत अधिक फाइबर का सेवन करने पर हम बहुत अधिक पानी न पीएँ तो कब्ज की शिकायत रहती है।

3.4

पानी–जीवन की जादुई खुराक

पृथ्वी पर जीवन क्यों है, इसका एक बुनियादी कारण पानी है। वस्तुतः हम सिवाय ऑक्सीजन और हाइड्रोजन के इकट्ठे सम्मिलन के अनोखे मिश्रण, पानी के अतिरिक्त कुछ नहीं हैं। हमारे शरीर का लगभग तीन–चौथाई (71 प्रतिशत) भाग पानी से बना है और हमें जीने, फिट रहने व सुंदर दिखने के लिए पानी की नियमित आपूर्ति की आवश्यकता है (देखें बॉक्स)।

पानी : जीने का आधार

जीने के लिए जितनी जरूरत ऑक्सीजन की है, उतनी ही पानी की भी है। कार्य करने के लिए हमारे शरीर की हर कोशिका को पानी की जरूरत होती है।

पानी पाचन, ग्रहण करने व हमारे शरीर में पोषक तत्त्वों को पहुँचाने में मदद करता है। यह पूरे शरीर में इलेक्ट्रोलाइट (विद्युत–अपघट्य) संतुलन को कायम रखता है।

पानी हमारे श्वसन, पाचन व मूत्र तंत्र की श्लेष परत को गीला बनाए रखता है। जीवाणु, कीटाणु व गंदगी से उत्पन्न बीमारियों से यह परत बचाव करती है।

पानी शरीर की गंदगी, अतिरिक्त खनिजों, पोषक तत्त्वों व विषाक्त कणों को बाहर निकालता है।

पानी शरीर के तापमान को नियंत्रित रखता है।

पानी त्वचा को भीतर तक नमी प्रदान कर उसे सौम्य व कोमल बनाए रखता है।

पानी जोड़ों, हड्डियों व मांसपेशियों के लिए एक शॉक एब्जॉरबर की तरह काम करता है। पानी मल को तरल बनाकर कब्ज रोकता है।

पानी वजन घटाने में मदद करता है!

अगर आप दुबला-पतला बनना चाहते हैं, तो पानी पीना अति आवश्यक है। क्योंकि–

- पानी फैट के मैटाबॉलिज्म में बहुत ही महत्त्वपूर्ण भूमिका निभाता है। जब तंत्र में पर्याप्त पानी होता है तो लिवर जमा वसा को ऊर्जा में परिवर्तित कर देता है। जब शरीर में भरपूर पानी होता है, तो ऑक्सीजन व खून का स्तर अत्यधिक होता है और वसा को खर्च करने के लिए ज्यादा ऑक्सीजन उपलब्ध हो पाता है।
- जब हम पर्याप्त मात्रा में पानी नहीं पीते हैं, तो शरीर पसीने, पेशाब, आँतों की गतिशीलता आदि से कम हुए पानी की मात्रा को कम कर देता है। इसे 'पानी का भार' कहा जाता है। मासिक-चक्र के दौरान पानी का वजन औरतों में कम-ज्यादा होता रहता है।
- जब आप आवश्यकतानुसार पानी पीते हैं, तो बहुत जल्दी ही आपकी भूख में कमी आ जाती है, संभवत: पहले दिन से ही ऐसा हो जाए।

आकर्षक बनने के लिए पानी

पानी हमारी त्वचा की गंदगी को बाहर निकालकर उसे निखार व चमक प्रदान करता है। इससे त्वचा खिली-खिली रहती है।

यह मांसपेशी की आभा को भी सुधारता है। इससे आपकी रंगत में गजब का निखार आ जाता है। पानी मांसपेशियों को ज्यादा आसानी से संकुचित होने में मदद करता है जिससे आप ज्यादा कुशलता से कार्य कर पाते हैं।

पसीने, नि:श्वास छोड़ने, पेशाब करने व आँतों की क्रिया के माध्यम से एक वयस्क के शरीर से कम-से-कम दस कप तरल पदार्थ कम होता है। प्रतिदिन ताजा पानी पीने से इस कमी को पूरा किया जा सकता है। जब हम पर्याप्त

मात्रा में पानी नहीं पीते हैं, तो शरीर मात्रा को सीमित करने की कोशिश करता है, जिससे कब्ज हो जाता है, त्वचा रूखी हो जाती है व उसमें जलन होने लगती है, मुँहासे हो जाते हैं, नाक से खून, साइनसाइटिस, पेशाब की नली में बार-बार संक्रमण व साँस के इंफेक्शन हो जाते हैं। थोड़ी-सी भी पानी की कमी से एकाग्रता में कमी आती है और सिरदर्द, चिड़चिड़ापन व थकावट महसूस होने लगती है।

कितना पानी?

जिस व्यक्ति का वजन सही है, उसके लिए एक दिन में आठ से दस गिलास पानी पीना पर्याप्त है। अधिक वजनवाले लोगों को प्रत्येक अतिरिक्त पच्चीस पौंड वजन के हिसाब से अधिक पानी पीना चाहिए।

गर्भवती स्त्री को प्रतिदिन कम-से-कम पचास प्रतिशत अधिक पानी पीना चाहिए। जो लोग बहुत ज्यादा एक्सरसाइज करते हैं, उन्हें प्रत्येक तीस मिनट की एक्सरसाइज के लिए एक गिलास अधिक पानी पीना चाहिए।

मानक नियम के अनुसार आपको प्रतिदिन अपने शरीर के आधे वजन जितना पानी पीना चाहिए। अपना वजन पौंड्स में आँकें (1 किलो = 2.2 पौंड्स) और उसे दो से विभाजित करें। जो उत्तर आएगा उतने ही औंस पानी आपको प्रतिदिन पीना चाहिए। जैसे, आपका वजन 150 पौंड है, तो 75 औंस (आठ औंस क्षमता के लगभग नौ गिलास पीएँ) पानी पीएँ।

नवीनतम शोध दर्शाते हैं कि जो लोग एक दिन में पाँच गिलास से अधिक पानी पीते हैं, जो लोग दो गिलास पानी पीते हैं, उनकी तुलना में उनके हृदय रोगों या हार्ट अटैक से मरने की संभावना कम होती है। प्रतिदिन पाँच गिलास पानी पीने से महिलाओं में कोलोन कैंसर का खतरा घटकर आधा रह जाता है।

पानी पीने के बारे में आम भ्रामक धारणाएँ

हममें से बहुत ही कम लोग हैं जो पूरे दिन में पर्याप्त मात्रा में पानी पीने की जरूरत के महत्त्व को समझते हैं। पानी पीने से जुड़ी कुछ भ्रामक धारणाओं के बारे में यहाँ चर्चा की गई है।

भ्रामक धारणा 1 : प्यास लगना या मुँह सूखना–पानी पीने के लिए सही सूचना है।

गलत! हममें से अधिकांश लोग तभी पानी पीते हैं, जब हमें प्यास लगती है। विशेषकर बच्चे तभी पानी पीते हैं, जब उन्हें बहुत अधिक प्यास लगती है।

जब शरीर में पानी की मात्रा कम हो जाती है, तभी हमें प्यास लगती है। याद रखें, पानी की अधिकता को सहना शरीर के लिए ज्यादा आसान है, बजाय पानी की कमी को सहने के। इसलिए प्यासे होने का इंतजार न करें।

भ्रामक धारण 2 : ज्यादा पानी पीने का अर्थ है बार-बार टॉयलेट जाना। फिर क्या फायदा है?

जब हम ज्यादा पानी पीना शुरू कर देते हैं, तो टॉयलेट जाने की जरूरत बढ़ जाती है। पर इसका अर्थ यह नहीं हुआ कि आप पानी पीना छोड़ दें। एक बार जब शरीर को सही ढंग से नमी प्राप्त हो जाती है, तो टॉयलेट जाना भी कम हो जाता है।

भ्रामक धारणा 3 : पानी पीएँ या अन्य पेय पदार्थ–एक ही बात है।

सतर्क रहें : चाय, कॉफी, जूस, सॉफ्ट ड्रिंक्स आदि जैसे पेय पदार्थ सिर्फ पानी हैं, फिर भी शरीर पर उनका विपरीत प्रभाव पड़ता है।

कॉफी, चाय व कोला में कैफीन निहित होती है, जो यूरीन के माध्यम से पानी की कमी करती है और तरल पदार्थों की कमी होने के लक्षणों में बढ़ोतरी करती है। फलों के रस से भी बहुत अधिक पानी की कमी हो जाती है, क्योंकि उनमें निहित चीनी की अत्यधिक मात्रा को अंतड़ियों में घुलना पड़ता है। शरीर में पानी की कमी को पूरा करने के लिए केवल सादा पानी ही उत्तम रहता है। पानी के स्वाद को बढ़ाने के लिए उसमें नींबू का रस डाला जा सकता है।

भ्रामक धारणा 4 : गर्मियों में ज्यादा पानी की आवश्यकता होती है।

आम धारणा के विपरीत, वर्ष भर में पानी की कमी कभी भी हो सकती है। यह सही है कि गर्म, रूखी गर्मियों में पसीना ज्यादा आने के कारण पानी की कमी हो जाती है। यद्यपि सर्दियों में होनेवाला रूखापन शरीर को गर्मियों की अपेक्षा जल्दी शीघ्रता से शुष्क बना देता है। यही नहीं, हीटर हवा को बहुत शुष्क बना देता है, जिससे त्वचा में पानी की कमी हो जाती है। इसलिए, चाहे गरमी हो या सरदी, पानी भरपूर मात्रा में पीएँ।

भ्रामक धारणा 5 : ज्यादा पानी पीने से गुर्दों पर असर पड़ता है।
यह सही नहीं है। इसके विपरीत, पानी पथरी बनने से रोकता है तथा मूत्राशय, गुर्दे व मूत्रीय क्षेत्र के संक्रमणों की संभावना को कम करने में मदद करता है।

क्या मेरा पीने का पानी सुरक्षित है?
दुर्भाग्यवश, हमारे नलों में आनेवाला पानी लाभ पहुँचाने के बजाय हमारी सेहत व तंदुरुस्ती के लिए एक खतरा बन गया है। पानी की सप्लाई पर किए जानेवाले अत्यधिक ट्रीटमेंट साल्ट्स में अवांछनीय स्तर तक वृद्धि कर देता है। कीटनाशक, गंदगी, कृषि व औद्योगिक कचरा और पाँच सौ से अधिक बीमारियों को फैलानेवाले कीटाणु, जीवाणु व परजीवीनाशी ताजे पानी को दूषित कर देते हैं।

आज ज्यादा-से-ज्यादा लोग बोतल के पानी व वॉटर फिल्टर सिस्टम को अपना रहे हैं। अधिकांश भारतीय शहरों में पानी की गुणवत्ता गिरने के साथ, बोतलबंद पानी का अखिल भारतीय बाजार प्रतिवर्ष चालीस प्रतिशत की दर से बढ़ रहा है।

पिछले बीस वर्षों में पानी को शुद्ध करनेवाली मशीनें बनानेवाले निर्माताओं की साख बढ़ी है। बाजार में उपलब्ध प्यूरीफायर्स और फिल्टर्स की रेंज उतनी प्रभावी नहीं है, जितने कि दावे किए जाते हैं। बाजार में उपलब्ध अधिकांश वॉटर प्यूरीफायर्स उपकरण हानिकारक कीटनाशकों को हटा नहीं पाते हैं।

कीटाणु व कीटनाशकों के दूषण से पानी को बचानेवाली सबसे प्रभावी तकनीक है रिवर्स ओसमोसिस (आरओ) मेमब्रेन टेक्नीक। अब भारत में भी यह तकनीक उपलब्ध है, जो पानी के अणुओं को 0.0001 माइक्रोन अर्ध-चुंबकशील झिल्लियों से गुजरने के लिए बाध्य करती है जो कीटनाशकों तक को हटा देती है। यद्यपि, आरओ सिस्टम के महँगे (15000-20000 के बीच) होने के कारण, जो अल्ट्रा वॉयलेट प्यूरीफायर्स के मूल्य से दुगनी है, इसका व्यापक रूप से इस्तेमाल नहीं हो पाता है।

पानी को शुद्ध करने के लिए, चाहे जिस किसी तकनीक का प्रयोग किया जाए, लेकिन पानी को सही ढंग से व साफ बरतन में संग्रहित करना भी अति आवश्यक है।

3.5

क्या हमें वास्तव में चीनी (शर्करा) की जरूरत है?

सबसे पहले चीन और भारत में हजारों वर्षों पहले शर्करा बनी थी। फिर पहली सहस्राब्दी में परशिया (अब ईरान), मिस्र व फिर यूरोप तक यह पहुँची। गन्ने से इसका निर्माण होने के आरंभिक दिनों से मनुष्य शर्करा को पसंद करता आ रहा है। हाँ, सेहत की परवाह न करते हुए भी।

न सिर्फ 'कैलोरी' बल्कि मुसीबतों का भंडार भी

शर्करा (या चीनी) ऊर्जा का संघनित स्रोत होने से बहुत अधिक कुछ नहीं है। उससे हमें प्रतिग्राम चार कैलोरी मिलती है। कोई अन्य पौष्टिक तत्त्व नहीं। चीनी में किसी भी तरह का पोषण नहीं होता। हमारे शरीर को चीनी की जरूरत नहीं है। अगर हमने अपने जीवन में एक भी चम्मच चीनी नहीं ली होती तो हमारी सेहत को बिलकुल भी नुकसान नहीं हुआ होता। इसलिए, सेहत की दृष्टि से चीनी महत्त्वहीन है। यही नहीं, इससे भूख नष्ट होती है, मिठाई खाने की इच्छा को बढ़ाती है और वजन में बढ़ोतरी करती है।

यह सच है कि चीनीयुक्त पदार्थ कुछ समय के लिए ऊर्जा से भर देते हैं। पर वास्तव में चीनी हेरोइन या मॉर्फिन की तरह मस्तिष्क के एक ही हिस्से को प्रभावित करती है। बाद में चीनी की बिलकुल ही कमी हो जाने से ऊर्जा में कमी, थकावट, डिप्रेशन, दर्द व बीमारियाँ उतनी ही तेजी से होती हैं। चीनी

पसंद करनेवाले लोग लगातार कभी बहुत बेहतर तो कभी बहुत ही दुर्बल महसूस करने के एहसास से जूझते रहते हैं, पर यह समझ नहीं पाते कि दुर्बलता चीनी खाने का परिणाम है। समय के साथ, हम अपने को संवेगात्मक रूप से सुदृढ़ महसूस करने के लिए ज्यादा-से-ज्यादा मीठी चीजों पर निर्भर होते जाते हैं।

चीनी, सिंड्रोम एक्स व मृत्यु

जिन भोज्य पदार्थों में चीनी की मात्रा ज्यादा होती है—या तो स्वाभाविक रूप से या मिलाई गई—वे रक्त में इंसुलिन के बड़ी मात्रा में उत्पादन को उत्प्रेरित करते हैं। जब हम एक दिन में कई बार मीठे पदार्थ खाते हैं तो इंसुलिन का स्तर लगातार ज्यादा रहता है जिसकी वजह से मधुमेह हो जाता है। इसका संबंध ट्रीग्लीसेराइड व कोलेस्ट्रोल के अत्यधिक बढ़े स्तर से है जिससे सिंड्रोम एक्स हो जाता है जो हृदय रोग व मृत्यु का मुख्य कारण है।

आपका बच्चा और चीनी

बच्चों के व्यवहार पर चीनी का सेवन क्या असर डालते हैं, यह एक बहस का मुद्दा है। हममें से अधिकांश लोग मानते हैं कि चीनी व साधारण कार्बोहाइड्रेट्स बच्चों को हाइपरएक्टिव, क्रोध व हमेशा लड़ने को तत्पर बना देते हैं। इस बात का कोई ठोस प्रमाण नहीं है कि चीनी की वजह से 'अटेंशन डिफिसिट हाइपरएक्टिविटी डिस्ऑर्डर'[1] हो जाता है पर हम जानते हैं कि चीनी खाने से ध्यान केंद्रित नहीं होता और सामान्य बच्चों को क्रोध बहुत आता है।

दाँत खराब होने में निस्संदेह मीठे पदार्थ महत्त्वपूर्ण भूमिका निभाते हैं। चीनी एक उबजनशील कार्बोहाइड्रेट है जो दाँतों से चिपक जाता है, जिससे दाँतों में कीड़े आदि लग जाते हैं।

इसलिए बच्चों को कम चीनी खाने के फायदों के बारे में समझाना चाहिए। मुकाबले में, प्रोटीन के साथ फाइबर से भरपूर आहार (मिश्रित कार्बोहाइड्रेट्स) बच्चे को संवेगात्मक रूप से ज्यादा स्थिर बनाता है।

---

1. अटेंशन डिफिसिट हाइपरएक्टिविटी डिस्ऑर्डर सात साल से कम उम्र के बच्चे में अत्यधिक गतिशीलता, प्रेरणा, एकाग्रता में कमी और अधैर्य के रूप में रेखांकित होता है।

चीनी का सेवन करना पूर्णतया छोड़ देना संभव नहीं है, लेकिन मधुमेह के रोगियों या बच्चों को ही नहीं, सभी को इसका सेवन कम मात्रा में करना चाहिए।

चीनी हर जगह छिपी है

चीनी के अनेक नाम हैं। शहद, लैक्टोज, ग्लूकोज, सुकरोज, मालटोज, डेक्सटरोज, फ्रूक्टोज, मोलैसिज (शीरा), कॉर्न सिरप, मैपल सिरप, कॉर्न स्वीटनर, जूस कंसेनट्रेट व अन्य प्राकृतिक मीठा करनेवाले पदार्थ केवल चीनी ही होते हैं। अधिकांश संसाधित आहारों को इन्हीं मीठा करनेवाले पदार्थों का इस्तेमाल कर बनाया जाता है।

कुछ आहारों में चीनी प्राकृतिक रूप से होती है। चीनी कुछ पदार्थों में प्राकृतिक रूप से होती है। जैसे ताजे फल, सूखे फल, चाशनी व शहद में। केला, आम, चीकू व अंगूर जैसे बहुत अधिक मीठे फलों में चीनी अत्यधिक मात्रा में होती है।

चीनी डालकर बनाए गए भोजन में चीनी की मात्रा और बढ़ जाती है। अकसर जब मिठाई बनाते हैं या कुकीज, केक, पुडिंग्स बेक करते हैं, हम उसमें चीनी मिलाते हैं। तब सोचिए क्या होता है? हमारे सामने ऐसे पदार्थ होते हैं जिनमें चीनी अत्यधिक मात्रा में होती है।

भोजन में चीनी मिलाने से चीनी की मात्रा उनमें और बढ़ जाती है। भारतीय दूध, चाय, कॉफी, ठंडे पेय (नींबू पानी, ठंडाई, आइस टी, शरबत, यहाँ तक कि ताजे जूस आदि) में भी चीनी मिलाते हैं। (कई बार बहुत अधिक मात्रा में)। यह भोजन में चीनी की मात्रा को और बढ़ा देता है।

चीनी आपके भोजन में छिप सकती है। कुछ भोज्य पदार्थों में छिपी हुई चीनी होती है। जैसे सॉस के एक बड़े चम्मच में एक छोटा चम्मच (5 ग्राम) चीनी होती है, आधा कप आइसक्रीम में तीन छोटे चम्मच (15 ग्राम) चीनी होती है। डिब्बा बंद फलों, फलों के रस व फ्रूट ड्रिंक्स में बहुत अधिक चीनी होती है। कोला से मिलनेवाली कैलोरी उसमें मिलाई चीनी से ही आती है। मीठे नाश्तों में अत्यधिक मात्रा में चीनी होती है।

हमें कितनी चीनी खानी चाहिए?

संतुलित आहार के हिस्से के रूप में नेशनल इंस्टीट्यूट ऑफ न्यूट्रीशियन (एनआईएन) वयस्कों को चीनी के कुल चार छोटे चम्मच (20 ग्राम) खाने

की सलाह देती है। हालाँकि बच्चों को अत्यधिक ऊर्जा से युक्त आहार की जरूरत होती है, फिर भी बचपन से बहुत ज्यादा मीठे व्यंजनों को खाने की आदत उनमें नहीं डालनी चाहिए। शिशु, बच्चों व युवाओं को लगभग 5-8 छोटे चम्मच (25-40 ग्राम) चीनी खाने की सलाह दी जाती है।

चीनी कम करने के दस तरीके

भोजन में चीनी न मिलाएँ। चीनी की मात्रा कम करने का यह सबसे आसान व कारगर तरीका है। चाय, कॉफी, दूध, अनाज या अन्य किसी भोजन में जिसमें आप आमतौर पर चीनी डाल सकते हैं, चीनी डालना बंद कर दें।

भोजन कम चीनी डालकर पकाएँ। अपने भोजन में धीरे-धीरे चीनी की मात्रा कम कर दें। आरंभ में, चीनी को पहले आधी और फिर धीरे-धीरे और कम करते जाएँ।

अत्यधिक चीनीयुक्त फल कम मात्रा में खाएँ। आम, केला, अंगूर, तरबूज, खरबूजा व चीकू जैसे मीठे फलों में अत्यधिक चीनी होती है। उसकी जगह अमरूद, टमाटर, बेरी आदि जैसे अत्यधिक फाइबरयुक्त फल खाएँ।

फलों के जूस व केले का सेवन न करें। इनमें केवल चीनी होती है, और फाइबर व पोषक तत्त्व न के बराबर होते हैं। यही नहीं, भारत में अधिकतर डिब्बा बंद फ्रूट जूस फलों के कंसंट्रेट से तैयार किए जाते हैं जिनमें चीनी बहुत अधिक मात्रा में होती है।

मीठी चीजें न खाएँ। कैंडी, चॉकलेट, मिठाई, केक, बिस्कुट व कुकीज आदि में चीनी की मात्रा बहुत अधिक होती है। उन्हें खाना बंद कर दें या कभी-कभी मात्र चखने के लिए उन्हें खाएँ। ताजे फल न सिर्फ स्वादिष्ट होते हैं, वरन् मीठे का एक बेहतरीन विकल्प है।

ऐसे भोजन न खाएँ जिनमें आवश्यक रूप से चीनी की मात्रा ज्यादा हो। हमें डिब्बाबंद अनन्नास, आडू, चैरी या फ्रूट कॉकटेल खाने की क्या जरूरत है, जब अधिकांश फल पूरे वर्ष मिलते हैं? सेब या अन्य फलों को संसाधित करने की क्या जरूरत है जब उन्हें कच्चा ही खा सकते हैं? अगर आप डिब्बाबंद फल खाना ही चाहते हैं तो अतिरिक्त चीनी हटाने के लिए उन्हें धो व छान लें। अन्यथा ऐसे डिब्बाबंद फल खरीदें जो पानी या अपने ही जूस से युक्त हों।

'हेल्दी चीनी' के छलावे में न आएँ। 'हेल्दी शूगर' जैसी कोई चीज नहीं होती है। ब्राउन शूगर, कच्ची चीनी (बूरा, गुड़, शक्कर, बताशे) शरीर के लिए किसी चीनी से कम नहीं हैं।

आहार की जानकारी हासिल करें। लेबल पढ़ना शुरू कर दें। याद रखें, दुग्ध शर्करा (लैक्टोस), ग्लूकोज, यव शर्करा (मालटोज), द्राक्षा शर्करा (डेक्सट्रोस), फलदार (फ्रुक्टुअस), चाशनी, कॉर्न सिरप, फ्रूट कंसंट्रेट आदि सब चीनी के ही नाम हैं।

प्रोसेस्ड कार्बोहाइड्रेट्स कम या खत्म करने की कोशिश करें। अधिकांश प्रोसेस्ड कार्बोहाइड्रेट्स–ब्रेड, पास्ता व स्नैक्स में मैदा व अन्य ऐसी चीजें निहित होती हैं, जो चीनी को शरीर में तेजी से ग्लूकोज की तरह परिवर्तित कर देती हैं। यह चीनी ट्रीग्लसेराइड्स की तरह संग्रहित हो जाती हैं, जिसे हम फैट कहते हैं।

'फैट फ्री' स्नैक पर नजर डालें। फैट फ्री का अर्थ कैलोरी रहित होना नहीं होता है। अधिकांश फैट फ्री स्नैक चीनी या साधारण कार्बोहाइड्रेट्स से भरे होते हैं जो शीघ्रता से शरीर में उन्हें चीनी की तरह बदल देते हैं।

कृत्रिम स्वीटनर से बचें। कृत्रिम स्वीटनर (मीठा करनेवाली चीज) चीनी से 200 गुना ज्यादा मीठे होते हैं। अगर आप मीठा खाने की आदत छुड़ाना चाहते हैं, तो आपके लिए यह बिलकुल भी उपयुक्त नहीं है। दुर्भाग्यवश, इनसे चीनी और कार्बोहाइड्रेट्स खाने की इच्छा में बढ़ोतरी हो सकती है। यही नहीं, कई विशेषज्ञों का मानना है कि ये शरीर के क्रोमियम के संग्रह को भी क्षीण कर देते हैं जो रक्त शर्करा मैटाबॉलिज्म के लिए एक आवश्यक पोषण है।

याद रखें, अपनी चीनी की मात्रा को नियंत्रित करना पूर्णतया आपके हाथों में है। सब इस बात से सहमत होंगे कि यह सबसे कठिन कार्यों में से एक है। फिर भी, अपने आहार में से चीनी की मात्रा को कम करने की दिशा में एक स्वस्थ शुरुआत किसी भी समय की जा सकती है।

3.6

नमक खाने की आदत से पीछा छुड़ाएँ

मानव का नमक के साथ एक घनिष्ठ संबंध है। नमक विश्व की सबसे पुरानी लतों में से है। यह खाने के स्वाद को बढ़ा देता है। यह भोजन के रंग, रूप, स्वाद व सुगंध को बेहतर बनाता है। यह खाना बनाने व पाचन क्रिया में मददगार साबित होता है। नमक लंबे समय तक ताजगी बनाए रखने व भोजन को सुरक्षित रखने में मदद करता है।

नमक में सोडियम होता है–एक ऐसा अनिवार्य खनिज जो हमारे शरीर में द्रव के संतुलन को नियंत्रित करता है। प्राचीन समय में मनुष्य अपना अधिकांश सोडियम उन पशुओं व मछलियों से प्राप्त करता था, जिन्हें वह खाता था। ईसा पूर्व 10,000 के आसपास खेती ने मांस के अनुपात को कम कर दिया था और लोग भोजन में नमक मिलाने लगे थे।

नमक : महत्त्वपूर्ण पोषक तत्त्व या खामोश हत्यारा?

आज नमक हमारे आहार का एक महत्त्वपूर्ण तत्त्व है। फिर भी हमें इसकी बहुत कम मात्रा में जरूरत पड़ती है–सुझाई गई मात्रा लगभग छह ग्राम (या एक छोटा चम्मच) है।

अधिक मात्रा में नमक का सेवन करने से हमारी धमनियाँ सिकुड़कर हृदय को ज्यादा जोर से पंप करने के लिए बाध्य और रक्तचाप में वृद्धि करती है। उच्च रक्तचाप या हाइपरटेंशन की वजह से हृदय रोग व आघात दो मुख्य बीमारियों का खतरा बना रहता है। ऑस्टीयोपोरोसिस, पथरी व पेट का कैंसर भी

हाइपरटेंशन से संबंधित है। बिना हाइपरटेंशन को जाने लोग कई वर्षों तक जीवित रह सकते हैं। इसीलिए उच्च रक्तचाप को अकसर 'खामोश हत्यारा' कहा जाता है।

भारतीय आहार में नमक

हम सभी को बहुत ज्यादा नमक खाने की आदत है। भारतीय लोग आवश्यकता से दो-तीन गुना ज्यादा नमक का सेवन करते हैं। वयस्क सुझाई गई 6 ग्राम (देखें तालिका) मात्रा की तुलना में प्रतिदिन 20 ग्राम तक नमक का सेवन करते हैं।

खाना बनाते समय और बाद में टेबल पर डाले गए नमक से हमें मुख्यतया सोडियम प्राप्त होता है। बाकी सोडियम का सेवन हम अप्रत्यक्ष रूप से निहित सोडियम के द्वारा या प्रोसेस्ड फूड में निर्माताओं द्वारा मिलाए गए नमक के द्वारा करते हैं।

सोडियम की एक बहुत बड़ी मात्रा प्रोसेस्ड फूड में छिपी होती है जिसमें बहुत सारे सोडियम कृत्रिम रूप में निहित होते हैं। जैसे–

- बेकिंग पाउडर व बेकिंग सोडा (बेक किए हुए खाद्य पदार्थों में किण्वीकरण कारक)
- ब्राइन, मोनोसोडियम, ग्लूटेमेट या अजीनोमोटो, सोडियम बेजोएट (प्रीजर्वेटिव्स)
- सोडियम साइटरेट व सोडियम फाइरोफोस्फेट (चीज़ व पुडिंग मिश्रणों के लिए मिश्रण)
- सोडियम इरीथोरबेट (मांस के उत्पादों, पेय पदार्थों व बेक की हुई चीजों में एंटीऑक्सीडेंट)
- डाइसोडियम फोस्फेट (जल्दी से बननेवाले अनाजों व पुडिंग्स में रंग देने के लिए)
- सोडियम सैक्रीन (कृत्रिम स्वीटनर)

आहार में मिलाए गए व छिपे नमक (और सोडियम) के तत्त्वों के बारे में जानने के लिए लेबल पढ़ना अच्छी आदत है। अधिकतर खाद्य पदार्थों के लेबल में नमक की बजाय सोडियम के बारे में लिखा होता है। चूँकि 1 ग्राम सोडियम 2.55 ग्राम नमक के बराबर होता है, इसलिए नमक की मात्रा जानने के लिए लेबल पर लिखी सोडियम की मात्रा को 2.5 से गुना करें।

फास्ट फूड्स जैसे पिज्जा, बर्गर, समोसा, पकोड़ा, इडली-साँभर व चाउमीन आदि में सोडियम की मात्रा आमतौर पर बहुत अधिक होती है। सोडियम एंटेसिड जैसी कई दवाइयों में भी होता है।

सुझाई गई नमक की मात्रा

आयु	नमक की मात्रा
0–6 माह	1 ग्राम से कम
7–12 माह	1 ग्राम
1–6 वर्ष	2 ग्राम
7–14 वर्ष	5 ग्राम
15 वर्ष से अधिक	6 ग्राम

चिकित्सीय विशेषज्ञों के अनुसार, हमें अपनी नमक के सेवन की मात्रा को पचास प्रतिशत कम कर देना चाहिए। वयस्कों को १५ ग्राम के बजाय प्रतिदिन ६ ग्राम नमक का ही सेवन करना चाहिए।

नमक को कम करना

कम नमक का भोजन खाने में अधिकांश लोगों को दिक्कत आती है। स्वाद ग्रंथियों को समय देते हुए ऐसा धीरे–धीरे करना चाहिए ताकि वह नमक के कम स्तर के साथ सामंजस्य बिठा सके।

नमक का कुचक्र

कोई व्यक्ति कितना नमक खाना पसंद करता है, यह तय करना मुश्किल है।

नमक की अधिक मात्रा एक अंतहीन चक्र बना देती है। जिन लोगों को नियमित रूप से नमक खाने की आदत होती है, उन्हें स्वाद को बरकरार रखने के लिए ज्यादा नमक की ही जरूरत होती है–यानी कि आप जितना ज्यादा नमक खाएँगे, उतनी ही अधिक उसे और खाने की इच्छा होगी।

इन टिप्स को अपनाकर आप अपने नमक की मात्रा को कम कर सकते हैं :

खाद्य पदार्थ खरीदते समय

- कॉर्नफ्लेक्स, चीज़, बिस्कुट आदि जैसे प्रोसेस्ड फूड न खरीदें। अगर उपलब्ध हों तो ऐसे पदार्थ खरीदें जिनमें सोडियम की मात्रा कम हो।
- सोडियम मिलाया गया है या नहीं, यह जानने के लिए फूड लेबल सावधानीपूर्वक पढ़ें।

- डिब्बाबंद फल, फलों के जूस, सब्जियाँ, मांस/मुर्गा/मछली आदि न खरीदें, बल्कि सब चीजें ताजा ही खरीदें।

खाना बनाते समय

- खाने में नमक की मात्रा घटा दें।
- नींबू का रस, धनिया, कच्चा आम, टमाटर, लहसुन व ओरेगेनो जैसे हर्ब्स और मसालों का प्रयोग करें। सलाद ड्रेसिंग का उपयोग न करें।
- प्राकृतिक सुगंध बनाए रखने के लिए सब्जियों को भाप या माइक्रोवेव में पकाएँ।
- चावल, पास्ता व गरम सीरियल्स बिना नमक के पकाएँ।
- सोडियम हटाने के लिए डिब्बाबंद खाद्य पदार्थों को पानी में धो लें।

खाना खाते समय

- टेबल से नमकदानी हटा दें। अगर उसके बिना काम नहीं चलता तो बहुत कंजूसी से नमक डालें।
- खाने के साथ अचार, सॉस (सोया सॉस, टमाटर सॉस, मस्टर्ड, टेबस्को, चिल्ली सॉस आदि) न खाएँ।
- आलू के चिप्स, नमकीन मेवे, पॉपकॉर्न, सालसावाले नाचो, नमकीन व समोसे जैसी चीजें जिनमें नमक अधिक मात्रा में होता है, न खाएँ।
- रेस्टोरेंट का खाना व फास्ट फूड न खाएँ, क्योंकि उनमें आमतौर पर नमक अधिक मात्रा में होता है।

पोटेशियम के फायदे

पोटेशियम से भरपूर आहार रक्तचाप, गुर्दे व हड्डियों पर नमक के प्रभाव को कम कर देता है।

सब्जियों, फलों, दूध व चीज़, मांस, मुर्गा, मछली व फलियों, ब्रेड व अनाजों में पोटेशियम प्रचुर मात्रा में होता है। सूखे खजूर, केला, खुबानी, खट्टे फलों व विलायती खरबूजे पोटेशियम के उत्तम स्रोत हैं। साबुत अनाजों में भी यह कुछ मात्रा में होता है। वसा व मीठे में बहुत कम या बिलकुल ही पोटेशियम नहीं होता है।

नमक : पृथ्वी पर प्रचुर मात्रा में

खारे झरनों एवं झील से नमक के दाने को एकत्र किया जाता है। समुद्र के पानी को उबालकर नमक निकाला जा सकता है। कुछ जगहों पर पृथ्वी पर नमक ठोस रूप में मौजूद रहता है और एकत्र किया जा सकता है। खारे पानी की आपूर्ति के लिए कुआँ भी खोदा जा सकता है।

हमारे दैनिक आहार में सोडियम की मात्रा

क्रम संख्या	खाद्य	मात्रा	सोडियम की मात्रा (मि.ग्रा.)
प्रोसेस्ड फूड			
1.	नमकीन बिस्कुट	30 ग्राम	198
2.	मीठे बिस्कुट	20 ग्राम	93
3.	ब्राउन ब्रेड	1 स्लाइस, 30 ग्राम	158
4.	व्हाइट ब्रेड	1 स्लाइस, 30 ग्राम	152
5.	नमकीन मक्खन	5 ग्राम	40
6.	चीज़	1 क्यूब, 20 ग्राम	200
7.	कॉर्नफ्लेक्स	1 बार में, 30 ग्राम	330
8.	हैम	1 स्लाइस, 30 ग्राम	630
9.	मारगेरीन	5 ग्राम	40
10.	ओटमील	1 बार में, 30 ग्राम	106
11.	पोटेटो चिप्स	60 ग्राम	510
12.	सलाद ड्रेसिंग	2 चम्मच 30 ग्राम	110–505
13.	सलामी	2, 30 ग्राम	540
14.	साल्सा	2 चम्मच, 30 ग्राम	150–240
15.	सॉसेज	1 मध्यम, 30 ग्राम	231
16.	टेबल सॉल्ट	1 चम्मच, 5 ग्राम	2300
17.	टमाटो सूप	1 कप, 15 ग्राम (सूखा)	465
18.	तोरतिया चिप्स	30 ग्राम	255

अनाज व दालें			
19.	गेहूँ का आटा	1 चपाती, 20 ग्राम	63
20.	दालें	1 कटोरी, 30 ग्राम	7-12
फल/सब्जियाँ			
21.	सेब	1, 100 ग्राम	28
22.	पका केला	1, 100 ग्राम	37
23.	लीची	10, 100 ग्राम	125
24.	खरबूजा	1 बार में, 100 ग्राम	105
25.	हरी पत्तेदार सब्जियाँ	1 बार में, 100 ग्राम	60-80
26.	कमलककड़ी	1 बार में, 60 ग्राम	263
मुर्गा			
27.	अंडा, मुर्गी	1, 50 ग्राम	61
28.	चिकन	100 ग्राम	46
दूध/दूध से बने उत्पाद			
29.	भैंस का दूध	1 गिलास, 250 मि.ली.	48
30.	गाय का दूध	1 गिलास, 250 मि.ली.	40
31.	पनीर	1 बार में, 40 ग्राम	118

भाग 4

स्वास्थ्यकर भोजन

4.1
ब्रेकफास्ट (नाश्ता) मस्तिष्क का भोजन है

सुबह बननेवाले गरम-गरम पराँठों की सुगंध को याद करें या इडली के साथ परोसे गए साँभर की सोंधी खुशबु को। समय निश्चित रूप से बदल गया है। आज, जब हम सबको सुबह काम पर जाने की जल्दी होती है तो नाश्ता अब जीवन का एक अभिन्न हिस्सा नहीं रह गया है। फिर भी, नाश्ता दिन का सबसे मुख्य भोजन है।

रात-भर भूखे रहने के बाद हमारे शरीर को नाश्ते की जरूरत होती है। सोते समय हमारी लगभग 450 कैलोरी खर्च होती है और हम ऊर्जा की कमी के साथ जागते हैं। ब्रेकफास्ट हमारे मस्तिष्क के द्वारा इस्तेमाल किए जानेवाले ईंधन रक्त शर्करा की आपूर्ति करता है। जब हम सोते हैं तो हमारा मेटाबॉलिज्म धीमा हो जाता है। ब्रेकफास्ट हमारे मेटाबॉलिज्म को गतिशील करता है और बहुत देर तक निष्क्रिय रहने के बाद उसे सक्रिय बनाता है।

ब्रेकफास्ट हर किसी के लिए महत्त्वपूर्ण है।

बिना ब्रेकफास्ट के हम सब, चाहे किसी भी आयु वर्ग के हों, सुबह उठने के बाद अनुभव होनेवाले प्रभावों को झेलते हैं, जैसे थकावट, नींद आना और बैठे रहने की इच्छा होना। जैसे-जैसे दिन बढ़ता है, हमारी कार्यक्षमता घटती जाती है। अच्छी तरह से नाश्ता करने से आप ज्यादा सक्रिय व कार्यकुशल ढंग से दिन बिता सकते हैं।

ब्रेकफास्ट न खाने और याददाश्त में कमी आने के बीच युवा व वयस्कों, दोनों में एक संबंध है, यह बात अनुसंधानों से सिद्ध हो चुकी है। चाहे बच्चे हों, किशोर, वयस्क या बुजुर्ग, ब्रेकफास्ट खानेवाले लोग ज्यादा सतर्क और सीखने के इच्छुक होते हैं। उनमें एकाग्रता होती है और वे लंबे समय तक ध्यान लगा सकते हैं और उनकी याददाश्त भी अच्छी होती है (देखें बॉक्स)।

ब्रेकफास्ट व स्कूल में सक्रियता

जो बच्चे ब्रेकफास्ट नहीं करते हैं, स्कूल में भी उनका प्रदर्शन अच्छा नहीं होता है। दूसरी ओर, जो बच्चे ब्रेकफास्ट करते हैं, वे ज्यादा तेजी व स्पष्टता से सोचते हैं, ज्यादा आसानी से समस्या सुलझा पाते हैं और बहुत जल्दी सीख भी जाते हैं। वे चिड़चिड़े कम होते हैं और उन्हें गुस्सा भी कम आता है। वे थकते नहीं हैं और खेलों के लिए उनके पास पर्याप्त ऊर्जा होती है।

9 से 11 वर्ष के स्वस्थ बच्चों पर किए गए प्रयोगात्मक अध्ययन दर्शाते हैं कि पोषणीय उपलब्धता में होनेवाले अल्पकालीन बदलावों से भी मस्तिष्क प्रभावित होता है। वयस्कों की अपेक्षा छोटे बच्चों में भूखे रहने से काफी तनाव उत्पन्न हो जाता है, जिससे मेटाबॉलिक और व्यवहारजनित परिवर्तन हो जाते हैं।

यही नहीं, नाश्ता न खाने से रक्त शर्करा कम हो जाती है जिसकी वजह से सुबह उठने के दो-तीन घंटे बाद भूख सताने लगती है और हम लंच से पहले अत्यधिक वसायुक्त भोज्य पदार्थ खा लेते हैं। ऐसा उन बच्चों में ज्यादा देखा जाता है जो खाली पेट घर से निकलते हैं और स्कूल कैंटीन से तैलीय बर्गर या पैटीज खरीद लेते हैं। नाश्ता न खानेवाले मोटे भी हो जाते हैं (देखें बॉक्स)।

ब्रेकफास्ट वजन घटाने में मदद करता है।

यह सही है। अनुसंधान बताते हैं कि नियमित रूप से नाश्ता खाना वह आदत है जिसे सही ढंग से आहार नियंत्रण करनेवाले लोग अपनाते हैं।

दिन की शुरुआत नाश्ता से करने से सुबह के समय आपका शरीर ऊर्जायुक्त हो जाता है। 9-10 बजे के करीब कम मात्रा में, पौष्टिक स्नैक का सेवन करने से सही मात्रा में कैलोरी की आपूर्ति होती रहती है। दूसरी ओर, नाश्ता न खाकर बाद में ज्यादा मात्रा में भोजन करने से शरीर को अतिरिक्त कैलोरी मिलती है, जो फैट में बदलकर जमा हो जाती है।

यही नहीं, नाश्ते से हमारा मेटाबॉलिज्म लगातार कार्य करता रहता है और प्रात: से ही शरीर कैलोरी खर्च करना शुरू कर देता है।

उत्तम नाश्ता कैसा होता है?

पोषक तत्त्वों की हमारी दैनिक जरूरत का नाश्ते में कम-से-कम एक चौथाई हिस्सा जरूर समाहित होना चाहिए। यह पाया गया है कि अगर हम नाश्ता नहीं खाते हैं, तो इन पोषक तत्त्वों की पूर्ति दिन में खाए जानेवाले किसी भी भोजन से नहीं हो पाती है।

उत्तम नाश्ता वही होता है जो संतुलित हो यानी जिसमें पर्याप्त मात्रा में कार्बोहाइड्रेट्स, प्रोटीन व फैट्स निहित होने के साथ-साथ मिनरल्स व खनिज भी होते हैं। इसका अर्थ हुआ सुबह के नाश्ते में खाने के समूहों के सारे पदार्थों को शामिल करना।

साबुत अनाज–पराँठे व पूरी के रूप में आटा, दलिया, सूजी आदि पारंपरिक भारतीय नाश्ते में अवश्य शामिल किए जाते हैं। कार्बोहाइड्रेट्स व प्रोटीन के अलावा, उनसे प्रचुर मात्रा में फाइबर व मिनरल्स भी प्राप्त होते हैं। याद रखें, अत्यधिक फाइबरयुक्त नाश्ता संतुष्टि का अहसास प्रदान करता है, जो लंच से पहले स्नैक खाने की इच्छा को कम करता है।

दूसरी ओर, जिन भोज्य पदार्थों में चीनी की मात्रा अधिक होती है, उनके सेवन से लोगों को नींद आती है और सक्रियता में कमी हो जाती है। नाश्ते में ऐसे मीठे पदार्थ न लें जिनमें अधिक मात्रा में फैट व कार्बोहाइड्रेट्स हों, जैसे लड्डू, बर्फी, हलवा, केक आदि। यह खाने से बच्चों में सक्रियता की कमी हो जाती है।

नाश्ते में प्रोटीन खाने की मात्रा आसानी से एक गिलास दूध, चीज़, अंडे या दाल (पराँठों में भरी या अंकुरित की हुई, इडली या डोसे के घोल में मिलाई हुई या साँभर के रूप में) से पूरी हो सकती है।

फल व सब्जियों का नाश्ते में नियमित रूप से सेवन करना चाहिए। ये आपकी मिनरल्स व विटामिनों की दैनिक जरूरतों की पूर्ति करने के साथ-साथ कब्ज की शिकायत को भी दूर करते हैं।

उत्तम नाश्ते के मिश्रणों के कुछ उदाहरण :

- मक्खन/जैम के साथ टोस्ट, अंडा, दूध, फल
- सब्जी के साथ पराँठा, लस्सी या दूध, फल

- इडली/डोसा/उतपम के साथ साँभर, छाछ, चाय, कॉफी
- लस्सी, फल
- टोस्ट, वेजीटेबल कटलेट/पकोड़ा, दूध, फल
- टमाटर-खीरे (या चिकन) का सैंडविच, दूध, फल
- वेज पिज्जा/बर्गर, दूध, फल (या जूस)
- दूध व मेवों के साथ ब्रेकफास्ट सीरियल्स (कॉर्नफ्लेक्स आदि), नमकीन, फल, चाय/कॉफी

नाश्ते के लिए समय निकालें

आज के समय में जब पति-पत्नी, दोनों को काम पर जाने की जल्दी रहती है, उनके लिए सही तरह का नाश्ता तैयार करना मुश्किल है। आपका परिवार एक संतुलित व उत्तम प्रकार का नाश्ता प्रतिदिन खा सके, इसके लिए अपनाएँ कुछ टिप्स :

- पूरे सप्ताह खाना जल्दी से तैयार हो जाए, इसके लिए सप्ताह के अंत में इसकी योजना बनाने में एक घंटा लगाएँ।
- पहले ही तैयारी कर लें। रात को जो भी तैयारी कर सकें, कर लें। सुबह की भागदौड़ से बचने के लिए रात को ही टेबल लगा लें। फ्रिज में नाश्ते की चीजें एक ही शेल्फ में रखें ताकि वे तुरंत इस्तेमाल की जा सकें। नाश्ते के लिए पराँठे रात में ही बनाकर रख लें।
- अलार्म 15 मिनट जल्दी का लगाएँ। ये अतिरिक्त मिनट नाश्ता खाने में मददगार सिद्ध होंगे।
- तैयार चीजें घर में रखें, जैसे फल, जूस, लो फैट मिल्क, चीज़, दही, साबुत अनाजवाले ब्रेड व कॉर्नफ्लेक्स आदि।
- अपना नाश्ता खाना न भूलें। अगर अपने बच्चों के साथ बैठकर नाश्ता करेंगी तो आपका दिन भी अधिक ताजगी व ऊर्जा भरा व्यतीत होगा। दिन की शुरुआत करने का यह आनंददायक ढंग होगा।

बच्चों को नाश्ता खाने के लिए ललचाना

- बच्चे जो पसंद करते हैं, उन्हें वही दें, पर उसे पौष्टिक बनाकर। पराँठे में सब्जियाँ भरकर दें या उनके कार्नफ्लेक्स में फल डाल दें या पिज्जा में ढेर सारी सब्जियाँ।

- नाश्ते का मेन्यू तैयार करने में बच्चों को शामिल करें। अगर वे कुछ उल्टा-सीधा माँगें तो उन्हें समझाएँ कि यह भोज्य पदार्थ तैयार करने में व सुबह तैयार करने के लिए उपयुक्त नहीं है।
- अगर आपके बच्चे को सुबह-सुबह सब्जियाँ खाना पसंद नहीं है तो उसकी जगह फल दें या फलों के साथ मिल्क-शेक बना दें।

भूख नहीं है? नाश्ता खाने के आदी नहीं हैं? इसे अपनाएँ...

- नाश्ते से एक घंटे पहले एक गिलास पानी या संतरे का जूस पिएँ। इससे आपकी भूख अवश्य ही बढ़ जाएगी।
- शुरू में कम मात्रा में खाना आरंभ करें। जब सुबह खाना खाने के अभ्यस्त हो जाएँ तो धीरे-धीरे खाने की मात्रा बढ़ाएँ।
- सुबह दस मिनट जल्दी उठें। अच्छे पोषक नाश्ते से आपके पेट को जो फायदा होगा, वह आपकी कम नींद की कई गुना भरपाई कर देगा।

4.2
स्वास्थ्यकर भोजन के लिए क्या करें क्या नहीं?

स्वास्थ्यकर (हेल्दी) भोजन का अर्थ है संतुलन, विविधता व उपयुक्त मात्रा का मिश्रण। खाने की गलत आदतों को दूर करते हुए सही आदतों को अपनाने के लिए अपनाएँ ये टिप्स :

क्या करें?

1. **दिन भर में कम मात्रा में कई बार खाएँ।** दो या तीन बार पूरा खाना खाने के बजाय चार-पाँच बार थोड़ी मात्रा में खाने से हम पूरे दिन ऊर्जा से भरे रहते हैं और हमारी भूख कभी भी अनियंत्रित नहीं होती है। यही नहीं, फैट के रूप में जमा होने के लिए कभी भी अतिरिक्त कैलोरी नहीं हो पाती।

2. **नियमित रूप से भोजन करें।** किसी समय भोजन न करने से भूख अनियंत्रित हो जाती है जिसके कारण हम जरूरत से ज्यादा खा लेते हैं। जब आप भूखे होते हैं तो उत्तम पोषण के बारे में सोचना याद नहीं रहता। भोजन के बीच स्नैक लेने से भूख मिटती है, लेकिन इतना न खाएँ कि स्नैक ही एक समय का भोजन बन जाए।

3. **अपने आहार के विकल्पों को संतुलित करें।** कोई भी चीज जरूरत से ज्यादा न खाएँ। हर तरह के खाने के समूहों से पदार्थ शामिल करें–अनाज, दूध से बने उत्पाद, मांस/मछली/मुर्गा व सब्जियाँ/फल हर भोजन में शामिल

करें ताकि अच्छी सेहत के लिए आवश्यक सारे 40 विभिन्न पोषक तत्त्व आपको मिल सकें।

4. **समय-समय पर आहार के विकल्पों को संतुलित करते रहें।** हर भोज्य पदार्थ का 'बेहतरीन' होना आवश्यक नहीं है। जब आप वसा, नमक या चीनी से भरपूर भोजन का सेवन कर रहे हों, ऐसे अन्य आहार का चयन करें जिनमें ये चीजें कम मात्रा में हों। अगर किसी दिन आप किसी भोज्य समूह को नहीं खा पाते तो अगले दिन उसकी पूर्ति कर लें। कई दिनों के दौरान आपके आहार के विकल्प एक स्वस्थ पैटर्न में फिट हो जाने चाहिए।

5. **परिवर्तन धीरे-धीरे करें।** जिस तरह पोषक आहार के विकल्प के रूप में कोई अन्य भोज्य पदार्थ नहीं है, उसी तरह एक ही रात में आप अपनी खाने की आदतों को बदल लेंगे, ऐसी उम्मीद न करें। बहुत ज्यादा बदलाव, बहुत जल्दी बदलाव आपको परेशानी में डाल सकता है। कमियों को धीरे-धीरे बदलने से आपकी खाने की आदतें जीवन-भर सही बनी रह सकती हैं।

6. **याद रखें, भोज्य पदार्थ न अच्छे होते हैं, न बुरे।** अपने खाने की आदतों के अनुसार आहारों का चयन करें; यह सोचकर नहीं कि कोई पदार्थ अच्छा है या बुरा। अगर आपको एप्पल पाई, आलू के चिप्स, कैंडी बार या आइसक्रीम जैसी चीजें पसंद हैं तो दोषी महसूस न करें। संतुलित मात्रा में उन्हें खाएँ और अन्य ऐसे पदार्थों का चयन करें जो अच्छी सेहत के लिए आवश्यक संतुलन व विविधता प्रदान कर सकें।

7. **हेल्दी स्नैक्स हमेशा अपने पास रखें।** घर, ऑफिस और कार में स्वादिष्ट लेकिन पौष्टिक स्नैक रखें। भोजन से पहले या बाद में उन्हें खाने में हिचकिचाएँ नहीं। स्नैक्स ईंधन की तरह काम करते हैं और अगले समय के भोजन तक आपको ऊर्जावान बनाए रखते हैं। ये भोजन के समय जरूरत से ज्यादा खाने से रोकते हैं।

8. **धीरे-धीरे खाएँ।** धीरे-धीरे खाने से पाचन ठीक ढंग से होता है और जरूरत से ज्यादा भी नहीं खाया जाता। इससे जरूरत से ज्यादा पेट भरने से पहले ही खाना बंद करने में भी मदद मिलती है।

9. **एक्सरसाइज ज्यादा करें।** एक्सरसाइज अतिरिक्त कैलोरी को खर्च करने का सबसे बेहतरीन तरीका है। एक दिन में सिर्फ तीस मिनट अधिक

शारीरिक गतिविधि में बढ़ोतरी करने से फिटनेस, ब्लडप्रैशर व शरीर की वसा में उतना ही सुधार होता है जितना कि हफ्ते में पाँच दिनों तक जिम में 20-60 मिनटों तक एक्सरसाइज करने से।

10. **एक फूड डायरी बनाएँ।** अपने खाने की आदतों को सुधारने के लिए, आपको सबसे पहले यह जानना जरूरी है कि गलती कहाँ है? आप जो भी खाते हैं, लगातार तीन दिनों तक उसे लिखें। बाकी टिप्स के साथ उस लिस्ट को जाँचें। आप जो खाते हैं उसमें क्या अच्छा है और क्या बुरा, डायरी से उसके बारे में पता चल जाएगा। इससे अनजाने में उठनेवाली उन इच्छाओं का भी पता चल जाएगा जो आपको कुछ भी खाने को उकसाती हैं।

क्या न करें?

1. **टेबल पर सर्विंग डिश न रखें।** किचन से ही खाना परोसकर लाएँ ताकि आप दूसरी या तीसरी बार और खाना लेने से पहले सोच सकें।

2. **भोजन न खाने की गलती न करें।** एक समय भोजन न करने से अचानक बहुत तेज भूख लगने लगती है, जो कुछ भी और ज्यादा मात्रा में खाने को उकसाती है।

3. **किसी भी समारोह में बुफे टेबल पर हर चीज को न चखें।** केवल पौष्टिक पदार्थों का ही सेवन करें।

4. **ज्यादा न खाएँ।** खाने के समय भोजन की मात्रा कम रखें।

5. **पूरे दिन में बार-बार न खाएँ।** जब खाने का समय न हो तो मुँह में कुछ भी डालने से पहले अपने आपसे पूछें—क्या मैं सचमुच भूखी हूँ? अगर उत्तर 'न' में हो तो खाना न खाएँ।

6. **थोड़ा-सा ही बचा होने पर भी अपने बच्चे या पति की प्लेट का खाना खुद न खाएँ।** जब आपका पेट भर जाए तब न खाएँ, तब नहीं जब ज्यादा भर जाए। प्लेट में चाहे खाना बचा हो, उसे न खाएँ।

7. **डायटिंग न करें।** डायटिंग या जितना खाते हैं, उससे कम खाने से भूख बढ़ती है। न खाने से अधिक खाने की इच्छा और बलवती हो जाती है और आप सामान्यतया जितना खाते हैं, उससे कहीं अधिक खा लेते हैं।

परिणामस्वरूप आपने शुरुआत में जितना वजन कम किया था, उससे कहीं अधिक वजन बढ़ जाता है।

8. **प्रतिदिन अपना वजन न करें।** वजन लेते रहने से हमें यह नहीं पता लगता कि हमारे अंदर पानी की कमी हो रही है या अपराधी कोई और है, यानी कि शरीर की वसा। महीने में एक बार वजन जाँचें। अपने आपसे ऐसे प्रश्न पूछें–आपकी ऊर्जा का स्तर कैसा है? क्या आप पौष्टिक आहार ही खाते हैं? आदि।

9. **पसंदीदा भोज्य पदार्थों को खाना न छोड़ें।** किसी चीज से अपने को वंचित रखने से कभी अपेक्षित परिणाम नहीं मिल पाते। इसलिए मजे लेने के लिए खाएँ पर सीमा में।

10. **वसा व चीनी का सेवन कम करें।** तले हुए भोज्य पदार्थों से परहेज करते हुए व उबालकर, ग्रिल में, भुने या भाप में पकाए भोजन का सेवन करें। सोडा व फ्रूटी पेय न लें। उसकी बजाय पानी या दूध (बिना चीनी के) सर्व करें।

11. **फास्ट फूड व अन्य कम पोषक स्नैक्स कम खाएँ**–जैसे कि चिप्स व कैंडी। लेकिन अपने पसंदीदा स्नैक्स को पूरी तरह से घर से न हटाएँ, बल्कि उन्हें कभी-कभी खानेवाले आहार की तरह खाएँ ताकि आपके बच्चे उससे वंचित न रहें।

4.3
काम के दौरान स्वास्थ्यकर भोजन

हम सब जानते हैं कि हमें एक दिन में पाँच तरह के पौष्टिक भोज्य पदार्थ खाने चाहिए और नियमित रूप से वर्कआउट करना चाहिए। हम में से अधिकांश लोग काम पर जाते हैं और जब काम का अत्यधिक दबाव और व्यस्तता से सामना होता है तो संतुलित व पौष्टिक भोजन खाने के सारे विचार गायब हो जाते हैं। सारे दिन चाय, कॉफी, कोला पीते रहना; मीटिंग्स के दौरान बिस्कुट कुतरना, शाम को ब्रेड पकौड़ा या पकौड़ों का लुत्फ उठाना आज के कामकाजी व्यक्ति के आहार का एक अभिन्न हिस्सा बन चुका है। नवीनतम खोजों से यह पता लगा है कि 9 से 5 की शिफ्ट के दौरान ऑफिस में काम करनेवाला एक व्यक्ति आसानी से 3,000 कैलोरी का सेवन कर सकता है जो दैनिक आवश्यकता से 1,000 कैलोरी अधिक है। यही नहीं, काम से जुड़े लंच, चाय के समय के आयोजन व बिजनेस डिनर संतुलित भोजन व एक्सरसाइज की एक नियमित दिनचर्या पर अडिग रहना कठिन बना देते हैं।

हम में से अधिकांश लोग अपने जीवन का एक बड़ा हिस्सा कार्यक्षेत्र में गुजारते हैं, इसलिए उस समय हम जो खाते हैं, वह हमारी सेहत और तंदुरुस्ती पर बहुत असर डालता है। तो कार्यक्षेत्र में हम किस तरह पौष्टिक भोजन खा सकते हैं? कार्यक्षेत्र में आप पौष्टिक आहार का सेवन कर रहे हैं, यह सुनिश्चित करने के लिए ये सुझाव बहुत मददगार सिद्ध होंगे।

नाश्ता हमेशा करें। अगर आप बहुत सुबह काम पर निकल जाते हैं या सुबह

हमेशा एक भगदड़-सी मची रहती है तो नाश्ता न कर पाने का यह कोई बहाना नहीं है। जब आप नाश्ता नहीं करते तो 10–11 बजे के करीब भूख आपको सताने लगती है और ऑफिस कैंटीन से लेकर कुछ भी खा लेते हैं। घर पर ठीक से नाश्ता करें (या अगर सुबह आपको भूख न लग रही हो तो उसे साथ पैक करके ले जाएँ) और फिर काम में कितना सुधार होता है, इसे महसूस करें।

चाय/कॉफी का सेवन कम कर दें। कहना आसान है, पर करना मुश्किल होता है। चाय/कॉफी एक ब्रेक की तरह काम करते हैं। हालाँकि एक दिन में 3–4 कप से अधिक चाय पीने से कैफीन की मात्रा में बढ़ोतरी हो जाती है जिससे तनाव पैदा हो सकता है और पेट खराब हो सकता है व नींद आने में दिक्कत हो सकती है। यही नहीं, कैफीन मूत्रवर्धक होती है, जिससे यूरीन के द्वारा पानी निकलने से शरीर में पानी की कमी हो जाती है। हम में से अधिकांश लोगों को चाय/कॉफी में चीनी डालने की आदत होती है जिससे 100–200 कैलोरी अधिक का हम सेवन कर लेते हैं। दो कप चाय या कॉफी से ज्यादा न पिएँ। एक बार में आधा कप ही पिएँ। चाय बिना चीनी के पिएँ, अगर संभव न हो तो शुगर-फ्री पाउडर मिला लें।

कोला से पूर्णतया परहेज करें। कोला में चीनी बहुत अधिक मात्रा में होती है। एक गिलास कोला में 100 कैलोरी होती है। काम करते हुए कोला बिलकुल न पीने से आप 200 से 300 कैलोरी कम कर सकते हैं और इससे वजन घटाने में मदद मिलती है।

कई बार पानी पिएँ। उठें और पानी लेकर आएँ। पानी पीना और टॉयलेट बार-बार जाना एक रूटीन बना लें। इससे मानसिक व शारीरिक दोनों तरह से आपको आराम मिलता है और आप ताजगी का अनुभव करते हैं।

लंच घर से लेकर आएँ। कार्यक्षेत्र में घर के बने लंच को खाने से अच्छी बात और कोई हो ही नहीं सकती। इससे आप लंच में न सिर्फ पौष्टिक व स्वास्थ्यकर भोजन का सेवन कर पाएँगे, वरन् मसालों व वसा की मात्रा पर भी नियंत्रण रख पाएँगे। एक अच्छी क्वालिटी का लंच-बॉक्स खरीद लें जिसमें खाना ताजा व गरम रहे और अगर ऑफिस में माइक्रोवेव ओवन है तो ऐसा टिफिन खरीदें जिसे माइक्रोवेव में रखा जा सके।

अपना टिफिन ही खाएँ। जब सहकर्मियों के साथ लंच कर रहे हों तो उनके टिफिन में से कुछ न लें। हर सहकर्मी के टिफिन से एक-एक टुकड़ा लेकर

खाने का मतलब है कि अतिरिक्त भोजन खाना। अगर आपको अपने सहकर्मी का लंच खाने का मन है तो अपना टिफिन उसके साथ बदल लें।

लंच में शाकाहारी भोजन ही करें। लंच में मांसाहारी भोजन न ले जाएँ। उसमें अधिक कैलोरी होती है, पचाने में देर लगती है और जल्दी ही खराब भी हो जाता है।

लंच में शराब न पिएँ। अगर आप क्लाइंट के साथ भी हैं तो भी वाइन या बीयर का सेवन न करें। इससे आपको नींद आएगी और सोचने की प्रक्रिया बाधित हो जाएगी।

स्नैक खाएँ। अपने ऑफिस की दराज (कार में भी) में पौष्टिक स्नैक रखें। भुने हुए चने, नमकीन, मेवे (बिना तले, बिना नमक के) रखें। अपने साथ दही व फल ले जाएँ।

काम के सिलसिले में होनेवाले लंच में ज्यादा न खाएँ। घी व तेल से लबालब ग्रेवी से परहेज करें। चपाती के साथ सलाद, दाल, सब्जियाँ, दही या रायता मँगाएँ। चावल व तले हुए पदार्थों का सेवन न करें। आप सूप ले सकते हैं, पर गाढ़ा क्रीम-युक्त सूप न पिएँ। लंच में मीठे व्यंजन न खाएँ। बुफे में क्रीमयुक्त या चीज़ के सलाद से दूर ही रहें। कम मात्रा में खाना लें। अगर आपको कोई व्यंजन अच्छा लगा तो दूसरी बार उसे ले लें।

काम के सिलसिले में दिए जानेवाले लंच में पौष्टिक पदार्थ ही रखें। जब आप किसी मीटिंग या लंच का आयोजन कर रहे हों तो पौष्टिक व्यंजनों को ही सर्व करें। लंच के लिए पिज्जा व बर्गर सर्व न करें। इसके बजाय बहुत सारी सब्जियों के साथ ग्रिल किए सैंडविच (बिना अतिरिक्त चीज़ के) मँगाएँ। अगर आप मांसाहारी खाना खाना चाहते हैं तो चिकन या मछली से भरे सैंडविच मँगाएँ।

शाम के लिए अपने साथ टिफिन लाएँ। तैयार व पैक करने में बेशक थोड़ी मेहनत ज्यादा लगेगी, लेकिन 6 बजे के आसपास खाने के लिए अपने साथ अंकुरित सलाद, वैजीटेबल सैंडविच, चीज़युक्त क्रैकर्स, फलों का सलाद लेकर आएँ। इससे आप ऑफिस में मिलनेवाले तेल से भरे समोसे को खाने से बच जाएँगे।

काम करते-करते न खाएँ। जब हम ई-मेल पढ़ते हुए या पेपर-वर्क या फोन पर बात करते हुए खाते हैं तो पता नहीं चलता कि हमने कितना और क्या खाया है? जब भी आप खाना चाहते हैं तो सब काम छोड़कर ब्रेक लें। लंच के लिए कम-से-कम दस मिनट का ब्रेक लें।

4.4
स्नैक्स का चमत्कार

मुख्य भोजन के बीच में स्नैक्स खाना हमारा जीवन जीने का एक तरीका बन गया है। स्नैक वह चीज होती है जो आप किसी मीटिंग के लिए जाते हुए, मित्र से मिलने जाते समय, एक्सरसाइज करने के बाद, होमवर्क करते समय, टीवी देखते हुए, चाय या कॉफी पीते हुए या जब खाने का मन हो तब खाने लगते हैं। और जैसी कि आम धारणा है, स्नैक खाना सेहत के लिए खराब नहीं होता है।

वस्तुत: स्नैक हमें अगले भोजन के समय तक ऊर्जा प्रदान करते हैं। दिन-भर इनसे हमारे अंदर ताकत बनी रहती है और ये खाने के समय हमें ज्यादा खाने व मोटा होने से रोकते हैं। यह हमारे दिमाग को हर समय सजग बनाए रखते हैं। न्यूट्रीशन विशेषज्ञ हम सबको तीन समय के खाने के अतिरिक्त पौष्टिक स्नैक्स खाने की सलाह देते हैं। जो लोग एक साथ बहुत अधिक मात्रा में खाना नहीं खा सकते, जैसे कि बच्चे व बुजुर्ग, उन्हें भी कुछ-कुछ देर बाद थोड़ी-थोड़ी मात्रा में खाना सुविधाजनक लगता है। वजन पर नियंत्रण रखनेवालों ने पाया है कि अगर वे मुख्य भोजन के बीच में थोड़ी मात्रा में संतुलित स्नैक लेते हैं तो उन्हें बहुत फायदा होता है। दूसरी ओर, किशोरों और दूध पिलानेवाली माताओं को हर समय भूख लगती है, क्योंकि पोषण के लिए उनके शरीर की जरूरतें अत्यधिक होती हैं। कम मात्रा में लिया गया पौष्टिक भोजन व स्नैक्स उनकी भूख को शांत करने का सबसे उत्तम माध्यम है।

लेकिन आप जो भी खाते हैं, उस पर ध्यान देना जरूरी है। आमतौर पर खाए जानेवाले स्नैक्स–समोसा, पकौड़ा, फ्रेंच फ्राइज, मिठाई, बिस्कुट, चिप्स, नमकीन, कोल्ड ड्रिंक्स, चॉकलेट आदि में फैट, चीनी या सोडियम प्रचुर मात्रा में होते हैं। अगर आप अकसर इन पदार्थों का सेवन करते हैं, तो वे आसानी से स्वास्थ्य को प्रभावित कर सकते हैं। याद रखें, स्नैक तभी स्वास्थ्य पर बुरा प्रभाव नहीं डालते, जब आप सही ढंग से उनका चयन करते हैं।

स्नैक का 'जंक फूड' होना जरूरी नहीं है।

जंक फूड में चीनी और फैट के साथ-साथ अल्प मात्रा में ही पोषक तत्त्व होते हैं। स्नैक खाना जीवनशैली का एक हिस्सा बन सकता है, अगर आप ऐसे स्नैक चुनें जिनमें फाइबर प्रचुर मात्रा में हो, पर फैट, चीनी व नमक कम मात्रा में हो। वस्तुतः पोषक तत्त्वों से भरपूर स्नैक्स आपके शरीर के लिए आवश्यक सारे विटामिनों व पोषक तत्त्वों को प्राप्त करने का सबसे उत्तम माध्यम है।

बच्चों को पौष्टिक तत्त्वों से भरपूर स्नैक्स से बहुत फायदा होता है। (देखें बॉक्स) किशोरों की व्यस्त जीवनशैली में स्नैक्स बहुत जरूरी होते हैं क्योंकि उन्हें सक्रिय बने रहने के लिए ऊर्जा की आवश्यकता होती है।

स्नैक्स बच्चों के लिए फायदेमंद होते हैं!

स्नैक्स बच्चों की सेहत के लिए बहुत फायदेमंद हो सकते हैं। जब बच्चे बहुत अधिक भूखे होते हैं तो अकसर वे चिड़चिड़े हो जाते हैं या काम पर ध्यान नहीं लगा पाते हैं। हेल्दी स्नैक्स भोजन के बीच के समय को भरने के लिए एक पुल का काम करते हैं।

बच्चे बहुत एक्टिव होते हैं और उन्हें लगातार ऊर्जा की जरूरत होती है–भागने, खेलने, स्कूल में लंबे समय तक रहने से उनकी ऊर्जा खर्च हो जाती है। उनके पेट छोटे होते हैं और वे खाने के समय कभी भी पर्याप्त भोजन नहीं खाते हैं। स्नैक्स अपर्याप्त भोजन की पूर्ति आसानी से कर देते हैं ताकि बच्चों को विकास व वृद्धि के लिए आवश्यक सारे पोषक तत्त्व मिल सकें।

बच्चों को हेल्दी स्नैक्स पसंद आएँ, इसके लिए भोजन बनाने की तैयारी व खरीदारी में उन्हें शामिल करें, उनकी राय लें। कई स्नैक्स बनाने में बहुत आसान होते हैं और बच्चे उन्हें खुद भी बना सकते हैं। इनसे जीवन-भर खाने की स्वस्थ आदतों को अपनाने व कायम रखने में भी मदद मिलती है।

मुख्य भोजन के समय में स्नैक न दें। बच्चों को सारा दिन स्नैक ही न खाने दें। इस तरह से खाने के समय उन्हें कभी भी भूख नहीं लगेगी। बच्चों के लिए सुबह, दोपहर व शाम को स्नैक खाना ठीक है।

स्नैक्स लेने के नियम

याद रखें, अगर आपको भूख नहीं लगी है तो स्नैक खाने की कोई जरूरत नहीं है। कुछ लोगों को पूरे दिन में एक या दो स्नैक्स की ही जरूरत पड़ती है। स्नैक कब लिए जाएँ, इसके लिए कुछ बुनियादी नियम :

1. उत्तम स्नैक से लगभग 250 कैलोरी मिलनी चाहिए।
2. जो हेल्दी स्नैक्स बहुत ज्यादा कुरकुरे होते हैं उनमें प्रचुर मात्रा में प्रोटीन व मिश्रित कार्बोहाइड्रेट्स होते हैं, पर चीनी, नमक, वसा व संसाधित पदार्थ कम मात्रा में होते हैं। कम वसावाले दूध से बने उत्पाद, दालें, अंकुरित अनाज, साबुत अनाज, ताजे फल, कच्ची सब्जियाँ व मेवों से एक हेल्दी स्नैक तैयार किया जा सकता है। दूसरी ओर जिन पदार्थों में अत्यधिक मात्रा में चीनी होती है, जैसे कैंडी, चॉकलेट, कोल्ड ड्रिंक्स, मिठाई आदि, इन्हें खाने से मूड में बदलाव आने के साथ-साथ वजन भी बढ़ता है।
3. स्नैक की मात्रा कम रखें। केला, सेब व संतरे जैसे फल एक बार में खाए जा सकते हैं। मुट्ठी-भर बादामों में 164 कैलोरी होती है, लेकिन अगर आप उन्हें लगातार खाते ही रहते हैं तो कैलोरी की मात्रा 800 से अधिक पहुँच सकती है। स्नैक्स हमेशा एक ही बार लेनेवाली पैकिंग में रखें जिससे आप अधिक न खा सकें।
4. पहले ही योजना बनाएँ : पौष्टिक स्नैक (भुने हुए चने, मेवे, साबुत अनाज के बिस्कुट आदि) हमेशा अपने पास रखें-पर्स में, ट्रैवल बैग में, ऑफिस के डेस्क आदि में उन्हें रख सकते हैं।
5. समझदारी से खरीदारी करें। तैयार स्नैक्स से जुड़े स्वास्थ्य के दावों के प्रति सावधान रहें। 'शुद्ध' या 'पूर्णतः प्राकृतिक' का अर्थ यह नहीं है कि वे पोषक ही हों। उदाहरणतया, 100% जूस में चीनी भरी हो सकती है और उनसे आपको थोड़ा-सा ही पोषण मिले। खरीदारी से पहले लेबल को सावधानीपूर्वक पढ़ें।

स्मार्ट स्नैक्स : साबुत अनाज के बिस्कुट, फल, मलाई रहित दूध के उत्पाद, साबुत अनाज की ब्रेड के सैंडविच, पानी निकला दही, सोया मिल्क, फल, सब्जियों के साथ सलाद व बहुत सारी कम वसायुक्त कॉटेज चीज़ के साथ कम चीनीवाली दही, अंकुरित सलाद।

न खानेवाले स्नैक्स : चॉकलेट, कैंडी, मिठाई, पेस्ट्री, कुकीज/मीठे बिस्कुट, ब्राउनी, फास्ट फूड्स, पकौड़ा, समोसा, चाट, आलू के चिप्स, नमकीन, फ्रेंच फ्राइज, नमकीन मेवे, मक्खनवाले पॉपकॉर्न, तला हुआ चिकन, पेय पदार्थ, आइसक्रीम, अतिरिक्त चीनीवाले जूस, नूडल्स आदि।

सही ढंग से स्नैक्स खाने के टिप्स

1. मुख्य भोजन के बीच में स्नैक्स खाएँ, भोजन से पहले नहीं।
2. पूरे दिन स्नैक्स न खाते रहें। एक बार सुबह 10-11 बजे व शाम को 5-6 बजे स्नैक खाएँ। शाम को समोसा, जलेबी, ब्रेडपकौड़ा आदि जैसे नुकसानदेह स्नैक न लें। मुख्य भोजन व स्नैक्स के बीच 2 से 3 घंटे का अंतर रखें।
3. आप बोर हो रहे हैं, टीवी देख रहे हैं या अपना काम खतम करने के एवज में खुद को इनाम देने के रूप में स्नैक न खाएँ।
4. कम मात्रा में स्नैक खाएँ।
5. दाँत खराब न हों, इसके लिए स्नैक खाने के बाद कुल्ला करें।
6. टीवी देखने, धूप में बैठने, मेहमानों का इंतजार करने, होमवर्क आदि करने जैसी गतिविधियों से स्नैक को न जोड़ें।
7. जब भी स्नैक खाने का मन हो, एक गिलास ठंडा पानी पी लें। इससे स्नैक खाने की इच्छा खतम हो जाएगी।
8. न खानेवाले स्नैक्स कम खरीदें, कम खाएँ।
9. हेल्दी स्नैक्स पहले से ही तैयार करके रखें। भुने हुए चने, कम नमकवाले नमकीन, खाखरा आदि घर में रखें। फ्रिज में कटे हुए फल व सब्जियाँ रखें ताकि उन्हें तुरंत खाया जा सके।
10. जब भी संभव हो, घर में ही स्नैक बनाएँ। जब आप स्वयं स्नैक्स तैयार करती हैं, यहाँ तक कि तली हुई नमकीन भी तो कितनी चीज डालनी है और आपकी सेहत के लिए क्या अच्छा है, यह तय करना आपके हाथ में होता है।
11. फ्रिज व अलमारी में स्नैक रखने की अलग जगह बनाएँ। वहाँ तुरंत खाए जानेवाले स्नैक्स रखें।

किसी भी मूड के लिए हेल्दी स्नैक्स

प्यास लगने पर–ठंडा मलाई रहित दूध, नींबू पानी, करी पत्ते के साथ सादी या नमकीन लस्सी, सब्जियों का ठंडा जूस, फीका फ्रूट जूस (सेब, अंगूर व संतरे का)।

तरावट के लिए–दही व आपके पसंदीदा फल से तैयार फ्रूट स्मूदी (थोड़ा-सा वनीला, इलायची व जायफल मिला लें), फल युक्त कस्टर्ड।

कुरमुरा–सादे या भुने हुए मेवे, योगर्ट डिप के साथ, कच्ची सब्जियाँ (गाजर, खीरा, बंदगोभी, ब्रोकली, जुकीनी व सलाद के पत्ते), सेब, मकई, मक्खन रहित पॉपकॉर्न, गेहूँ से बनी नमकीन या चने के आटे से बने भुने नमकीन।

रसदार–बेरी, अंगूर, शफतालू, संतरा, आड़ू, आलूबुखारा, तरबूज, नाशपाती, टमाटर जैसे ताजे फल।

जब सचमुच भूख लगी हो–उबला अंडा, सब्जी या चिकन के भरावन के साथ साबुत अनाज की ब्रेड, दूध के साथ भुने साबुत गेहूँ या कॉर्नफ्लेक्स या ओटमील (जई), लो फैट चीज़ के साथ क्रैकर्स, सब्जी के साथ घर की बनी मट्ठी।

इसलिए अब जब आप स्नैक खाएँ, अपराधबोध महसूस न करें। संतुलित मात्रा व सही ढंग से चयन करने से स्नैक आहार में सुधार ला सकते हैं। विशेष चीज के रूप में खाने के बजाय स्नैक को भोजन की तरह ही समझें। इसलिए स्नैक का भरपूर स्वाद लें, पर पूरी सावधानी बरतते हुए।

4.5

स्कूल टिफिन : अब रोजमर्रा की परेशानी नहीं रहा

अगर आप स्कूल जानेवाले बच्चे की माँ हैं, तो शायद आपको पता होगा कि ऐसा टिफिन तैयार करना, जो आपका बच्चा पसंद करे, रोज स्कूल में उसे खा ले, बनाना कितना कठिन कार्य है। हालाँकि, बच्चे को सारा दोष देने से पहले, हमें माँ-बच्चा-टिफिन-स्कूल स्थिति पर एक नजर डालनी चाहिए।

बच्चे, माँ व टिफिन का संबंध

अधिकांश बच्चे सुबह स्कूल जाते हैं और दोपहर का भोजन घर आकर करते हैं। खाने की छुट्टी के समय–वह समय जब उन्हें खेलना चाहिए–वह अपने साथ लाए टिफिन को खाते हैं। अधिकतर, घर आते समय बस में वे टिफिन खाते हैं। दूसरी ओर, माँ जब बच्चे का टिफिन पैक करके देती है तो वह इस बात का ध्यान रखती है कि उसे सारे पोषक तत्त्व मिलें।

खोजों से पता चला है कि बच्चा टिफिन बॉक्स को माँ के एक अधिकार क्षेत्र के रूप में देखते हैं, जिसमें वह अपनी पसंद से कुछ भी रख देती है। ये वे चीजें होती हैं, जो आमतौर पर बच्चों को बहुत बेकार लगती हैं और वे उसे टिफिन में से वयस्कों द्वारा निर्धारित एक नियम मानते हुए खाते हैं। पेंसिलबॉक्स की तरह बच्चे को टिफिन बॉक्स अपना नहीं लगता। बच्चे के लिए टिफिन बॉक्स एक संवेगात्मक नहीं, बल्कि एक कार्यात्मक जरूरत पूरी करता है।

शहरी भारतीय घरों में माँ-बच्चे की गतिशीलता पर हुए व्यापक अध्ययन स्कूल-टिफिन (देखें बॉक्स) के संदर्भ में माँ के दृष्टिकोण व बच्चे की इच्छाओं के बीच एक स्पष्ट अंतर इंगित करते हैं। यही वजह है कि बच्चे बिना खाए टिफिन वापस ले आते हैं या फिर अनिच्छा से खाते हैं।

स्कूल टिफिन के संदर्भ में माँ-बच्चे की सोच में भिन्नता

माँ की सोच	बच्चे की सोच
पौष्टिक व स्वास्थ्यकर महसूस होना	मजा; हर दिन का खाना रोचक नहीं
आसानी से खराब न हो या ठंडा होने पर बेस्वाद न लगे	क्रिस्प व क्रंची
चटपटा, लेकिन मसालेदार नहीं	चॉकलेटयुक्त, मसालेदार, फ्रूटी
ऐसा आहार देना जिसे डेस्क पर बैठकर खाना होता है।	जो खेलते हुए भी खाने में आसान हो
ज्यादा खाना देना ताकि थोड़ा तो बच्चा खा ले	कई चीजें थोड़ी-थोड़ी मात्रा में

'अच्छा' टिफिन क्या है?

बच्चे अपने जागने का आधा हिस्सा स्कूल में गुजारते हैं। चूँकि, नाश्ता हमेशा जल्दी में निबटाया जाता है, इसलिए सक्रिय रहने व एकाग्रता बनाए रखने व स्कूल में अच्छा रिजल्ट लाने के लिए बच्चों को ऊर्जा प्रदान करने हेतु टिफिन विशेष रूप से महत्त्वपूर्ण बन जाता है।

एक 'अच्छा' टिफिन बच्चे को उसे खुशी से पूरा खतम करने के लिए प्रेरित करता है। इससे यह भी तसल्ली रहती है कि बच्चा स्कूल कैंटीन में मिलनेवाली सेहत के लिए नुकसानदेह विभिन्न चीजों के प्रति आकर्षित नहीं होगा। तेल में सने बर्गर, चीज़ पैटीज, आलू के चिप्स, नूडल्स, कोला...कभी भी आपके बच्चे के लिए पुष्टिकर नहीं हो सकते हैं।

प्रश्न उठता है कि क्या बॉक्स में सेहत, स्वाद और प्यार को पैक करना संभव है? अगर आप अपने बच्चे का टिफिन तैयार व पैक करते हुए इन बातों का ध्यान दें तो ऐसा हो सकता है।

1. पोषण की मात्रा

अच्छा तो यही होगा कि टिफिन से बच्चे को उसके प्रतिदिन के लिए आवश्यक कैलोरी व प्रोटींस का एक चौथाई हिस्सा मिले। हर तरह के खाने के समूह को उसमें शामिल करने का प्रयास करें–अनाज, दालें/दूध या दूध से बने उत्पाद, अंडा, फल व सब्जियाँ तथा कुछ मात्रा में फैट भी। उसके टिफिन में कुकीज, केक, मिठाई आदि जैसे अनाज या मीठे पदार्थ न रखें। तले हुए भोज्य पदार्थ भी न रखें।

2. विविधता

प्रतिदिन टिफिन में अलग-अलग चीजें रखें। बच्चे को बोरियत महसूस न हो, इसके लिए खाने की अलग-अलग चीजों को रखने के साथ उनके रखने के ढंग को भी बदलते रहें।

उदाहरणतया, बहुत तरह की ब्रेड का प्रयोग करें (ब्राउन ब्रेड, व्हाइट ब्रेड, रोल्स, बर्गर बन, हॉट डॉग बन, छोटा पिज्जा बेस, फ्रूट बन आदि)। साथ ही उसमें भरने के लिए भी विभिन्न चीजों का प्रयोग करें। जैसे खीरा, टमाटर, सलाद के पत्ते, बंदगोभी, गाजर, पनीर, अंडे का सलाद, फल या बेक की हुई बींस और स्प्रैड्स जैसे मक्खन, चीज़, चॉकलेट, शहद, जैम, फ्रूट जैली व चटनी। पराँठों को भी अलग-अलग चीजें भरकर बनाया जा सकता है। जैसे दाल, सब्जियाँ, पनीर व अंडा या उन्हें काठी रोल्स की शेप दी जा सकती है। अलग-अलग प्रांतों के व्यंजनों का भी टिफिन बनाकर दिया जा सकता है। जैसे दक्षिण भारतीय, उत्तर भारतीय...आदि।

3. देखने में सुंदर लगे

बच्चों को रंग-बिरंगे, अलग-अलग ढंग से सजे टिफिन पसंद आते हैं। भिन्न-भिन्न रंगों की सब्जियों व फलों का इस्तेमाल करें, मजेदार आकार-प्रकार बनाएँ ताकि देखने में आहार रुचिकर लगे। रंगीन सब्जियों का प्रयोग करते हुए विभिन्न आकार व डिजाइन के पास्ता तैयार करें। बच्चों को देखकर अच्छा लगे इसके लिए सैंडविच को अलग-अलग तरीके से काटें, जैसे त्रिकोण, चौकोर या पट्टियों में। दिलचस्प रिबन या जेबरा सैंडविच बनाने के लिए ब्राउन व व्हाइट ब्रेड दोनों का इस्तेमाल करें।

सितारे, दिल आदि के आकार की टिक्की बनाएँ। किसी धागे या स्टीकर के साथ रंगीन नैपकिंस या टिश्यू पेपर लटका दें।

4. आहार की बनावट व गाढ़ापन

बहुत ज्यादा पानीवाली या तेलयुक्त चीजें स्कूल बैग में गिर सकती हैं। बहुत ज्यादा सूखी चीजें खाने का मन नहीं करता। उनके साथ टमाटो सॉस, हरी चटनी आदि दें। ऐसे आहार न दें जिन्हें खाने से गंदगी फैले या हाथों में चिपके।

ब्रोकली, फूल गोभी या गाजर जैसी सब्जियों को कच्ची या हलके से भाप में पकाकर टिफिन में रखें। उन्हें योगर्ट डिप में डालकर भी रखा जा सकता है।

साबुत फल रखें। वह स्वादिष्ट, खाने में आसान व पोषक तत्त्वों से भरपूर होता है। या फलों को टुकड़ों में काटकर उन्हें फॉयल में लपेटकर दे दें। अगर आपके बच्चे के टिफिन में कूलर लगा है तो आप फ्रूट योगर्ट भी दे सकती हैं।

मेवे स्वादिष्ट होने के साथ-साथ कुरमुरे भी लगते हैं। मुट्ठी-भर बादाम, पिस्ते, अखरोट या मूँगफली बच्चे की जेब में रख दें।

5. ठंडा होने पर भी स्वादिष्ट लगे

उबला अंडा, चावल आदि जैसे आहार न रखें जो ठंडे होने पर स्वादिष्ट नहीं लगते। या एक पोर्टेबल हॉट केस खरीद लें ताकि टिफिन ब्रेक के समय तक खाना गरम रहे।

6. पैक करने के घंटों बाद भी सुरक्षित रहे

हमारे देश में रहनेवाले गरम मौसम को देखते हुए सुबह ही बच्चे का टिफिन तैयार करना ठीक है। ऐसे आहार न दें जो आसानी से खराब होनेवाले हैं या एक रात पहले बनाया गया हो।

7. सरप्राइज दें

बच्चों को कल्पना की दुनिया में रहना, सरप्राइज, रहस्य व प्रतिबंधों से आजादी पसंद होती है। हफ्ते में एक बार तो कम-से-कम सरप्राइज पैक करें। यह आपकी तरफ से लिखा हुआ कोई प्यारा-सा संदेश ही हो सकता है (मैं तुमसे प्यार करती हूँ, तुम सबसे अच्छे बच्चे हो आदि) या कोई छोटा-सा खजाना (चॉकलेट, टॉफी, कुकी, पसंदीदा खिलौना आदि)।

8. बच्चों को शामिल करें

टिफिन में क्या-क्या होना चाहिए, इसे बच्चों को भी तय करने दें। उन चीजों के बारे में जानें जिन्हें वे ले जाना चाहते हैं। फिर समझाएँ कि कैसे उनके

पसंदीदा चीजों को पौष्टिक बनाया जा सकता है। जैसे, बच्चों को पिज्जा पसंद होता है, इसलिए उसे पौष्टिक बनाने के लिए उसमें बहुत सारी सब्जियाँ, पर चीज़ कम डालें। टिफिन में ले जानेवाले खाने की खरीदारी व बनाने में उनकी मदद लें। ध्यान रखें, कि उन्हें हफ्ते में एक बार तो उनका पसंदीदा टिफिन खाने को मिले।

बच्चों की सहभागिता उन्हें अपने बारे में अच्छे निर्णय लेने और जीवनपर्यंत स्वास्थ्यकर भोजन चुनने के लिए तैयार करती है।

9. पहले से तैयार कर लें

सुबह का समय व्यस्तता का होता है और हर काम को निपटाना किसी चुनौती से कम नहीं लगता। आपके बच्चे को सिर्फ सैंडविच, कुकीज या कोई फ्रूट ड्रिंक ही टिफिन में न मिले, इसके लिए एक शाम पहले ही आधी तैयारी कर लें। किचन के स्लैब पर टिफिन बॉक्स साफ करके रख दें। अगर एक दिन पहले ही किसी चीज को पैक करके रखा जा सकता है, तो अवश्य रख दें।

10. लंच पैक करना

पैक करने से पहले खाने को ठंडा कर लें। ताजगी रखने के लिए सब्जियों या फलों के टुकड़ों को टिफिन में पैक करें। उतना ही रखें, जितना कि बच्चा खुशी से खा ले, ताकि बच्चे खाने की कद्र करना सीखें और उसे बरबाद न करें।

11. पेय पदार्थ भी रखें

टिफिन बॉक्स में माँएँ आमतौर पर किसी तरह का पेय पदार्थ नहीं रखती हैं। जबकि एक आसानी से उठानेवाला, स्वादिष्ट पेय बच्चों को बहुत अच्छा लगता है। बच्चे के टिफिन में पोषण सम्मिलित करने के लिए पेय पदार्थ भी बहुत उत्तम रहते हैं।

आप फ्रूट जूस के पैक रख सकती हैं। पर वे 100% शुद्ध हों। सुगंधित दूध या सोया मिल्क भी अच्छा रहता है, पर गरमियों में उसके खराब होने का डर रहता है। दूध या जूस को ठंडा रखने के लिए बच्चे के लंच बैग में इंसूलेटड थरमस या आइस पैक रखें।

बच्चों को पानी की बड़ी बोतल दें। ध्यान रखें कि वह पानी पीए।

टिफिन बॉक्स खरीदते समय

बच्चे का टिफिन बॉक्स खरीदते समय सावधानी रखना जरूरी है। टिफिन बॉक्स ऐसा हो जिसमें–

- पैक करने के बाद खाना 4–5 घंटे तक भी खराब न हो।
- रंग-बिरंगा और आकर्षक हो।
- बहुत बड़ा न हो। एक बड़े बॉक्स को देने के बजाय दो छोटे डिब्बे दे दें।
- इंसूलेटड टिफिन बॉक्स या फ्रीजर पैकवाला टिफिन बॉक्स लें।
- उसमें नैपकिन, चम्मच व काँटा रखने की जगह हो।
- एयरटाइट हो और बैग में खुले नहीं।
- पराँठा व सब्जी रखने के लिए अलग–अलग जगह हों। उसमें अलग–अलग तरह का खाना आपस में मिले नहीं।
- सॉस, चटनी आदि रखने के लिए एक अलग डिब्बी उसमें लगी हो।
- हाथ से फिसले नहीं।
- आसानी से खुलने व पकड़नेवाला हो।

भाग 5

विशेष आहार

5.1

अच्छी नींद के लिए आहार

व्यस्त जीवनशैली, भागदौड़ भरा सामाजिक जीवन, घर के काम, बच्चों की चिंताओं की वजह से सोने के लिए बहुत कम समय ही मिल पाता है। यही नहीं, आधुनिक जीवनशैली इतने तनाव व दुश्चिंताओं से भर देती है कि जब सोने जाते हैं तो हममें से अधिकांश लोगों को नींद नहीं आती है।

ठीक से कार्य करने के लिए स्त्री और पुरुष को प्रत्येक रात कम-से-कम 7-8 घंटों की नींद की जरूरत होती है। नवीनतम अध्ययन से यह बात सामने आई है कि दो में से एक भारतीय (46%) रात में 6 घंटे से भी कम समय के लिए सोते हैं और सोचते हैं कि यह काफी है। सच तो यह है कि वे समझ ही नहीं पाते कि वे वास्तव में कितने थके हुए हैं।

हाल ही में हुए अध्ययन दर्शाते हैं कि दो हफ्तों तक आठ घंटों की नींद न लेने से वह 'नींद पूरी न होने' की तरह एकत्र होती रहती है, जो पूरी दो रात न सोने के बराबर होती है। बेशक आप बहुत ज्यादा थकावट महसूस न करें, फिर भी आपको किसी चीज को समझने में समय लगेगा, याददाश्त कमजोर हो जाएगी और सोचने संबंधी अन्य विकार हो सकते हैं।

बच्चों को और ज्यादा नींद की जरूरत होती है। कम नींद से सुबह के समय सिरदर्द व दिन में थकावट व्याप्त रहने से एकाग्रता में कमी हो जाती है जिससे वे पढ़ाई में पिछड़ने लगते हैं। इजराइल में हुए एक अनुसंधान से यह बात सामने आई है कि जिन बच्चों को एक रात में मात्र एक घंटा कम नींद मिलती

है, उन्होंने अपने साथियों की तुलना में विभिन्न याददाश्त व एकाग्रता के परीक्षणों में कम अंक प्राप्त किए।

सबसे ज्यादा परेशान करनेवाला तथ्य तो यह है कि नींद की कमी का संबंध हृदय रोग, मधुमेह व मोटापे जैसी बीमारियों के खतरे से है।

अनिद्रा का अर्थ है सोने में दिक्कत आना, रात के समय बार-बार नींद खुलना और दुबारा सो न पाना या बहुत जल्दी उठ जाना। औरतों में अनिद्रा की समस्या अधिक होती है। इसकी दर प्रति दो महिलाओं पर एक पुरुष की है। विशेषकर, कामकाजी महिला तो वर्षों में बड़ी मात्रा में नींद जमा कर लेती है।

नींद व आहार

जो आप खाते हैं वह आपकी नींद को प्रभावित करता है। अपने मस्तिष्क में हलचल पैदा करने के बजाय उसे शांत रखना ही रात में चैन की नींद की कुंजी है। कुछ आहार स्नायु की गति को धीमा कर देते हैं और मस्तिष्क को शांत करते हैं जिससे चैन की नींद आती है। ऐसे भोज्य पदार्थों को 'स्लीपर्स' (सुलानेवाला) कहा जाता है। अन्य आहार मस्तिष्क को फुर्तीला बनाकर आपको जगाए रखते हैं। ऐसे भोज्य पदार्थों को 'वेकर्स' (जगानेवाले) कहा जाता है।

स्लीपर्स में ट्राईप्टोफैन होता है, एक एमीनो एसिड जो प्रोटीन तैयार करता है—जो नींद लानेवाले पदार्थों, सेरोटोनिन व मेलाटोनिन को उत्पन्न करता है। इस प्रकार जिन आहारों में ट्राईप्टोफैन होता है या जो मस्तिष्क को अधिक ट्राईप्टोफैन उपलब्ध कराते हैं, हमें सुलाते हैं।

काफी हद तक, हम अपनी नींद की मात्रा व गुणवत्ता को नियंत्रित कर सकते हैं। उपयुक्त स्लीपर्स वे भोज्य पदार्थ होते हैं, जिनमें कुछ मात्रा में प्रोटीन होने के साथ संतुलित मात्रा में कार्बोहाइड्रेट्स निहित होते हैं। कार्बोहाइड्रेट इंसुलिन के स्राव को उत्प्रेरित करता है जो एमिनो एसिड को साफ करता है, जो मस्तिष्क तक ट्राईप्टोफैन अधिक मात्रा में उपलब्ध कराने के लिए उससे प्रतियोगिता करता है। साथ ही प्रोटीन मस्तिष्क तक सीधे ट्राइप्टोफैन पहुँचाने में मदद करता है। दूध से बने उत्पादों में प्रचुरता से पाया जानेवाला कैल्शियम मस्तिष्क की ट्राईप्टोफैन से मेलाटोनिन बनाने में मदद करता है। रात को सोते समय एक गिलास दूध पीने के निद्राजनक प्रभाव को यह बात स्पष्ट करती है।

इस प्रकार प्रोटीन की अधिकतावाले, मध्यम कार्बोहाइड्रेट की मात्रावाले आहार नाश्ते और दोपहर के भोजन में उपयुक्त रहते हैं। रात के खाने व रात के स्नैक्स के लिए ऐसा भोजन या स्नैक लें जिसमें मिश्रित कार्बोहाइड्रेट्स की अत्यधिक मात्रा व कैल्शियम व प्रोटीन की अल्प मात्रा हो।

अच्छी नींद लानेवाले आहार :

- दूध से बने उत्पाद (पनीर, चीज़, दूध व दही)
- मांस, मुर्गा या सी-फूड
- साबुत अनाज
- सब्जियाँ
- दालें (सोयाबीन सहित)

भारतीयों के रात्रि के खाने में आमतौर पर इन पदार्थों का समावेश किया जाता है। हालाँकि हमारी पारंपरिक भोजन बनाने की विधि में बहुत अधिक फैट व मसालों का प्रयोग किया जाता है, जो नींद को बाधित करते हैं।

वेकर्स (जगानेवाले)

कैफीन युक्त उन भोज्य पदार्थों के नाम सूची में सबसे ऊपर आते हैं, जो आपको जगाए रखते हैं। कैफीन न सिर्फ स्नायु-तंत्र को उत्तेजित करती है, वरन् हमारे हृदय की गति, श्वास की गति, यूरीन आने की मात्रा व पेट में बननेवाले एसिड (अम्ल) के उत्पादन पर भी असर डालती है। वास्तव में सोने के वक्त आप जिस तरह के प्रभावों की उम्मीद करते हैं, कैफीन उससे विपरीत प्रभाव डालती है।

शाम को और सोने से पहले चाय, कॉफी, कोला व चॉकलेट जैसे पदार्थों का सेवन करने से बचें, जिनमें कैफीन निहित रहता है।

सोने से पहले, ऐसे आहार जिनमें प्रोटीन की मात्रा अत्यधिक हो, केवल कार्बोहाइड्रेट्स युक्त स्नैक्स का सेवन करने से बचें। बिना किसी कार्बोहाइड्रेट के अत्यधिक प्रोटीन की मात्रावाले आहार में एमिनो एसिड, टाइरोसिन निहित होता है जो मस्तिष्क को सक्रिय करता है।

केवल कार्बोहाइड्रेट युक्त स्नैक, खासकर जिनमें शुद्ध अनाज व चीनी की मात्रा ज्यादा होती है, आपको सोने में कम मदद करते हैं। ये आपकी रक्त शर्करा (ब्लड शुगर) को बढ़ा देते हैं जिससे नींद नहीं आती। साथ-ही-साथ केवल कार्बोहाइड्रेट युक्त स्नैक का ऊपर-नीचे होनेवाला प्रभाव यानी शुगर का तेज होना और फिर तुरंत कम हो जाने से तनाव पैदा करनेवाले हार्मोंस का स्राव होता है, जो आपको जगाए रखते हैं। यही नहीं, चूँकि ट्राईप्टोफैन केवल

प्रोटीन युक्त आहारों में ही पाया जाता है, आप ट्राईप्टोफैन के नींद देनेवाले प्रभावों से भी वंचित रह जाते हैं।

कैफीन की तरह निकोटिन भी एक उत्प्रेरक होता है, इसलिए सोने से पहले धूम्रपान न करें। सोने के पहले सिगरेट या अन्य निकोटिन स्त्रोतों का सेवन न करें।

सोने से पहले शराब का सेवन करने से भी नींद नहीं आती है। शराब एक सेडेटिव है, इसलिए आप पहले कुछ घंटे तो गहरी नींद में सो जाते हैं, पर चूँकि शरीर एल्कोहल को बहुत तेजी से प्रवर्धित कर देता है, इसलिए उसका असर बहुत जल्दी खतम हो जाता है और बार-बार जागने से आपका बाकी का आराम टुकड़ों-टुकड़ों में बँट सकता है। सोने से दो घंटे पहले शराब का सेवन करने से बचें।

गहरी नींद में सोने के लिए इनसे परहेज करें :
- कॉफी, चाय, कोला व चॉकलेट जैसे कैफीन युक्त पदार्थ
- अत्यधिक प्रोटीनयुक्त आहार
- केवल कार्बोहाइड्रेट युक्त स्नैकस
- धूम्रपान, पान व तंबाकू का सेवन
- शराब

आरामदायक नींद के लिए फूड टिप्स

- रात का भोजन जल्दी करें। नौ बजे के बाद भोजन न करें। आप जब गहरी नींद में सोए हुए होते हैं तो भोजन को पचाने के लिए आवश्यक आँतों के सारे कार्य की वजह से आपको बार-बार जागना पड़ सकता है और ठीक से नींद नहीं मिल पाती है।
- रात का भोजन हलका करें। वसायुक्त आहार व अत्यधिक मात्रा में खाने से आपके पाचन तंत्र को ज्यादा देर तक काम करना पड़ता है और गैस बनने व पेट में गड़बड़ होने से आपकी नींद में व्यवधान पड़ता है। खाना बनाते समय वसा की कम मात्रा का प्रयोग करें। अत्यधिक वसायुक्त भोजन पाचन क्रिया को धीमी कर देते हैं और पेट की गड़बड़ी की वजह से आपको जागे रहना पड़ सकता है।
- रात के भोजन में मसालों या अदरक, हरी मिर्च, लहसुन आदि चीजों का प्रयोग कम करें। खासकर अगर आपको छाती में जलन रहने की शिकायत हो।
- सोने से पहले एक गिलास गरम दूध अवश्य पिएँ व चीनी या अनाजयुक्त स्नैक्स के सेवन से परहेज करें।

5.2
आपकी रसोई में चिकित्सीय आहार

स्वस्थ रहने के लिए आहार का इस्तेमाल करना कोई नई बात नहीं है। सदियों से, आयुर्वेद में स्वास्थ्य समस्याओं का उपचार करने के लिए भोज्य पदार्थों का इस्तेमाल करने की बात की गई है। आज, अनुसंधान बताते हैं कि कैसे कुछ निश्चित भोज्य पदार्थ बचाव करते हैं और कई बार तो प्रभावी ढंग से बीमारी को ठीक भी कर देते हैं।

इतना ही नहीं, इनमें से कई चिकित्सीय आहार–शहद, साबुत मसाले, अदरक, लहसुन आदि–का भारतीय घरों में नियमित रूप से प्रयोग होता आया है। खाना पकाने में इनका इस्तेमाल होता रहे, इसके लिए इनके फायदेमंद कार्यों के बारे में बात करना जरूरी है। ऑलिव (जैतून), ग्रीन टी व ऐल्फैल्फा अन्य फायदेमंद, पर भारतीय रसोई में कम इस्तेमाल होनेवाले पदार्थ हैं। इनका हमारे दैनिक आहार में समावेश सेहत के लिए फायदेमंद ही होगा।

1. शहद

शहद चीनी, खनिज व विटामिन का एक उत्तम स्रोत है। शहद मस्तिष्क को एक तैयार ईंधन प्रदान करता है और थके हुए शरीर को ऊर्जा से भर देता है। शहद पाचन में मदद करता है। यह भूख बढ़ाता है, पेट के दर्द को कम करता है और कब्ज दूर करता है।

शहद के जीवाणुरोधी प्रभाव होते हैं। मीठा होने के बावजूद यह मुँह के कीटाणुओं को बढ़ने और दाँतों में लगनेवाले कीड़ों या दाँत गिरने से रोकता है।

यह प्रभावी रूप से आँतों के जीवाणुओं को मारता है जिनकी वजह से पेचिश व दस्त होता है।

शहद जले हुए, संक्रमणित घावों, अल्सर व अधिकांश एलर्जी को ठीक कर सकता है। वह बार-बार होनेवाली खाँसी, गले के दर्द व बंद नाक को ठीक कर देता है। यह रक्त के प्रवाह को ठीक करता है व खराब 'एलडीएल' कोलेस्ट्रोल के ऑक्सीकरण को धीमा कर देता है, जिससे हृदय रोगों से बचाव होता है।

शहद एक शामक (सेडेटिव) की तरह काम कर अनिद्रा से छुटकारा दिलाता है। शहद के अन्य फायदों में ब्लडप्रेशर कम करना, ऑस्टीयोपोरोसिस से बचाव, प्रजनन-क्षमता को बढ़ावा व कैंसर से बचाव करना निहित है।

2. मसाले

भारतीय भोजन में अनेक मसालों का प्रयोग किया जाता है। जीरा, हींग, हल्दी, धनिया पाउडर व लाल मिर्चों का प्रयोग हर तरह के व्यंजनों में किया जाता है। बिना मसाले के सादा भोजन किसी भी भारतीय को पसंद नहीं है। इसलिए इलायची, जीरा, लौंग, काली मिर्च, दालचीनी व साबुत धनिया जैसे साबुत मसालों को मिलाकर तैयार गरम मसाला पाउडर का भोजन में प्रयोग किया जाता है। इन मसालों का प्रयोग साबुत भी किया जाता है। मेथीदाना, सौंफ, सफेद मिर्च, सफेद जीरा, सौंठ, अमचूर और कई अन्य मसालों का भी प्रचुर मात्रा में उपयोग किया जाता है।

इन मसालों का फायदा इनसे आती खुशबू से भी कहीं ज्यादा है। आधुनिक विज्ञान ने मसालों के स्वास्थ्य पर होनेवाले फायदेमंद प्रभावों के बारे में सिद्ध कर दिया है कि ये मसाले विशेषतौर से पाचनक्रिया में सहायता करते हैं। ये बंद नाक को भी खोलते हैं, साँस को ताजगी प्रदान करते हैं और गले की खराश में आराम पहुँचाते हैं। वे गैस में आराम पहुँचाते हैं व इनसे कब्ज की शिकायत नहीं रहती। अन्य फायदे बेशक दिखाई न देते हों, पर वे भी होते अवश्य हैं। जैसे मेथीदाना रक्त शुद्ध करने, यूरीनरी ट्रैक्ट इंफैक्शन, पैप्टिक अल्सर, दस्त आदि का इलाज करने में काम आता है। नवीनतम शोधों ने मधुमेह के रोगियों के लिए मेथीदाने के प्रभाव को सिद्ध किया है।

3. लहसुन

भारतीय खाने में एक आम चीज लहसुन के फायदे वैज्ञानिक रूप से सिद्ध हो चुके हैं। आधुनिक शोध इस बात की पुष्टि करते हैं कि हृदय-संबंधी बीमारियों के खतरों को कम करने के लिए प्राचीन समय में भी लहसुन का प्रयोग किया जाता था। यह कोलेस्ट्रोल व ब्लडप्रेशर को कम करता है, प्राकृतिक रूप से

रक्त को पतला रखने में सहायक होने के कारण यह खतरनाक रक्त के थक्कों को भी बनने से रोकता है।

लहसुन सबसे लोकप्रिय व गुणकारी एंटीबायोटिक, एंटीवायरल और एंटीफंगल औषधि है। यह हर तरह के जीवाणुओं को मार देता है, उनको भी जो टायफायड, डिप्थीरिया, हैजा, दस्त, तपेदिक, टिटेनस, रूयूमेटिज्म व अन्य बीमारियों को फैलाते हैं। यह उन संक्रमणों का भी नाश करता है जिनकी वजह से जुकाम, श्वास के संक्रमण व इंफ्लूएंजा होता है और जिन्हें ठीक करने के लिए एंटीबायोटिक्स तक बेकार साबित होते हैं। चेचक, खसरा, हरपीज, कनपेड़ा, हेपेटाइटिस, लोहित ज्वर व रेबीज अन्य ऐसे वायरल इंफेक्शन हैं जो लहसुन का सेवन करने से नष्ट हो जाते हैं। लहसुन कैंडीडा इंफेक्शन से भी बचाव करता है। यह एड्स वायरस के विरुद्ध शरीर की 'मारककोशिकाओं' की सक्रियता में भी वृद्धि करता है।

लहसुन कैंसर से रक्षा करता है। मिस्रवासी रसौलियों को ठीक करने के लिए इसे शरीर पर लगाया करते थे, साथ ही घावों, संक्रमणों व आँतों के परजीवीनाशियों का इलाज करने के लिए इसका प्रयोग करते थे। कई पर्यावरणीय विषैले पदार्थों से बचाव करने में भी यह काम आता है।

4. अदरक

अधिकांश भारतीय व्यंजनों में अदरक का प्रचुरता से इस्तेमाल किया जाता है–यहाँ तक कि चाय में भी। मुख्यतया, अदरक पाचन में सहायक होता है। अदरक भूख बढ़ाता है, उलटी से राहत देता है, वात को कम करता है, एसिडिटी घटाता है। पाचन के लिए, अदरक के एक पतले टुकड़े पर नींबू का रस व नमक छिड़कें और खाना खाने के आधे घंटे पहले उसे खाएँ।

पेट की गड़बड़ी से आनेवाली उलटी व चक्कर को भी यह ठीक करता है। जो बूढ़े लोग चलते हुए लड़खड़ाते हैं, उन्हें अदरक का नियमित सेवन करने से बहुत लाभ होता है।

जलन शांत करनेवाली होने के कारण अदरक लगातार होते रहनेवाले दर्द में भी आराम पहुँचाता है। अदरक के तेल से मालिश करने मांसपेशी के दर्द गें आराम मिलने के साथ-साथ जोड़ों की सूजन व रूयूमेटोयड आर्थराइटिस में भी राहत मिलती है।

अदरक जुकाम, एलर्जी व अन्य श्वास-संबंधी समस्याओं के लक्षणों को कम कर देता है। इसे अकसर साइनस, गले में खराश व अन्य श्वास संबंधी शिकायतों को ठीक करनेवाले औषधीय डीकंजेस्टेंट में भी मिश्रित किया जाता है।

5. खजूर

खजूर को हमें अपने दैनिक आहार का हिस्सा बनाना चाहिए। आयरन व कैल्शियम जैसे महत्त्वपूर्ण खनिजों, ऊर्जा व फाइबर का एक उत्तम स्रोत खजूर पोषण की दृष्टि से अन्य कई फलों को कमतर साबित करता है।

खजूर थके हुए शरीर को ऊर्जा से भर देते हैं। कुरान शरीफ में कहा गया है कि उपवास हमेशा खजूर खाकर तोड़ना चाहिए क्योंकि इसमें निहित चीनी की प्रचुर मात्रा से तुरंत ऊर्जा मिलती है और चूँकि थोड़ा-सा खाने से ही इनसे पेट भर जाता है। उपवास के बाद इसे खाने से अधिक खाने की संभावना से भी बचा जा सकता है।

गर्भावस्था व स्तनपान कराने के दौरान खजूर विशेष रूप से लाभकारी होता है। यह गर्भावस्था के दौरान यूटरस की मांसपेशी को सुदृढ़ करता है, प्रसव के समय उसे फैलाने में मदद करता है और प्रसव के बाद होनेवाली ब्लीडिंग को घटाने में सहायक होता है। इसमें प्रचुर मात्रा में निहित माइक्रोन्यूट्रिएंट स्तनों में दूध का अत्यधिक उत्पादन करते हैं और प्रसव के बाद माँ को होनेवाले तनाव को दूर करते हैं।

सूखे खजूर में प्रचुर मात्रा में निहित आयरन वैसी किशोर लड़कियों के लिए बहुत फायदेमंद होता है, जिनका मासिक स्राव के दौरान काफी मात्रा में आयरन निकल जाता है। बढ़ते बच्चों के लिए भी खजूर बहुत फायदेमंद रहते हैं, क्योंकि वे हड्डियों को सुदृढ़ करते हैं, मांसपेशियों को ताकत देते हैं और आँखों को स्वस्थ रखने में मदद करते हैं। आधुनिक विज्ञान ने भी श्वास-तंत्र से संबंधित बीमारियों को ठीक करने में खजूर के फायदों की पुष्टि की है।

6. हलदी

दुनिया में सबसे ज्यादा व्यापक रूप से इसी औषधि पर शोध हुए हैं और हम लोग भी खाने में स्वाद, रंग व उसे सुरक्षित रखने के लिए नियमित रूप से हलदी का प्रयोग करते हैं। इससे पाचन, वात, गैस व पेट की गड़बड़ी से पैदा होनेवाली परेशानियों में आराम मिलता है।

यह एक ताकतवर एंटीऑक्सीडेंट है और रेक्टम (मलाशय), प्रोस्ट्रेट, फेफड़े, स्तन व त्वचा के कैंसर से बचाव करता है। माना जाता है कि यह मासिक स्राव, हेपेटाइटिस, गॉलस्टोन (पथरी), एंजाइना व आर्थराइटिस के दर्द से राहत दिलाती है। आयुर्वेद में इसका प्रयोग एलर्जी व चर्म रोगों तथा पाचन में सुधार करने के लिए किया जाता है। चूँकि यह प्लाक निर्मित होने से रोकता है, जिसकी वजह से हार्ट अटैक होता है, इसलिए यह कार्डियोवस्कुलर (हृद्वाहिका) स्वास्थ्य को भी ठीक रखने में मदद करती है।

हलदी एल्जीमेर जैसी तंत्रिका क्षीण बीमारियों से भी बचाने में मदद कर सकती है।

7. हींग

हींग, एक अनिवार्य मसाला है, खासकर उत्तरी भारतीय खाने में। बहुत ज्यादा खुशबू आने की वजह से, इसके स्वाद की आदत होने में थोड़ा समय लगता है। स्वास्थ्य को होनेवाले मुख्य फायदे हैं—हींग उबकाई, दस्त व पेट के दर्द में राहत देता है व इसके सेवन से कब्ज नहीं होता। मांस व जंक फूड के सेवन से उत्पन्न होनेवाले विषाक्त पदार्थों व मल को साफ करने के लिए यह विशेष रूप से फायदेमंद रहता है। कंजेस्शन (रक्तसंकुलता), अस्थमा (दमा), ब्रांकाइटिस (श्वासनली शोथ) व कुकुर खाँसी (हूपिंग कफ) जैसी श्वास संबंधी दिक्कतों में हींग बहुत फायदेमंद सिद्ध होता है।

हिस्टीरिया के दौरों को ठीक करने के लिए भी आयुर्वेद हींग का प्रयोग करने की सलाह देता है। पुरुष व स्त्री दोनों की यौन समस्याओं को ठीक करने में भी यह मसाला फायदेमंद है। यह स्नायु को उत्प्रेरित करनेवाला व कुछ हद तक सेडेटिव भी है।

8. सरसों

भारतीय घरों में हरे पत्तेदार सब्जी व सूखे दानों, पाउडर या पेस्ट के रूप भी सरसों का प्रयोग किया जाता है।

सरसों भूख बढ़ाती है व उसमें पाचन, लेक्सेटिव, एंटीसेप्टिक व संचार को बढ़ाने के गुण होते हैं। संतुलित मात्रा में लेने पर सरसों विषाक्त पदार्थ को निष्प्रभावित कर देती है और पेट की गड़बड़ी को ठीक करने में मदद करती है। सरसों में अनोखे चिकित्सीय गुण होते हैं। यह सर्दियों की खाँसी को ठीक करती है, रक्त-प्रवाह में वृद्धि करती है, दमे व रयूमेटॉयड ऑर्थराइटिस में राहत पहुँचाती है व कैंसर से बचाव करती है। यह उच्च रक्तचाप को कम करती है, मेनोपॉज से गुजरनेवाली स्त्रियों की नींद को सामान्य स्थिति में लाती है, बार-बार पड़नेवाले माइग्रेन के दौरों में कमी लाती है व हार्ट अटैक से बचाव करती है।

सरसों के दाने आयरन, कैल्शियम, जिंक, सेलेनियम, मैंग्नीज, मैग्नेशियम, प्रोटीन, नाएसिन व खाने योग्य फाइबर के उत्तम स्रोत होने के साथ-साथ ओमेगा-3 फैटी एसिड्स के भी उत्तम स्रोत हैं।

9. मेवे

मेवे, जहाँ मूँगफली, बादाम, अखरोट, काजू, पिस्ता, पहाड़ी बादाम या अन्य

कोई हो, स्वादिष्ट, पौष्टिक होने के साथ-साथ बीमारियों से भी बचाव करते हैं (अध्याय 5.6)। यह पाया गया है कि एक हफ्ते में पाँच या अधिक बार मेवे खाने से वास्तव में हृदय रोगों व कैंसर का खतरा कम हो जाता है। प्रचुर मात्रा में फाइबर होने के कारण वे कब्ज से बचाव, पाचन में मदद करते हैं व ब्लड कॉलेस्ट्रोल व शुगर के स्तर को नियंत्रित करते हैं। मेवों में विटामिन प्रचुर मात्रा में होता है, जो एक ताकतवर एंटीऑक्सीडेंट है जिसके सेवन से बुढ़ापा जल्दी नहीं आता।

10. हरी चाय

पिछले कुछ वर्षों में अनुसंधानों ने चाय की पत्ती के चिकित्सीय गुणों की पुष्टि की है, विशेषकर ग्रीन टी की पत्ती।

ग्रीन टी को औषधीय एंटीऑक्सीडेंट के बेहतरीन स्रोत के रूप में जाना जाता है। समान फायदेमंद तत्त्व फलों व सब्जियों में पाए जाते हैं। अनुसंधानकर्ताओं ने पता लगाया है कि ग्रीन टी की केवल 10 औंस मात्रा व्यापक रूप से शरीर की एंटीऑक्सीडेंट क्षमता में वृद्धि कर देती है। पत्ती अन्य महत्त्वपूर्ण औषधीय तत्त्वों जिनमें फ्लोराइड, केटचिंस व टेनिन्स भी शामिल हैं, की क्षमता में वृद्धि करती है।

नियमित रूप से ग्रीन टी पीने से हर प्रकार के कैंसर से बचाव हो सकता है, कॉलेस्ट्रोल के स्तर व रक्तचाप को कम कर यह हृदय रोगों से बचाती है, आयु बढ़ाती है, दाँतों को गिरने से रोकती है (चाय में कीड़ों से सुरक्षा करनेवाला फ्लोराइड होता है) और मसूड़ों के संक्रमणों को ठीक करती है। ग्रीन टी अपच व दस्त में आराम पहुँचाती है। वसा को घटाने में भी ग्रीन टी मदद करती है। यह ऑस्टीयोआर्थराइटिस के होने व उसके बढ़ने से रोकने में भी मदद करती है।

ग्रीन टी के प्रभावी फायदों को समझते हुए, इस प्राचीन पेय को अपने दैनिक आहार में शामिल करना बहुत ही उपयुक्त है। दिन में गरम या ठंडे 2 या 4 कप ग्रीन टी के पिएँ।

11. ऑलिव (जैतून)

माना जाता है कि ऑलिव 70 तरह की बीमारियों को ठीक कर सकते हैं। चूँकि इस फल का स्वाद बहुत धात्वीय होता है, इसलिए इसका सेवन सिरके के अचार या तेल की तरह किया जाता है। अचार के रूप में ऑलिव भूख बढ़ाने का काम करते हैं और इनसे कब्ज में भी आराम मिलता है। वे गुदा की दरारों को भरने के लिए भी लाभदायक है।

ऑलिव ऑयल पेट/आँतों के कैंसर से बचाव करता है और आँतों की सूजन, अलसर, हाइपरएसिडिटी व गैस को ठीक करता है। ऑलिव ऑयल प्लुअरीसी (फुफ्फुसावरण-शोथ) का निदान करने में विशेष रूप से लाभकारी है और साथ ही श्वसन-नली की विभिन्न बीमारियों को ठीक करने में भी यह मदद करता है। जैतून के तेल का नियमित रूप से इस्तेमाल करने से जुकाम व निमोनिया होने की संभावनाओं में भी कमी आ जाती है। ऑलिव ऑयल किडनी (गुर्दा) के लिए भी बहुत फायदेमंद है व यह पथरी को भी हटा देता है। यह गॉलब्लैडर की पथरी को भी बाहर निकाल देता है।

12. ऐल्फैल्फा

ऐल्फैल्फा का अरबी में अर्थ होता है सारे आहारों का जनक। यह बहुत तेजी से लोकप्रिय होनेवाला एक सुरक्षित आहार-पूरक (सप्लीमेंट) है। यह गोली या सिरप व ताजे अंकुरण (स्प्राउट्स) के रूप में भी मिलता है।

विटामिन ए, बी-कॉम्प्लेक्स, सी, डी, ई व के तथा आयरन, कैल्शियम आदि जैसे खनिजों का उत्तम स्रोत होने के कारण ऐल्फैल्फा एक बेहतरीन टॉनिक है। यह शरीर में ऊर्जा भर ताकत व क्षमता में वृद्धि करता है। यही नहीं, यह शरीर के लिए पोषक तत्त्वों को ग्रहण करना भी आसान बना देता है।

हृदय रोग को कम करना ऐल्फैल्फा का सबसे फायदेमंद असर है। ऐल्फैल्फा कॉलेस्ट्रोल को शरीर में जमा होने से रोकता है, हानिकारक एलडीएल कॉलेस्ट्रोल को घटाता है और प्लाक को बनने से रोकता है जो हृदय रोग होने का सबसे अहम कारण है।

अपच व एनीमिया के लिए विशेष रूप से ऐल्फैल्फा का सेवन करने की सलाह दी जाती है।

इसके साथ ही, इसके एंटीऑक्सीडेंट गुण हमें जल्दी बूढ़ा होने से बचाते हैं।

ऐल्फैल्फा यूरीन-संबंधी विकारों में भी राहत पहुँचाता है। ऐल्फैल्फा का जूस (रस) श्वास-संबंधी विकारों, विशेषकर साइनस में बहुत उपयोगी रहता है। यह अधिकांश कैंसरों के लिए फायदेमंद है। ऐल्फैल्फा ऑस्टियोपोरिसस से बचाव करता है व आर्थराइटिस में आराम पहुँचाता है। यह मेनोपॉज-संबंधी लक्षणों में भी राहत पहुँचाता है। ऐल्फैल्फा हमारे इम्यून सिस्टम को भी सुदृढ़ करता है और इस तरह बीमारियों से वह हमारी रक्षा करता है।

नोट : ऐल्फैल्फा के बीज बिना अंकुरित किए कभी नहीं खाने चाहिए क्योंकि उसमें अत्यधिक मात्रा में विषाक्त एमिनो एसिड केनेवेनाइन निहित होता है।

अन्य औषधीय आहारों की क्षमता

एसिडिटी	चकोतरा (ग्रेपफ्रूट), मूँगफली, नारियल, शहद
आर्थराइटिस (गठिया)	सेब, केला, आम, खीरा, लहसुन
अस्थमा (दमा)	लहसुन
कैंसर	गाजर, लहसुन, नींबू
हैजा	करेला, नारियल का पानी, खीरा, प्याज
जुकाम व खाँसी	अदरक, लहसुन, नींबू
कब्ज	बादाम, बंदगोभी, गाजर, खीरा, नींबू, सलाद के पत्ते, केला, चुकंदर, मकई, खीरा, अंजीर, खजूर, किशमिश, सोयाबीन, पालक, साबुत गेहूँ
मधुमेह	उड़द की दाल, करेला, मेथी, चकोतरा, आँवला, मूँगफली, जामुन, राजमा, नींबू, सलाद के पत्ते, आम की पत्तियाँ, सोयाबीन।
दस्त	केला, गाजर, लहसुन, मूँगफली, आँवला, जामुन, आम के बीज, अनाज
हृदय रोग	बंदगोभी, गाजर, शहद, सेब, शतावरी, लहसुन, प्याज, संतरा, अंगूर, चकोतरा, आँवला, नींबू, किशमिश
उच्च रक्तचाप	सेब, केला, लहसुन, नींबू, जई, प्याज, ईसबगोल
उच्च कॉलेस्ट्रोल	सेब, करी पत्ता, लहसुन, चकोतरा, नींबू, जई, किशमिश, सोयाबीन, सूरजमुखी के बीज
नपुंसकता	बादाम, उड़द की दाल
पेट के कीड़े	गाजर, कच्चा नारियल, पपीता, टमाटर, अनार
पीलिया	मूली, गन्ना
बवासीर	चुकंदर, करेला, अंजीर, जामुन, प्याज, मूली, नींबू, अरहर की दाल
मुहाँसे	खीरे का रस (चेहरे पर लगाएँ), नींबू
दाँत व मसूड़ों की समस्या	नींबू, मूँगफली, सेब, प्याज, अनार, पालक, पेड़ की छाल का पाउडर
कुकुर खाँसी	लहसुन, प्याज

5.3

ऊर्जा देनेवाले और ऊर्जा न देनेवाले

पूरे दिन में बहुत बार गरम चाय या कॉफी का सेवन, काम करने के बाद थककर चूर होकर घर लौटने के बाद एक कड़कदार पेय। जब भी संभव हो धूम्रपान। बीच-बीच में टॉफी या चॉकलेट...साँस की तरह आदतें भी बहुत स्वाभाविक होती है, वे पहले सही या गलत सोचकर नहीं पनपतीं।

वैज्ञानिकों के अनुसार, जीवन के तनावों के साथ सामंजस्य बिठाने के लिए, इन तरीकों को अनिच्छा से, समय के साथ हमने अपना लिया (देखें बॉक्स)। अधिकांश समय, हमें तो पता भी नहीं होता कि हम तनावग्रस्त हैं और चीनी, कैफीन, शराब आदि का प्रयोग करते हैं, जिन्हें वास्तव में 'ऊर्जा प्रदान करनेवाला' कहा जाता है ताकि हम अपने तनावग्रस्त मस्तिष्क का संतुलन कायम रख सकें।

क्या हम तनावग्रस्त हैं?

हममें से अधिकांश लोगों के लिए तनाव का अर्थ होता है चिंता। हालाँकि, हमारे शरीर को, जीवन में होनेवाला कोई भी अच्छा या बुरा परिवर्तन, तनाव देने का कारण बनता है। इसलिए बहुत अधिक दबाववाली नौकरी करते हुए या नौकरी से निकाल दिए जाने से तनाव पैदा होता है, वैसे ही शादी करते समय या अपने सपनों के घर में शिफ्ट होते समय। यहाँ तक कि होनेवाले परिवर्तन के बारे में सोचना या चिंता करना भी एक तरह का तनाव है।

होम्स और राहे का **सोशल रीएडजस्टमेंट रेटिंग स्केल** जीवन की विभिन्न घटनाओं से उत्पन्न होनेवाले तनाव को नापता है। इस प्रकार, किसी साथी या माता-पिता की मृत्यु अत्यधिक तनाव पैदा करती है जिसे 100 की श्रेणी में रखा जाता है, तलाक, मेनोपॉज व यौवन के आरंभ के तनाव की दर है 60-65, विवाह, गर्भावस्था, नौकरी से निकाला जाना व रिटायरमेंट की दर 35-45 है। घर को पुनः ठीक करना, बॉस या बच्चों से परेशानी, व्यक्तिगत आदतों में बदलाव (नई डाइट की शुरुआत, धूम्रपान छोड़ना आदि), आठ घंटे से कम सोना जैसी बातें भी तनाव पैदा करती हैं। बहुत अधिक गरम या ठंडा मौसम या किसी ऊँचाईवाले स्थान पर जाना व प्रदूषण या किसी और के द्वारा धूम्रपान करने जैसे वातावरण-संबंधी कारण भी तनाव पैदा करते हैं। यहाँ तक छुट्टियाँ, पार्टियाँ व पारिवारिक समारोह जैसी आनंददायक गतिविधियाँ भी तनाव उत्पन्न करती हैं। मामूली से नियम का उल्लंघन करना भी 5-10 का तनाव स्तर उत्पन्न कर देता है।

ऊर्जा प्रदान करनेवाले आहार कैसे कार्य करते हैं?

हलका-सा तनाव तक हमारे शरीर के तंत्र को प्रभावित करता है—मस्तिष्क में सबसे पहले बदलाव आता है। सामान्यतया, महत्त्वपूर्ण रसायन मस्तिष्क की कोशिकाओं के बीच संदेश ले जाते हैं। 'अच्छे व खुश संदेशवाहक' (सेरोटोनिन, नोराड्रेनलिन व डोपेमिन) अच्छे संदेश ले जाते हैं। 'बुरे या दुःखी संदेशवाहक' दुःखी संदेश ले जाते हैं। आमतौर पर हमारा तंत्रिका-तंत्र दोनों तरह के संदेशवाहकों से एक संतुलित इनपुट ग्रहण करता है और जीवन सहजता से चलता है। यद्यपि, तनाव के दौरान, सुखद संदेश कम होने लगते हैं।

सेरोटोनिन—यह संदेशवाहक सबसे पहले तनाव के दौरान असफल होता है। इसका काम है हमारे शरीर की घड़ी को सही करना ताकि हम आसानी व चैन से सो सकें और एक ताजगी-भरे अहसास के साथ जागें। इस प्रकार अत्यधिक तनाव की पहली निशानी है चैन की नींद सोने में परेशानी महसूस करना। जब तनाव नोराड्रेनलिन को घटाता है तो व्यक्ति थकावट, शिथिलता व ऊर्जारहित महसूस करता है। डोपेमिन का कम स्तर जीवन में आनंद की कमी कर देता है।

ऊर्जा में वृद्धि करनेवाले आहार मस्तिष्क में अच्छे संदेशवाहकों की आपूर्ति करते हैं—यद्यपि अस्थायी रूप से। टॉफी, चॉकलेट व मिठाई का अंतर्निहित स्वाद चीनी को सबसे लोकप्रिय ऊर्जा प्रदान करनेवाली वस्तु बना

देता है। कैफीन–जिसका चीनी के बाद सबसे ज्यादा व्यापक रूप से प्रयोग किया जाता है–मस्तिष्क को गतिशील बनानेवाली औषध है जो केवल कॉफी में ही नहीं, वरन् चॉकलेट, सोडा व कई चायों में भी पाई जाती है। शराब सोने में मदद करती है और हमारे अच्छे होने की संवेदना में वृद्धि करती है। सिगरेट, तंबाकू व नसवार में निकोटिन होती है, जो एक शक्तिशाली ऊर्जादायक है। आमतौर पर ये ऊर्जादायक मिश्रित होते हैं–चॉकलेट में चीनी व कैफीन दोनों होते हैं, बेलि की आइरिश क्रीम में चीनी, कैफीन व एल्कोहल होते हैं।

ज्यादा जरूरत पड़ने पर लोग मारीजुआना, कोकीन, एंफीटेमाइंस व हेरोइन जैसे मादक पदार्थों का सेवन करते हैं। ये सारे ऊर्जादायक पदार्थ हैं। मजे की बात तो यह है कि कई लोग अपने खुद के एंड्रानलिन स्राव का प्रयोग ऊर्जादायक की तरह करते हैं। काम के अभ्यस्त लोग जो एक दिन में 16–20 घंटे काम करते हैं, खरीदारी करने के आदी व जुआ, खेल आदि जैसी रोमांचक आदतोंवाले लोग भी अस्थाई रूप से ऊर्जायुक्त महसूस करने के लिए अपने एंड्रानलिन का प्रयोग करते हैं।

दुर्भाग्यवश, ये ऊर्जा देनेवाली चीजें बहुत प्रभावकारी नहीं होती हैं। हममें कुछ को ही इस बात का अहसास है कि हम वास्तव में एक कसी हुई रस्सी पर चल रहे हैं और एक हाथ में अपने तनावों और दूसरे हाथ में ऊर्जा देनेवाले पदार्थों को पकड़े संतुलन बनाने की कोशिश कर रहे हैं। इसलिए तुरंत ऊर्जा प्रदान करनेवाले पदार्थ उपयुक्त नहीं हैं। क्योंकि–

'पिक-मी-अप्स' हमें रंगरलियों में डुबो देते हैं

जब मस्तिष्क आनंददायक संदेशवाहकों की इच्छा करता है, तो 'पिक-मी-अप्स' का प्रभाव व्यापक होता है। इस प्रकार, एक आम आदमी जब कोई नशीला पेय लेता है तो उसे उसमें हलका-सा ही मजा आता है, जब कोई तनावग्रस्त व्यक्ति एक पैग लेता है, उसके अंदर और शराब पीने की इच्छा जाग्रत हो जाती है और जब तक वह बिलकुल बेहोश नहीं हो जाता, पीता रहता है। क्या आपने गौर किया है कि चॉकलेट का एक छोटा-सा टुकड़ा कभी पर्याप्त नहीं लगता?

'पिक-मी-अप्स' हमेशा एक प्रतिक्रिया का कारण बनते हैं

जब आप एक पूरी चॉकलेट खाते हैं तो अपने आपको चीनी व कैफीन की एक बड़ी मात्रा प्रदान कर रहे होते हैं। अत्यधिक चीनी तुरंत खुशी देनेवाले संदेश वाहकों के स्तर में वृद्धि करती है। हालाँकि, चीनी की बहुत कम मात्रा जो ऊर्जा में कमी, थकावट, दर्द व बीमारी का कारण बनती है, वह भी समान रूप से तुरंत असर करती है। अधिकांश 'पिक-मी-अप्स' का प्रयोग करनेवाले स्वस्थ व बीमार महसूस करने के लगातार होनेवाले उतार-चढ़ाव को झेलते रहते हैं।

शरीर बहुत तीव्रता से 'पिक-मी-अप्स' को अपना लेता है

इच्छित प्रभाव पाने के लिए 'पिक-मी-अप्स' का प्रयोग करनेवालों को 'पिक-मी-अप्स' की लगातार बढ़ती रहनेवाली मात्रा का प्रयोग करना पड़ता है। याद करें कि कैसे काम के समय एक कप चाय या कॉफी पीना शुरू किया था और अब न जाने कितनी बार उसे पीते हैं। ऐसा ही सिगरेट, अल्कोहल व ड्रग्स के साथ होता है।

'पिक-मी-अप्स' के दुष्प्रभाव होते हैं

कैफीन का अत्यधिक प्रयोग करने से हृदय की गति असामान्य हो सकती है। अत्यधिक तंबाकू का सेवन करने से फेफड़े व धमनियाँ खराब हो जाती हैं व कैंसर हो जाता है। शराब के अत्यधिक सेवन से दुर्घटना, लिवर के खराब होने या रक्तस्राव की परेशानियाँ बढ़ जाती हैं। अवैधानिक नशीले पदार्थों की अत्यधिक मात्रा से ऐंठन या मृत्यु हो सकती है।

'पिक-मी-अप्स' तनाव को बढ़ाते हैं

अधिक मात्रा में लेने की वजह से शरीर का तनाव बढ़ जाता है। यह अत्यधिक तनाव की स्थिति को और बिगाड़ देता है और व्यक्ति 'पिक-मी-अप्स' का सेवन और अधिक करने को बाध्य हो जाता है।

'पिक-मी-अप्स' का लगातार इस्तेमाल–यहाँ तक कि चाय व कॉफी जैसे हलके पेय, भी हमारे जीवन को उबड़-खाबड़ राह पर धकेल देते हैं– जहाँ तेजी से उतार-चढ़ाव होते रहते हैं। जानें आप उन्हें किस तरह से सामान्य व एक बार फिर से सुगम बना सकते हैं–

- आप व परिवार के अन्य सदस्य जान लें कि वे किन 'पिक-मी-अप्स' के आदी हो चुके हैं। फिर उन्हें घर से हटा दें (आरंभ में एक सीमा निर्धारित करें)।
- प्रचुर मात्रा में फल व सब्जियों तथा मिश्रित कार्बोहाइड्रेट्स से भरपूर भोजन लें। संतुलित आहार लेना आवश्यक है।
- एक हफ्ते में पाँच बार तीस मिनट तक किसी भी तरह की एक्सरसाइज करें। तेज-तेज चलना तनाव घटाने का सबसे बेहतरीन तरीका है। समय-समय पर गहरी साँस लेने की एक्सरसाइज व मसाज करें।
- दुबारा से बच्चे बन जाएँ। पेंटिंग करें, रचनात्मक बनें व खुलकर अपने को अभिव्यक्त करें।

आज से शुरू करें!

5.4
कैफीन का कमाल

हममें से कितने लोग ऐसे हैं जिनकी चाय पिए बिना ठीक से नींद खुल जाती है? काम के दबाव का सामना कॉफी के बहुत सारे कप पिए बिना कर लेते हैं? कितने बच्चे बिना चॉकलेट खाए मजे से अपना दिन निकाल लेते हैं? बिना दूध में अपना पसंदीदा चॉकलेट मिक्स मिलाए? बिना कोला के?

चाय, कॉफी, काको, चॉकलेट, कोला और यहाँ तक कि कुछ दर्दनिवारक दवाइयों में भी पाया जानेवाला कैफीन मनुष्य का पंसदीदा उत्प्रेरक है। हममें से प्रत्येक–जवान व बूढ़ा–किसी-न-किसी रूप में प्रतिदिन कैफीन का सेवन करता है। यह एकमात्र आदत बन जानेवाली ऐसी ड्रग है, जो हम नियमित रूप से अपने बच्चों को सॉफ्ट ड्रिंक या चॉकलेट के रूप में खिलाते हैं। कई बच्चे अपने शरीर में कैफीन की अल्पमात्रा के साथ पैदा होते हैं जो माँ से उन तक पहुँची होती है।

कैफीन क्या करती है?

कैफीन शारीरिक व मानसिक दोनों तरह की थकावट दूर करती है। संतुलित मात्रा में लिए जाने पर, यह मूड को प्रभावित करती है, सजगता में वृद्धि व आज के समय के 24 घंटों के तनाव को झेलने की क्षमता देती है।

मानसिक उत्प्रेरक के रूप में, यह छात्रों, विद्वानों व काम के आदी लोगों के लिए एक ताकतवर ताजगी प्रदान करनेवाला पदार्थ है। यह लंबी दूरी की यात्रा करनेवालों की पहली पसंद है, क्योंकि यह थकान से मुकाबला करने, ड्राइविंग

व फ्लाइंग जैसे सजग रहनेवाले कार्यों में कार्यकुशलता सुधारने में मदद करती है। कैफीनयुक्त पेयों की मूड ठीक करने की ताकत किसी पार्टी या अकेले शाम बितानेवाले के लिए अनिवार्य है।

जो लोग कैफीनयुक्त पेयों को लेने के आदी होते हैं–प्रतिदिन लगभग 4–5 कप कॉफी–उन्हें मस्तिष्क को सामान्य रूप से कार्य करने के लिए कैफीन की नियमित मात्रा की जरूरत होती है। उसके बिना देखने व सुनने में कमी आ जाती है जिससे उनकी कार्यकुशलता पर असर पड़ता है।

हमें कितनी मात्रा में कैफीन लेनी चाहिए?

कैलोरी व फैट्स को लेकर चिंतित रहने पर भी हम आमतौर पर पूरे दिन में बड़ी मात्रा में ली जानेवाली कैफीन के सेवन को नजरअंदाज कर जाते हैं। (देखें तालिका)

किस तरह विभिन्न स्त्रोतों से प्राप्त की गई कैफीन की कुल मात्रा बढ़ जाती है।

आहार	कैफीन (मि.ग्राम)
कॉफी	
फिल्टर्ड कॉफी	115
छनी हुई 250 मि.ली. (1 कप) कॉफी	85
इंस्टेंट 250 मि.ली. (1 कप) कॉफी	75
इंस्टेंट डी कैफीनेटेड 250 मि.ली. (1 कप) कॉफी	2
कैफै लाते छोटा (250 मि.ली.) या बड़ा प्याला (375 मि.ली.)	
कैफै मोचा छोटा (250 मि.ली.) या बड़ा (375 मि.ली.)	35
एस्प्रेस्सो 30 मि.ली.	40
चाय	
छनी चाय 250 मि.ली. (1 कप)	40–50
आईस्ड टी	25
चॉकलेट	
मिल्क चॉकलेट (30 ग्राम)	6
डार्क चॉकलेट (30 ग्राम)	20

आहार	कैफीन (मि.ग्राम)
चॉकलेट मिल्क	5
कोका पेय	6
सॉफ्ट ड्रिंक्स प्रति ३०० मि.ली.	
माउंटेन	50
कोक क्लासिक	29
डाइट कोक	36
दवाइयाँ/दर्द निवारक	
एनासिन एनलजेसिक	32
एक्सीड्रिन दर्द निवारक प्रति टेबलेट	65
प्लेन एस्प्रिन	0

क्या कैफीन हानिकारक है?

देखा जाए तो कैफीन को एक सुरक्षित आहार आदत माना जाता है। वर्षों से कैफीन का संबंध किडनी, पैनक्रियज व यूरीनरी ब्लैडर के कैंसर तथा स्तनों में गाँठ बननेवाली बीमारी तथा ऑस्टीयोपोरोसिस से जोड़ा जाता रहा है। फिर भी, यह तथ्य यह सिद्ध नहीं करते कि कैफीन से किसी तरह की कोई बीमारी होती है। कैफीन ब्लड प्रैशर में वृद्धि करती है, पर यह प्रभाव अस्थायी होता है।

वस्तुत: अनुसंधानों के अनुसार, संतुलित मात्रा में ली गई कैफीन मनुष्य के स्वास्थ्य पर अच्छा असर डालती है। यह दर्द में राहत पहुँचाती है, माइग्रेन दर्द से बचाव करती है, दमे के लक्षणों को कम करती है और मूड को बढ़ाती है। यहाँ तक कि गर्भावस्था के दौरान अगर प्रतिदिन इसका सेवन संतुलित मात्रा में किया जाता है तो खतरा कम हो जाता है। प्रतिदिन 300 मि.ग्राम कैफीन यानी कॉफी के 2-3 कप गर्भवती महिलाओं के लिए सुरक्षित रहते हैं।

अधिक मात्रा में कैफीन का सेवन करने से तनाव बढ़ता है, पेट खराब हो जाता है और नींद नहीं आती। कैफीनयुक्त बहुत सारे सॉफ्ट ड्रिंक्स पीने से किशोरों में नींद की समस्या हो सकती है। तनाव व घबराहट में वृद्धि रोकने के लिए बच्चों को कैफीनयुक्त पेय पदार्थों का सेवन नहीं करने देना चाहिए।

कितनी कैफीन पर्याप्त है?

व्यापक मत तो यही है कि कैफीन सबसे लोकप्रिय उत्प्रेरक ड्रग का सेवन अगर संतुलित मात्रा में किया जाए तो बिलकुल भी नुकसानदेह साबित नहीं होगी। प्रतिदिन संतुलित मात्रा में (300 मि.ग्राम कॉफी के तीन-चार छोटे कपों के बराबर होता है) ली गई कैफीन अधिकांश लोगों के लिए नुकसानदेह नहीं है।

एक या अधिक दिन बिना कैफीन का सेवन किए गुजरने से सिरदर्द, चिडचिड़ापन, ऊर्जा में कमी व अनिद्रा जैसी स्थितियाँ हो सकती हैं। लेकिन कोकीन या हेरोइन की आदत को छोड़ने की तुलना में कैफीन से छुटकारा पाना ज्यादा आसान व कम समय में हो जाता है। विदड्रॉवल लक्षण 2-4 दिन या अधिक-से-अधिक एक हफ्ते में गायब हो जाते हैं।

अपने आहार में कैफीन की मात्रा को कम करने के लिए :

- एक दिन में आधा कप चाय या कॉफी ही पिएँ।
- आधी डीकैफेनेट्ड कॉफी में आधी आम कॉफी मिलाएँ।
- कॉफी की बजाय बहुत सारे दूध के साथ कैफै लें।
- साधारण चाय की बजाय हर्बल चाय पिएँ या चाय को कम समय के लिए पकाएँ।
- कैफीन की मात्रा को जाँचने के लिए भोज्य पदार्थों, पेय व दवाइयों के लेबल पढ़ें।

एनर्जी ड्रिंक्स–बुलबुलों में सुरूर

कॉफी में कैफीन होता है, लेकिन उसका स्वाद कड़वा होता है, ठंडा व ताजगी भरा नहीं। सॉफ्ट ड्रिंक्स ताजगी प्रदान करने व प्यास बुझानेवाले होते हैं, लेकिन फायदेमंद नहीं। एनर्जी ड्रिंक्स में सॉफ्ट ड्रिंक्स की फिज (बुलबुले) और कैफीन का सुरूर होता है।

एनर्जी ड्रिंक्स में अन्य सामग्रियों के साथ कैफीन की भरपूर मात्रा होती है। एक 8.3 औंस कैन में सोडे के 12 औंस कैन की तुलना में दो-तिहाई गुना अधिक कैफीन हो सकती है। दुनिया भर में, एनर्जी ड्रिंक्स के ग्राहक युवा हैं जो शिक्षित, उर्जायुक्त व अच्छा कमाते हैं।

रेड बुल–सबसे लोकप्रिय एनर्जी ड्रिंक 100 से भी अधिक देशों में बिकता है। उसकी बिक्री प्रतिवर्ष लगभग 2 अरब कैन की है। वोदका, तोकिला व शैंपेन के साथ इस ड्रिंक की वैराइटी भी उपलब्ध है।

कैफीनयुक्त एनर्जी ड्रिंक्स के लेबल पर यह चेतावनी होती है कि ये पेय बच्चों, गर्भवती महिलाओं व कैफीन से जल्दी प्रभावित हो जानेवाले लोगों के लिए उपयुक्त नहीं हैं। इनका सेवन खेल या एक्सरसाइज के दौरान नहीं किया जाना चाहिए।

5.5

चॉकलेट की मिठास

चॉकलेट...नाम सुनते ही मुँह में पानी आ जाता है। स्वादिष्ट और मीठी चॉकलेट खाने के लिए सभी का दिल मचलता है। वे पूरी तरह से हमें संतुष्ट करती है। फिर भी उन पर दाँत खराब करने, दाने निकालने से लेकर हार्ट अटैक लाने का दोष लगाया जाता है। चॉकलेट और उनसे बनी किसी भी चीज को खाना एक पाप माना जाता है, विशेषकर फिटनेस और वजन के प्रति सजग रहनेवाले लोगों के लिए। पर जैसा माना जाता है, चॉकलेट क्या वास्तव में उतनी खराब होती है? भाग्यवश, वैज्ञानिकों ने चॉकलेट से जुड़ी कुछ मिथ्या धारणाओं का खंडन करना शुरू कर दिया है।

मिथक 1 : चॉकलेट खाना स्वस्थ्यकर नहीं है।

चॉकलेट में ऐसा कुछ नहीं है जो स्वास्थ्य को नुकसान पहुँचाए। वस्तुतः, चॉकलेट ऊर्जा का एक अच्छा स्रोत है। पौष्टिक स्नैक के रूप में चॉकलेट बेशक पहली प्राथमिकता न हो, लेकिन इसमें कॉपर, जिंक, पोटेशियम व मैग्नेशियम जैसे कई महत्त्वपूर्ण खनिज तथा बी-1, बी-2, डी व ई जैसे कई विटामिन निहित होते हैं। चॉकलेट, विशेषकर डार्क चॉकलेट में क्रोमियम प्रचुर मात्रा में होता है, जो ब्लड शुगर को नियंत्रित करता है।

मिथक 2 : चॉकलेट दाँत खराब कर देती है।

वास्तव में ऐसा नहीं है। कीड़ों का लगना व दाँतों का गिरना तब होता है जब लंबे समय तक आहार में निहित कार्बोहाइड्रेट्स दाँतों के संपर्क में बने रहते हैं।

कार्बोहाइड्रेट्स में खमीर उठता है, जिससे अम्ल (एसिड) बनता है, जो दाँतों के एनामिल पर आक्रमण करता है और दाँत गिरने लगते हैं। चॉकलेट में चीनी तो होती है, पर यह भी सिद्ध हो चुका है कि मिल्क चॉकलेट में निहित प्रोटीन, कैल्शियम व फॉस्फेट दाँतों के एनामिल की रक्षा करते हैं।

साथ-साथ, चॉकलेट में विद्यमान प्राकृतिक फैट अन्य मिठाइयों की अपेक्षा ज्यादा जल्दी मुँह को साफ कर देता है जिससे चीनी के दाँतों की सतह से संपर्क बनाए रखने के समय में कमी होती है। यही नहीं, कोको में टेननिंस निहित होते हैं, जो प्लाक के निर्माण को अवरुद्ध करते हैं।

मिथक 3 : चॉकलेट में कैफीन बहुत अधिक होती है और वह बच्चों के लिए हानिकारक होती है।

जिस बात को मानने के लिए हमें बाध्य किया जाता है, उसके ठीक विपरीत चॉकलेट में कैफीन ज्यादा मात्रा में नहीं होती। दो चॉकलेट चिप कुकीज में 5 मिलीग्राम से भी कम कैफीन होती है, जबकि एक चॉकलेट बार (40 ग्राम) में केवल 10 मिलीग्राम कैफीन होती है। इसकी तुलना में, कॉफी के एक छोटे कप में 100 मिलीग्राम कैफीन होती है।

मिथक 4 : चॉकलेट में सैचुरेट्ड फैट्स व कॉलेस्ट्रोल अधिक मात्रा में होता है।

चॉकलेट में सैचुरेट्ड फैट केवल स्टीरिक एसिड के रूप में होता है जो न तो कॉलेस्ट्रोल में वृद्धि करता है और न ही उसे घटाता है। चॉकलेट में ओलिक एसिड भी होता है, जो एक मोनोअनसैचुरेट्ड फैट होता है और हृदय के लिए फायदेमंद होता है।

जहाँ तक कॉलेस्ट्रोल की बात है तो चीज़ (20 ग्राम चीज़ क्यूब में 20 मिलीग्राम कोलेस्ट्रोल होता है) जैसे अन्य आहारों की तुलना में एक चॉकलेट बार में कम कॉलेस्ट्रोल (40 ग्राम की बार में 12 मिलीग्राम) होता है।

मिथक 5 : चॉकलेट डायटिंग करनेवालों की दुश्मन है।

नहीं। चॉकलेट से उतनी ज्यादा ऊर्जा नहीं मिलती है, जैसा कि माना जाता है। 30 ग्राम की एक मिल्क चॉकलेट में लगभग 220 कैलोरी होती है और वजन घटाने के प्रोग्राम में किसी भी भोज्य पदार्थ के स्थान पर उनका सेवन किया जा सकता है।

यही नहीं, चॉकलेट अत्यधिक खाने की इच्छा को रोकती है जो किसी डाइटिंग करनेवाले की सबसे खतरनाक शत्रु होता है—जो चॉकलेट जैसे

अत्यधिक संतुष्टि प्रदान करनेवाले भोज्य पदार्थ की इच्छा को दबाने से उत्पन्न होती है।

मिथक 6 : चॉकलेट मिल्क बच्चों के लिए हानिकर है।
झूठ। वास्तव में सादे दूध की अपेक्षा ज्यादा जिंक पोटेशियम और आयरन होता है। और यह सादे दूध की तुलना में दाँतों को ज्यादा नुकसान नहीं पहुँचाता।

मिथक 7 : चॉकलेट से दाने एवं मुँहासे निकलते हैं।
यह सही नहीं है। चॉकलेट दानों या मुँहासों के निकलने या उनमें बढ़ोतरी नहीं करती है। वस्तुतः कई त्वचा रोग विशेषज्ञ संशय करते हैं कि मुँहासों के लिए आहार जिम्मेदार होता भी है कि नहीं।

मिथक 8 : चॉकलेट खाने से एलर्जी होती है।
यह सही नहीं है। चॉकलेट से जुड़ी एलर्जी, चॉकलेट उत्पादों को बनाने में इस्तेमाल होनेवाली अन्य चीजों की वजह से हो सकती है।

मिथक 9 : चॉकलेट की लत पड़ जाती है।
हालाँकि कुछ लोग अपने आपको चॉकलेट का आदी कहते हैं, लेकिन चॉकलेट की लत पड़ जाने के बारे में अभी सिद्ध नहीं हो पाया है।

चॉकलेट का लुत्फ उठाएँ

आपकी कैलोरी को बिना बढ़ाए ये टिप्स चॉकलेट का आनंद उठाने में आपकी मदद करेंगे :

कितना टुकड़ा खाएँ—इच्छा पूर्ति करने के लिए चॉकलेट का जरा-सा टुकड़ा ही पर्याप्त है। जब भी खाने की ललक हो, एक छोटा पैक खरीदें।

मजा उठाएँ—बिना किसी अपराधबोध के चॉकलेट खाएँ। आराम से बैठें, उसे अपने मुँह में घुलने दें और उसके स्वाद का भरपूर आनंद लें।

पहले सोचें—अगर आपको चॉकलेट खानी ही है तो अन्य भोज्य पदार्थों में फैट की मात्रा कम कर दें। तैलीय, मसालेदार फैटयुक्त स्नैक व मीठे व्यंजन न खाएँ।

डार्क चॉकलेट खाएँ—डार्क चॉकलेट में फैट कम मात्रा में होते हैं, इसलिए यह ज्यादा उपयुक्त वैराइटी है।

आम भ्रामक धारणाओं के विपरीत, चॉकलेट में कहीं ज्यादा अच्छे गुण होते हैं।

चॉकलेट मनोबल बढ़ाती है। चॉकलेट मस्तिष्क में अच्छा महसूस करानेवाले रसायनों एंडोरफिंस व सेरोटोनिन के स्राव को उत्प्रेरित करती है जिससे उसी तरह की आनंददायक अनुभूति होती है जैसी दौड़ते समय या कोई जॉगिंग करनेवाला व्यक्ति अनेक मील दौड़ने के बाद महसूस करता है।

चॉकलेट में एनानडेमाइड नामक रसायन भी निहित होता है जो मस्तिष्क पर माराजुआना के उपशामक प्रभाव जैसा असर डालता है जिससे वह शांत व एक सुखानुभूति पैदा करता है। वस्तुतः कुछ महिलाएँ मासिक स्राव शुरू होने से पहले होनेवाले बदलावों के लिए चॉकलेट कैंडी का प्रयोग एक दवाई की तरह करती हैं।

चॉकलेट बीमारियों से लड़नेवाले एंटी-ऑक्सीडेंट्स का एक उत्तम स्त्रोत है। जो रेड वाइन, ग्रीन टी, फल व सब्जियों में पाए जाते हैं। डार्क चॉकलेट में सबसे अधिक एंटी-ऑक्सीडेंट्स होते हैं और सफेद चॉकलेट में एक भी नहीं।

चॉकलेट दुग्धशर्करा (लैक्टोस) की असहिष्णुता को रोका करती है। अगर आप दुग्धशर्करा असहिष्णु हैं तो चॉकलेट दूध को आसानी से पचाने में मदद करती है और ऐंठन व सूजन होने को रोकती है।

चॉकलेट की सँभाल

चॉकलेट बहुत ही मुलायम होती है और उसके विशिष्ट स्वाद व आकार को बनाए रखने के लिए उसे उचित ढंग से रखने की जरूरत होती है। सादी, ठोस चॉकलेट 6 से 12 महीनों तक रखी जा सकती है। जब उसे अन्य उत्पादों (मेवे, क्रीम आदि) के साथ मिलाया जाता है तो कम दिनों में ही खराब हो जाती है।

1. चॉकलेट को ठंडी व सूखी जगह पर रखें। रखने की उपयुक्त जगह है 25 डिग्री सेल्सियस व 50 प्रतिशत नमी। सामान्य वातानुकूलित कमरे में यह सुरक्षित रहती है।
2. किसी गरम चीज या स्थान या जहाँ सूर्य की किरणें पड़ती हों, इसे वहाँ न रखें। रोशनी इसका रंग धुँधला देगी और बढ़ा हुआ तापमान इसे पिघलाकर चिपचिपा बना देगा।

3. चॉकलेट को 6 महीनों तक फ्रिज में रखा जा सकता है। उन्हें दोहरे एयर टाइट बंद प्लास्टिक के फ्रीजर बैग में रखें और फ्रीजर में डाल दें और ठंडक कम होने तक इन्हें बैग में ही पड़ा रहने दें।
4. चॉकलेट बहुत जल्दी दूसरे स्वादों व खुशबुओं को ग्रहण कर लेती है। उसे रसायनों, सफाई करनेवाले द्रव्यों, परफ्यूम, एयर फ्रेशनर आदि के पास न रखें।
5. चॉकलेट व नमी एक साथ नहीं रह सकते। अत्यधिक नमी से चॉकलेट की सतह पर सफेद धब्बे पड़ सकते हैं। चॉकलेट को देखकर तब उतनी ललक नहीं पैदा होगी, पर उसका स्वाद फिर भी बना रहता है।

5.6
मेवों की करामात

हम सब जानते हैं कि मेवे अति स्वादिष्ट होते हैं, पर नवीनतम अनुसंधानों ने सिद्ध कर दिया है कि वे पौष्टिक भी होते हैं।

हमेशा से ही, हमारे देश में मेवों को पोषण का खजाना माना जाता रहा है। विशेष तौर पर वे गर्भवती व स्तनपान करानेवाली महिलाओं व बढ़ते बच्चों को दिए जाते हैं। चूँकि वे स्वादिष्ट होते हैं, इसलिए उनका प्रयोग मिठाइयों तथा खीर, फिरनी, पयसम, कुलफी आदि जैसे मीठे व्यंजनों में किया जाता है। हालाँकि, नवीनतम अनुसंधानों के अनुसार मेवों के फायदे पोषण से भी कहीं अधिक हैं।

यह पता लगा है कि हफ्ते में चार या पाँच बार मेवे खाने से वास्तव में हृदय रोग का खतरा कम हो जाता है (देखें बॉक्स)। मेवों में फाइटोकैमिकल्स भी निहित होते हैं जो कैंसर को रोकने में एक महत्त्वपूर्ण भूमिका निभाते हैं। इनमें फाइबर प्रचुर मात्रा में होता है, जिससे कब्ज नहीं होता, पचाने में मदद मिलती है तथा वह ब्लड कॉलेस्ट्रोल व शुगर के स्तर को भी नियंत्रित करते हैं। मेवों में विटामिन ई प्रचुर मात्रा में होता है, जो शक्तिशाली एंटी-ऑक्सीडेंट हैं जिसके सेवन से बुढ़ापा जल्दी नहीं आता। विशेषज्ञों के अनुसार, मेवों को सभी आयु वर्ग के लोगों के प्रतिदिन के आहार का अनिवार्य हिस्सा बनना चाहिए।

यह पता लगाया गया है कि हफ्ते में पाँच या अधिक बार मेवे खाने से हृदय रोग का खतरा आधा रह जाता है क्योंकि यह खराब (एलडीएल) कॉलेस्ट्रेल व ट्रीग्लिसीराइड के स्तर को घटाकर अच्छे (एचडीएल) कॉलेस्ट्रोल के स्तर में

वृद्धि करता है। मोनासैचुरेट्ड फैट युक्त एसिड्स व सुरक्षित फ्लेवोनोमड्स मेवों को हृदय के लिए एक वरदान बना देते हैं। मेवों में फाइटोकैमिकल्स भी निहित होते हैं जो कैंसर को रोकने में महत्त्वपूर्ण भूमिका निभाते हैं।

मेवे : पोषण के पावरहाउस

मेवों में पोषक तत्त्वों का असीमित भंडार निहित होता है। इस कारण उनसे उचित प्रकार के फैट, प्रोटीन, कार्बोहाइड्रेट व फाइबर प्राप्त होते हैं। उनमें विटामिन ई प्रचुर मात्रा में होता है, साथ ही फोलिक एसिड, नाएसिन व पायरीडॉक्सिन जैसे बी-कॉम्प्लेक्स विटामिंस भी बहुलता से पाए जाते हैं। मेवों में मैग्नीशियम, कॉपर, जिंक सेलेनियम, फॉसफोरस व पोटेशियम जैसे खनिज भी प्रचुर मात्रा में होते हैं।

व्यापक अनुसंधान दर्शाते हैं कि अगर कुल कैलोरी को नियंत्रित किया जाए तो मेवों से वजन नहीं बढ़ता है। वस्तुत: एक दिन में कुछ मेवे खाने से आपकी भूख शांत हो जाती है, क्योंकि वे 'पेट भरे' होने या 'तृप्ति' का अहसास कराते हैं।

यह धारणा कि मेवों से गरमी पैदा होती है और उनका सेवन सिर्फ सरदियों में करना चाहिए, गलत है। मेवों में स्वाद व पोषण का ऐसा मिश्रण होता है जिसका आनंद साल के 365 दिन उठाया जा सकता है। वस्तुत: उत्तर भारत में बादाम से बने पेय ठंडाई को ठंडा पेय माना जाता है और उसका सेवन खासतौर पर गरमियों में ही किया जाता है।

प्रतिदिन खाएँ मेवे

मेवे चाहे वह मूँगफली हों, अखरोट, काजू, बादाम या पिस्ता–आसानी से हमारे दैनिक आहार का हिस्सा बन सकते हैं। इन्हें, चाहे मीठे या नमकीन, विभिन्न तरह के आहारों में डाला जा सकता है। मेवों में एक मध्यम खुशबू होती है और इसलिए वे किसी भी तरह की जड़ी-बूटी, मसालों, फल, सब्जी, चीज़ या मांस का स्वाद बढ़ा देते हैं।

खाने के बीच में लिए जानेवाले मेवे एक स्वादिष्ट स्नैक हैं और इनसे काफी देर तक आपका पेट भरा रह सकता है। साबुत मेवों से भरा एक डिब्बा (प्राकृतिक या भुने हुए) हमेशा तैयार रखें। जब भी आपको भूख लगे या आपको लगे कि आप भूखे हैं, कुछ मेवे खाने की आदत डालें। अपनी कार में कुछ मेवे रखें। इन्हें स्कूल जा रहे अपने बच्चे के टिफिन या पॉकेट में डाल दें।

मेवाः पोषक तत्त्वों का पावरहाउस

मेवे में पोषक तत्त्वों का असीमित भंडार निहित होता है जिसके कारण उनसे उचित प्रकार के फैट, प्रोटीन, कार्बोहाइड्रेट व फाइबर प्राप्त होते हैं। उनमें विटामिन ई प्रचुर मात्रा में होता है, साथ ही फोलिक एसिड नाएसिन व पायरीडॉक्सिन जैसे बी-कॉम्प्लेक्स विटामिंस भी इसमें बहुलता से पाए जाते हैं। मेवों में मैग्नीशियम, कॉपर, जिंक, सेलेनियम, फॉसफोरस व पोटेशियम जैसे खनिज भी प्रचुर मात्रा में होते हैं।

20–24 मेवों में निम्नलिखित तत्त्व होते हैं–

कैलोरी	164
प्रोटीन	6 ग्राम
कुल फैट	14 ग्राम
मोनोसैचुरेट्ड फैट	9 ग्राम
पोलीसैचुरेट्ड फैट	4 ग्राम
सैचुरेट्ड फैट	1 ग्राम
कार्बोहाइड्रेट्स	6 ग्राम
फाइबर	3 ग्राम
विटामिन ई	7.5 मि.ग्राम

मेवे–हृदय के लिए वरदान

मेवों में अधिकांश फैट मोनो या पोलीसैचुरेटेड फैट युक्त एसिड्स के रूप में होते हैं। ये फैट्स ट्राइग्लिसीराइड व खराब कॉलेस्ट्रोल स्तर को कम कर देते हैं और साथ-ही-साथ अच्छे कॉलेस्ट्रोल (एचडीएल) स्तर में वृद्धि करते हैं। यही नहीं, मोनोसैचुरेट्ड और सुरक्षित फ्लैवोनोयड्स के मिश्रण के हृदय पर बहुत सुरक्षित फायदे होते हैं।

मेवे में स्वाद और पोषण दोनों होता है जिसका वर्ष भर (365 दिनों) तक आनंद उठाया जा सकता है। इनमें एक पोषक खुशबू होती है जो मीठे या नमकीन दोनों प्रकार में निहित होती है। ये हर्ब्स, स्पाइसिज, फल, सब्जी, दुग्ध उत्पाद और मांस के पूरक होते हैं।

थोड़े से प्रयास से मेवों को अपने दैनिक आहार का हिस्सा बनाया जा सकता है। परिवार के नियमित आहार में मेवों को कैसे सम्मिलित किया जाए, इसके लिए कुछ टिप्स–

नाश्ता

- ताजे फलों, दूध आदि के साथ साबुत मेवे नाश्ते में दें।
- अनाज (कॉर्नफ्लेक्स, ओटमील आदि) पर कटे हुए मेवे छिड़कें।
- सैंडविच के अंदर कटे हुए मेवे डालें। टमाटर और प्याज डालें। गोभी के साथ मायोनेज डालें, इत्यादि।
- अगर नाश्ते में आप पराँठा या दही खाना पसंद करते हैं तो कटे हुए मेवे दही या रायते में मिलाएँ।
- मेवों को लस्सी में भी डाला जा सकता है। आप मेवों का पेस्ट बनाकर उसे फ्रीजर में भी रख सकते हैं। बादाम के पेस्ट का एक चम्मच दूध में डाला जा सकता है। इससे बच्चों को बहुत पोषण मिलता है।

बादाम पेस्ट बनाने की विधि

रातभर बादाम को पानी में भिगोएँ। उसके छिलके को हटाकर उसे पीसकर उसका पेस्ट बनाएँ। फ्रीजर में एक काँच की बोतल में भरकर उसे रखें। अगर आप चाहें तो एक पतले कपड़े में इस पेस्ट को छान भी सकते हैं।

पेय पदार्थ

गरमियों के लिए बादाम का शरबत व ठंडाई दो पारंपरिक रूप से तैयार होनेवाले मेवे से बने पेय हैं। सादे दूध की जगह शाम को आप बच्चों को बादाम का दूध या ठंडाई दे सकती हैं।

बहुत सारे बारीक कटे मेवे को 'कहवा' (कश्मीरी चाय) में भी मिलाया जाता है। यह खुशबूदार चाय बिना दूध के पी जाती है और गरमियों में बहुत उपयुक्त रहती है।

स्नैक्स

खाने के बीच में लिए जानेवाले मेवे एक स्वादिष्ट स्नैक हैं और काफी देर तक आपका पेट भरा रह सकता है। जब भी आपको भूख लगे या आपको लगे कि आप भूखे हैं, कुछ मेवे खाने की आदत डालें।

कुछ मेवे अपनी कार में रखें। इन्हें स्कूल जा रहे बच्चे के टिफिन या पॉकेट में डाल दें। मेवे पनीर के साथ भी अच्छे लगते हैं।

सूप/सलाद

अतिरिक्त सुगंध व स्वाद के लिए सूप में मेवे डालें।

सलाद में मेवों को समावेश करें—या तो प्राकृतिक या भीगे या आधे कटे। भीगे मेवों को काटकर अंकुरित अनाज में भी डाला जा सकता है।

व्यंजनों में

आधे कटे या कुतरे मेवों को बिरयानी या पुलावों में मिलाया जा सकता है। साबुत, भुने या भीगे मेवे पास्ता के व्यंजनों में डाले जाते हैं चाहे वह मकरोनी हो, स्पेगेटि, फेतूचीनी (fettuccine) आदि। आप इन्हें पोहे व उपमा में भी मिला सकती हैं।

पेनकेक की फिलिंग्स, बिस्कुट व केक के घोल, मफिंस आदि में भी कटे हुए मेवों को डाला जा सकता है। कुछ बारीक कतरे मेवे पराँठे में भी भरे जा सकते हैं, खासकर आलू के पराँठों में।

मुख्य आहार

परंपरागत रूप से मेवों, काजू व खसखस के मिश्रण से बना पेस्ट मुगलई खाने में इस्तेमाल किया जाता है। यह हलकी-सी सुगंध व उसकी ग्रेवी को गाढ़ा बनाता है। खानेवाले तेल में मसाले डालने के तुरंत बाद बादाम का पेस्ट डालें। बादाम का पेस्ट शाकाहारी व मांसाहारी भोजन दोनों में अच्छा लगता है। चिकन टिक्का, पनीर टिक्का, भरवाँ आलू आदि जैसे तंदूरी व्यंजनों को मेरीनेड करने के लिए बादाम के पेस्ट का प्रयोग किया जाता है।

साबुत (भीगे या आधे कटे) मेवों को अधपकी सब्जियों या तो चाइनीज या झलफ्रेजी तरीके में भी डाला जा सकता है। आप कमलककड़ी जैसी सूखी सब्जियों में भी इसका प्रयोग कर सकते हैं।

मीठे व्यंजन

परंपरागत रूप से भीगे या बारीक कटे मेवे खीर, फिरनी, कुल्फी, बरफी, लड्डू या अन्य भारतीय मिठाइयों में जरूर डाले जाते हैं। भुने व कतरे मेवे कस्टर्ड व आइसक्रीम में मिलाए जा सकते हैं।

> **ध्यान रहे**
>
> बिना अतिरिक्त फैट व कैलोरी के आहार में मेवों को शामिल करना आहार की मात्रा का उपयुक्त नियंत्रण हैं। प्रतिदिन 10-15 मेवों का सेवन करने से पोषणीय लाभ होते हैं। हालाँकि अधिक मात्रा में लिए जाने पर, वे आहार के फैट व एनर्जी के तत्त्वों को बढ़ा सकते हैं।

मेवों के बारे में आम भ्रामक धारणाएँ

मिथक 1 : वजन घटा रहे लोग अपने आहार में मेवों को शामिल न करें।

व्यापक अनुसंधान दर्शाते हैं कि मेवों से तब तक वजन नहीं बढ़ता है, जब तक कि कुल कैलोरी नियंत्रण में रहती है। वस्तुतः थोड़े से मेवे खाने से आपकी भूख शांत हो जाती है क्योंकि वे 'तृप्ति' या 'पेट भरे' होने का अहसास देते हैं।

मिथक 2 : मेवों में प्रचुर मात्रा में फैट होता है, इसलिए उन्हें लेना ठीक नहीं है।

यह सही है कि मेवों में काफी मात्रा में फैट (प्रति औंस 14 ग्राम) होता है, पर ये सारे फैट अच्छी क्वालिटी के फैट होते हैं। यानी अधिकांश मोनोसैचुरेट्ड और पोलीअनसैचुरेट्ड वसायुक्त एसिड होते हैं जो वास्तव में कॉलेस्ट्रोल घटाते हैं। इसलिए जब तक कुल कैलोरी नियंत्रित हैं मेवे वजन ठीक रखने, यहाँ तक उसे घटाने में मदद करते हैं।

मिथक 3 : मेवे गरमी पैदा करते हैं और इसलिए उनका सेवन सिर्फ सरदियों में करना चाहिए।

यह बिलकुल गलत है। मेवे स्वाद व पोषण का मिश्रण होते हैं जिनका लुत्फ वर्ष में 365 दिन उठाया जा सकता है। वस्तुतः उत्तर भारत के बादाम के पेय ठंडाई को ठंडा माना जाता है और खासतौर पर गरमियों में ही उसका सेवन किया जाता है।

मेवे खरीदने व सुरक्षित रखने के टिप्स

मेवे उसी दुकानदार से खरीदें जिसका माल जल्दी-जल्दी बिकता हो ताकि ताजे मेवे आपको मिल सकें। साबुत (छिलके रहित) मेवे खरीदते समय बिना टूटे छिलकोंवाले मेवे ही खरीदें। साबुत मेवे वही खरीदें जिनके रंग व आकार में समानता हो।

मेवों को ताजा बनाए रखने के लिए उन्हें हवाबंद बरतन में फ्रिज में रखें। फ्रिज में छह महीने व फ्रीजर में एक साल तक उन्हें सुरक्षित रखा जा सकता है।

मेवों को भूनने का तरीका

भूनने से मेवों का स्वाद बढ़ जाता है। साबुत, बारीक कटे या कतरे मेवों को नॉन स्टिक फ्राइंग पैन में फैलाएँ। हलकी आँच पर उन्हें गरम करें। जब तक कि सुनहरे न हो जाएँ, बीच-बीच में उन्हें चलाते रहें या 10-15 मिनटों के लिए 350 डिग्री सेल्सियस पर उन्हें बेक करें।

ठंडा होने के लिए पैन से बाहर निकालें। ध्यान रहे, आँच से उतारने के बाद भी मेवे भुनते रहते हैं।

भाग 6

बाहर खाना

6.1

रेस्टोरेंट में स्वास्थ्यकर खाने का रहस्य

आज, हममें से अधिकांश लोग कम-से-कम हफ्ते में एक बार बाहर खाना पसंद करते हैं। पेशेवर लोगों के लिए क्लायंट के साथ बिजनेस ब्रेकफास्ट, लंच व डिनर करना नेटवर्क बढ़ाने व सफल होने के लिए बहुत ही अहम होते जा रहे हैं। मेन्यू में दिल ललचानेवाले व्यंजनों को माँगते समय हम अच्छे पोषण के सारे सिद्धांतों को भूल जाते हैं, हालाँकि बाद में हमें पछतावा होता है।

ध्यान रहे, अपने घर के बाहर भी आप पोषक तत्त्वों से भरपूर भोजन खा सकते हैं। इन सरल नियमों का पालन करें और अपने बाहर खाने को ज्यादा स्वादिष्ट, आनंददायक व पौष्टिक अनुभव बनाएँ।

1. रेस्टोरेंट का चयन सावधानीपूर्वक करें।

जिन रेस्टोरेंट में शाकाहारी व मांसाहारी दोनों भोजन की वैराइटी मिलती है, वहाँ पौष्टिक भोजन भी सर्व किया जाता है। बुफे में खाना न खाएँ। इससे जरूरत से ज्यादा खा लेने की संभावना होती है।

रास्ते में ही उन पसंदीदा व्यंजनों के बारे में मन-ही-मन सोचें जो आम तौर पर घर में नहीं बनते। आप रेस्टोरेंट में जाकर क्या मँगाएँगे, इसके बारे में पहले से ही सोच लेने से सही पोषण के बारे में जान लेने का काफी समय मिल जाता है।

2. पहलेवाले भोजन को न खाने की भूल न करें।

रेस्टोरेंट में डिनर भरपेट करेंगे, यह सोचकर कैलोरी कम लेने के लिए सुबह या

दोपहर का खाना न खाना ठीक नहीं है। इस तरह आपकी भूख और तीव्र हो जाएगी और आप रेस्टोरेंट में ज्यादा खा लेंगे।

चाहें तो आप ब्रेकफास्ट व लंच के लिए कम कैलोरीवाले भोजन को खाने की आदत विकसित कर सकते हैं।

3. मेन्यू का चयन करना

प्रत्येक मेन्यू वर्ग से कुछ-न-कुछ मँगाने की आदत छोड़ दें।

ऐसे व्यंजनों से दूर रहें जिसके सामने फ्राइड, क्रीम्ड, चीज़ सॉस में, स्कैलप्ड (तवे पर सिंके) हौलेंडेज, बेस्टेड (चुपड़ा हुआ), सौतीद, ऑ ग्रेटिन या आगे मक्खन के साथ लिखा हो।

ऐसे भोज्य पदार्थ चुनें :

- स्टीम्ड
- ब्रोयल्ड
- बेक्ड
- ग्रिल्ड/तंदूरी (बिना अतिरिक्त फैट के साथ)
- रोस्टेड
- पोच्ड
- ऑ जुस, जो अपने ही रस में पका हो
- हलका सौते या स्टिर-फ्राइड

4. हलका स्टार्टर मँगाएँ

टॉस्ड ग्रीन सलाद, ब्रोथ सूप या फ्रूट कप जैसे हलके व संतुष्टिदायक क्षुधावर्द्धक (एपिटाइजर) लें। इस तरह कम कैलोरी युक्त आहारों से आपका पेट भर जाएगा और आप भूख की कम तीव्रता से अपना खाना खाएँगे।

साबुत अनाज (होल ग्रेन) वाली ब्रेड का एक रोल (बिना मक्खन के) सूप या सलाद के साथ लें।

5. हैवी ड्रेसिंग (अधिक क्रीमवाली तैलीय) सलाद से बचें।

आजकल अधिकांश सलाद में फैट व कैलोरी की भरमार होती है। रशियन, इटालियन, मायोनीज, ब्लू चीज़ जैसी क्रीमयुक्त अन्य तैलीय ड्रेसिंग से बचें।

ऐसी सलाद खाएँ जिसमें चेड्डार चीज़ की जगह कॉटेज या फेटा चीज़ हो, चिकन या फिश जैसे बिना चरबी के मीट, बीन स्प्राउट आदि हों। एवोकेडो, एनकोवी, अंडे व बेकन व क्रोंट्स जैसी चीजोंवाले सलाद का सेवन न करें।

6. हानिकारक चीजों की बजाय पौष्टिक भोजन खाएँ।

आप इस तरह के विकल्पों का चयन कर सकते हैं :

- क्रीमी सलाद ड्रेसिंग की बजाय हलके आहार (लेमन जूस, विनेगर)
- तेल में बनी सब्जियों के बजाय स्टिर फ्राई सब्जियाँ
- फ्रेंच फ्राई या चिप्स की जगह भुने आलू
- मायोनीज, सावर क्रीम या मक्खन की जगह मस्टर्ड, सालसा या लो फैट योगर्ट
- अपनी कॉफी में क्रीम की जगह लो फैट मिल्क
- पेस्ट्री या केक की जगह फल युक्त मीठे व्यंजन

आजकल कई रेस्टोरेंट अपने मेन्यू में पौष्टिक व्यंजन शामिल करते हैं।

7. अलग से ड्रेसिंग, सॉस और यहाँ तक कि करी (सालन) की माँग न करें।

अधिकांश भारतीय करी, क्रीम सॉस आदि में फैट व कैलोरी प्रचुर मात्रा में होती है।

अगर आप अलग से करी, सॉस या ड्रेसिंग की माँग करेंगे तो आप खाने की मात्रा पर नियंत्रण नहीं कर सकेंगे।

8. खाना बनाने की प्रक्रिया के बारे में पूछें।

बहुत आलीशान रेस्टोरेंट में भी यह पूछने से न हिचकिचाएँ कि फलाँ व्यंजन को किस तरह तैयार किया गया है।

9. वसा के सेवन पर नियंत्रण करें।

कम वसायुक्त आहार लें। कम वसायुक्त चीजों को मँगाएँ। चीज़, क्रीम, सावर क्रीम, मक्खन व ऊपर डाले जानेवाले तेल को न डालने को कहें। शैफ से इस बारे में राय लें।

ब्रेड, ब्रेडस्टिक या बेक्ड आलुओं पर इस्तेमाल होनेवाले मक्खन, मारगेरीन या ऑलिव ऑयल कम मात्रा में डलवाएँ।

आपने चिकन टिक्का मँगवाया है? अधिकतर शेफ टिक्के को और जायकेदार बनाने के लिए कुछ चम्मच तेल ऊपर से डाल देते हैं। ध्यान रहे कि उसे कम तेल में तैयार किया गया हो।

10. मात्रा पर नियंत्रण करें।

रेस्टोरेंट में सर्व किए गए व्यंजनों की मात्रा आमतौर पर दो या तीन व्यक्तियों के खाने लायक होती है। अगर संभव हो तो 'हाफ प्लेट' मँगाएँ। अन्यथा उसका एक तिहाई या आधा हिस्सा ही खाएँ व बाकी घर ले जाएँ।

स्टारटर्स (Starters), मुख्य भोजन व मीठे व्यंजनों को साथी के साथ शेयर करके खाएँ। इस तरह बिना ज्यादा खाए आप हर तरह की चीज को चख सकते हैं।

11. पेय पदार्थों–एल्कोहल, सोडा, कॉफी पर नजर रखें।

शराब न केवल भूख बढ़ाती है, बल्कि उसमें कैलोरी भी बहुत ज्यादा होती है। यह सही तरह के खाने को चुनने पर से ध्यान हटा देती है।

डिनर से पहले कॉकटेल लाउंज या बार में शराब न पीएँ, अन्यथा आप उनके साथ बहुत सारे स्नैक्स–मूँगफली, चिप्स, छोटे हॉट डॉग व चिकन के टुकड़े खा लेंगे, जिनमें बहुत ज्यादा फैट व नमक होता है।

कम मात्रा में शराब का सेवन करें व बीयर या वाइन पीएँ। अपनी ड्रिंक में पानी मिला लें ताकि सिर्फ प्यास बुझाने के लिहाज से ही आप शराब पी सकें।

12. मीठे व्यंजन

केवल स्वाद के लिए इन्हें खाएँ, अतिरिक्त फैट व चीनी के लिए नहीं। ऐसे डेजर्ट मँगाएँ जिनमें ताजे फल प्रचुर मात्रा में हों। अगर आप अपना पंसदीदा व्यंजन खाना ही चाहते हैं तो सर्व की गई मात्रा का आधा हिस्सा ही खाएँ या दूसरों के साथ शेयर करके खाएँ।

अंतर्राष्ट्रीय क्वीजीन की हैल्दी गाइड

क्वीजीन	इनसे बचें	ये चुनें
इटालियन	• एल्फ्रेडो और पेस्तो सौस • गार्लिक ब्रेड • अधिक मात्रावाली चीज़, रेड मीट या तेलोंवाली डिश जैसे ज्यादा मीटवाला लसान्या, मैनीकोत्ती, तोर्तेलीनी, राविओली, कानेलोनी, पेस्तो और पार्मान्या शैली में पकी कोई भी डिश। • तली कालामारी	• पास्ता प्राइमावेरा के साथ रैड क्लैम • मारियाना सौस के साथ ली जानेवाली सभी डिश • इटालियन आइस • भुनी काली मिर्च • मिनीस्त्रोनी सूप और कनसोम • चियोपीनो • हरी पत्तियों के साथ फावा बीन, (तरल निचुड़ी) ट्यूना फिश, प्लम टमैटो,

क्वीजीन	इनसे बचें	ये चुनें
	• जेलातो • क्रीमवाली पेस्ट्री	मक्खन-निकले दूधवाली मोजारेला की स्लाइसोंवाली सैलड, साथ में तेल और सिरका • चिकन पीकाता या कच्चियोतोर • बैंगन (ऐगप्लांट) का पोमोदोरा • पोलेंता और ग्रिल्ड मशरूम • पास्ता पर भुनी काली मिर्च और धूप में सुखाए टमाटर • वाइन सॉस में पकी श्रिंप मछली
मेक्सिकन	• तिमिचांगा, ताकितो और नैचो जैसे तले आहार • कार्निताए या कोपीत्सो • सावर क्रीम और चीज़ • ग्वाकोमोले • कसादिया • फ्लौता • बीफ बरीटो • फ्लान	• ग्रिल्ड फिश या चिकन ब्रैस्ट • सेवीचे • पाइको द गालो • हालापेन्यो मिर्च • चिकन/वैजिटेबल फहीता के साथ रैड सौस या साल्सा • ब्लैक बीन सूप • जिपाचो • तोरतिया या अनतले मुलायम ताको के साथ सीफूड या वैजीटेबल्स • सीफूड बरीतो या एंचिलादा (साथ में कम से कम चीज़) • कामारोने द हाचा

क्वीजीन	इनसे बचें	ये चुनें
		(टमाटर और धनिए की सॉस में श्रिंप ● अरोज कौन पोयो (चावल के साथ बोनलैस चिकन) ● भुने केले, ताजा हिकमा या अनन्नास
चायनीज	● लौब्स्टर सौस, गार्लिक सौस या स्वीट एंड सावर सौस जैसी भारी सौस में बने व्यंजन ● ऐग रोल ● प्रैस्ड डक (बत्तख) ● तले चावल (फ्राइड राइस) ● खस्ता या मक्खन आदि में तर डिश ● स्पेअर रिब्स ● ऐग फू युंग	● बांटन या हौट एंड सावर सूप ● उबले/ब्रौइल्ड/स्टीम्ड या हलके तले आरंभिक व्यंजन ● सिंघाड़े या चीनी वैजिटेबल्सवाले व्यंजन ● स्टीम्ड राइस ● स्टीम्ड डंपलिंग ● अदरक और स्कैलिंस (एक प्रकार की प्याज) के साथ स्टीम्ड फिश ● हलकी वाइन सौस में स्टीम्ड वैजिटेबल्स, वसाहीन मीट, चिकन, तोफू और सीफूड ● पैन में बना 'मू गू गै' ● स्नो पीज के साथ श्रिंप ● फौरचून कुकीज (भाग्य बतानेवाली पर्चियों से भरी पकौड़ियाँ)
जापानी	● तली बीन कर्ड ● मोयन लगे और तले तेंपूरा या अन्य आहार	● डीपफ्राइड पोर्क व्यंजन ● श्रिंप या वेजिटेबल तेंपुरा ● मिसो सूप

क्वीजीन	इनसे बचें	ये चुनें
	● आगेमोनो ● कात्सू व्यंजन ● स्टीम्ड वेजिटेबल्स ● तोफू के व्यंजन ● ब्रौइल्ड चिकन	● ग्योजा (मीट या सीफूड के डंपलिंग ● साशीमी ● फिश या वेजिटेबल सूशी ● हीबाची चिकन या वसाहीन बीफ़ ● तेरीयाकी शैली में बने मीट, चिकन या फिश (ये स्टीम्ड, ग्रिल्ड या ब्रौइल्ड हों तो बेहतर है) ● मंदरिन औरेंज के कतले, शेरबत और ताजे फल)
फ्रेंच	● पफ-पेस्ट्री आदि के आरंभिक व्यंजन ● तेरीनी या पाते ● हौलंदेज, बेरनेज, बेशामेल, ब्यूरे ब्लाँ, वेलूत और मोर्ने सौस ● 'ऑ ग्राताँ' या 'आँ कासेरोल' सर्व किए जानेवाले व्यंजन ● पोर्क या गूज व्यंजन ● क्रौइसाँ ● क्विश ● फौंदू ● क्रीपे ● भारी पेस्ट्री ● क्रीम कारामेल	● स्टीम्ड मुसेल ● मिक्स्ड ग्रीन सैलड के साथ विनाइग्रेत ड्रैसिंग ● फ्रैंच ब्रैड ● बोर्देलैज या वाइन पर आधारित सौस ● सैलड निक्वाज (ड्रैसिंग अलग से मँगाएँ) ● हर्बवाली वेजिटेबल्स ● कौक ऑ वाँ (वाइन में बना चिकन) ● पोताँ-कैफे (स्ट्यूड चिकन) ● बौअलाबेस (फिश स्ट्यू) ● पोच्ड क्वेनेले (स्टीम्ड फिश डपलिंग) ● राताताॅल (बैंगन, जूकीनी-तोरई और टमाटर कैसरोल) ● सोर्बे ● ताजा नासपाती या अन्य फल साथ में वाइन सौस

6.2
यात्रा के दौरान संतुलित आहार के टिप्स

चाहे बिजनेस या मस्ती के उद्देश्य से कहीं गए हों, यात्रा आपके आहार की पसंद पर असर डालती है। हम सभी जानते हैं कि छुट्टियों में आत्मनियंत्रण को नजरअंदाज करना कितना लुभानेवाला होता है। फास्ट-फूड, स्थानीय व्यंजन, लचीली दिनचर्या व पार्टियों में मौज-मस्ती करना हमारे नियंत्रण को खुली छूट दे देता है। कुछ टिप्स अपनाकर आप घर से बाहर होने के दौरान भी पौष्टिक भोजन का आनंद उठा सकते हैं।

1. घर से निकलने से पहले भरपूर पौष्टिक भोजन लें। जब वापस घर आ रहे हों, तब भी वैसा ही करें।
2. गंतव्य पर पहुँचकर रेस्टोरेंट में पौष्टिक भोजन खाएँ।
3. होटल की मिनी बार चाबी को अपने पास न रखें ताकि स्वादिष्ट चीजें खाने के लिए मन न ललचाए।
4. मुख्य भोजन व स्नैक्स खाने के बीच 3-4 घंटों का अंतर रखें। केवल भूख लगने पर ही खाएँ। केवल इसलिए न खाएँ कि मुफ्त में (अगर आप किसी बिजनेस ट्रिप पर हों) मिल रहा है न इसलिए कि वहाँ वह उपलब्ध है।
5. हर दिन पौष्टिक नाश्ता ही लें। दोपहर के भोजन तक आपका काम चल जाए, इसके लिए पर्याप्त मात्रा में प्रोटीन लें।
6. ऐसे रेस्टोरेंट चुनें जहाँ पौष्टिक व्यंजन सर्व किए जाते हों। रेस्टोरेंट में किस

तरह पोषण से भरपूर आहार ही खाना है, इसके नियमों का पालन करें ताकि बिना अतिरिक्त वसा व कैलोरी के आपका पेट भर जाए।

7. अपने साथ स्नैक्स लेकर चलें ताकि देरी होने, व्यस्त कार्यक्रमों व अनपेक्षित कामों के चलते आप बाहर से ज्यादा कैलोरीवाले स्नैक खरीदकर न खा लें। ऐसे स्नैक्स लेकर चलें जो पिघलें नहीं, जिनका वजन ज्यादा न हो, वे टूटनेवाले न हों, आसानी से उन्हें रखा जा सके व भूख शांत करनेवाले हों। यहाँ तक कि शेक के मिक्स (जिसमें सिर्फ आपको पानी या दूध मिलाने की जरूरत होती है) या सूप के पैकेट साथ ले जाए जा सकते हैं।
8. जिस शहर में गए हैं, वहाँ से बहुत अधिक मात्रा में फल व सब्जियाँ खरीद लें। स्नैक के बीच में खाने, प्यास बुझाने व मुख्य आहार का अत्यधिक सेवन करने से बचाने के लिए ये पोषक तत्त्वों से भरपूर उपयुक्त विकल्प हैं।
9. जब भी संभव हो, रात को अधिक भोजन न करें।
10. शराब कम मात्रा में लें। एक दिन में एक या दो ड्रिंक से ज्यादा न लें।
11. पूरे दिन में एक-एक घंटे बाद 10-12 गिलास पानी पीएँ।
12. कभी ज्यादा खा लें तो चिंता करने के बजाय सैर करें या किसी पूल में तैरें।

ध्यान रखें, पौष्टिक भोजन, नियमित व्यायाम व बहुत अधिक पानी पीना यात्रा के दौरान पालन किए जानेवाले तीन महत्त्वपूर्ण सिद्धांत हैं।

कार या ट्रेन से यात्रा

- हलका भोजन करें, बहुत सारा पानी पिएँ व शराब न पिएँ।
- रास्ते में बिकनेवाले तैलीय पदार्थों का सेवन न करें। अपने साथ बहुत सारे फल व सब्जियाँ ले जाएँ। सैंडविच, उबले अंडे, पूरी-भाजी, इडली, वड़ा आदि साथ ले जाए जानेवाले भोज्य पदार्थ अपने साथ रखें। बीच-बीच में खाने के लिए अपने साथ बिस्कुट, क्रैकर्स, नमकीन आदि रखें।
- मिनरल वॉटर, फ्रूट जूस के डिब्बे व ठंडा दूध किसी ठंडे कूलर में रखें।
- बिना खाए लंबे समय तक ड्राइव न करें।
- खाने के लिए हमेशा किसी विश्राम स्थल पर रुकें, विशेषकर जब बच्चे साथ हों। (यह सुरक्षित होता है व गंदगी भी नहीं फैलेगी।)
- मिठाई पदार्थ न लें, इससे आपको नींद आने लगेगी।

क्रूज पर (समुद्री यात्रा)

समुद्री यात्रा की सबसे बड़ी चुनौती होती है–क्रूज के दौरान कैसे कोई स्वादिष्ट, मसालेदार, तैलीय व हर तरह के व्यंजनों को खाने की ललक से अपने को बचा सकता है?

- मेन्यू देखें। अधिकतर जहाजों के रेस्टोरेंट में पौष्टिक भोजन मिलता है।
- जहाज के बुफे में मिलनेवाले फलों व सब्जियों की किस्मों का भरपूर मात्रा में आनंद उठाएँ।
- याद रखें कि कॉकटेल व पूलसाइड मिलनेवाले पेय पदार्थों में निहित कैलोरी बहुत अधिक होती है।
- अगर आपको समुद्र में यात्रा करने से परेशानी महसूस होती हो तो खाना खाना बिलकुल मत छोड़ें। इसके बजाय दवाई लें व कम मात्रा में हलका भोजन व स्नैक लें।

हवाई जहाज द्वारा

- हवाई जहाज में मिलनेवाला भोजन आमतौर पर वसायुक्त व तैलीय होता है। हवाई यात्रा के दौरान शाकाहारी भोजन ही खाएँ। यह मांसाहारी भोजन की तुलना में आमतौर पर पौष्टिक व कम प्रोसेस्ड होता है। अगर संभव हो तो कुछ विमान कंपनियों द्वारा सर्व किए जानेवाले लो फैट पदार्थ ही लें।
- अगर आप हवाई जहाज में मिलनेवाला खाना बिलकुल ही खाना नहीं चाहते हैं तो आप घर से स्नैक साथ लेकर चलें। एयरपोर्ट पर विलंब होने की स्थिति में भी यह बहुत काम आते हैं।
- अगर पेय पदार्थ सर्व किए जा रहे हैं तो सोडा या एलकोहल के स्थान पर लो-फैट मिल्क या वेजीटेबल जूस लें।
- बहुत अधिक मात्रा में पानी पीएँ। हवाई जहाज पर कम आर्द्रता व ताजी हवा के न मिलने के कारण हर घंटे बाद पानी, फ्रूट जूस या लो फैट मिल्क का सेवन करते रहें।

6.3
फास्ट फूड से अपने को बचाए रखना

हमारे देश में फास्ट फूड रेस्टोरेंट अत्यधिक लोकप्रिय होते जा रहे हैं। माँ और बच्चे, छात्र, कॉलेज के लड़के-लड़कियाँ व खरीदारी करने निकले लोग स्नैक, चाट और साथ मिलकर मस्ती करने के इरादे से फास्ट फूड अड्डों पर एकत्रित होते हैं।

जाहिर-सी बात है कि फास्ट फूड में कैलोरी, चीनी, सोडियम व फैट अत्यधिक मात्रा में होते हैं। उनमें आवश्यक विटामिन व खनिजों की कमी होती है। आपको बर्गर व पिज्जा न खाने की सलाह देने का कोई फायदा नहीं होगा। इसकी बजाय, अगर आपको यह पता होगा कि कौन से फास्ट फूड पौष्टिक होते हैं तो आप खाने का लुत्फ उठा सकते हैं।

फिर, किस तरह आप अपने-आपको फास्ट फूड के लिए तैयार कर सकते हैं? अपने मनपसंद फास्ट फूड सेंटर पर सैंडविच, पिज्जा, बर्गर खाने का मजा उड़ाने के लिए अपनाएँ कुछ सुझाव :

पिज्जा

एक आम पिज्जा में 700-800 कैलोरी होती हैं। उस पर पेपेरोनी, हैम, चीज़ व टमाटर की अतिरिक्त टॉपिंग से हमें 900-1100 कैलोरी मिलती है।

नवीनतम अध्ययन के अनुसार पेपर नेपकीन से पिज्जा को सोखने से स्लाइस के कुल फैट का दसवाँ हिस्सा और लगभग पाँचवाँ हिस्सा सैचुरेटेड फैट का उसमें चला जाता है। इसलिए खाने से पहले फैट को पेपर पर सोख लें।

पिज्जा को एक स्वास्थ्यकर विकल्प बनाने के लिए अन्य टिप्स :

- छोटे पिज्जा खाएँ ताकि क्रस्ट (पपड़ी) की मात्रा फिलिंग से कहीं ज्यादा हो। इससे गरिष्ठ फिलिंग से मिलनेवाली कैलोरी की मात्रा घट जाती है।
- पतले क्रस्ट वाला पिज्जा मँगाएँ जिसमें पैन पिज्जा की तुलना में कार्बोहाइड्रेट्स की दो-तिहाई ही मात्रा होती है।
- वेजीटेरियन टॉपिंग्स जैसे रेड पेप्पर्स, ग्रीन पेप्पर्स, मशरूम, टमाटर व प्याज ही लें। अगर चिकन की टॉपिंग्स लेना ही चाहते हैं तो संतुलित मात्रा में लें। याद रखें, सब्जियों से युक्त पिज्जा के दो स्लाइस में 340 कैलोरी, 12 ग्राम फैट होता है, जबकि सॉसिज युक्त पिज्जा के दो स्लाइस में 600 कैलोरी व 32 ग्राम फैट होता है।
- अतिरिक्त टॉपिंग्स की माँग न करें। इससे पिज्जा में कैलोरी की मात्रा और बढ़ जाएगी।
- पिज्जा खाने की मात्रा सीमित करें। अगर आप आमतौर पर तीन स्लाइस खाते हैं तो सिर्फ दो खाएँ। नींबू या सिरके के साथ कैलोरी रहित हरी सलाद का सेवन करें।
- अतिरिक्त कैलोरी से बचने के लिए पिज्जा में टमाटर सॉस व मस्टर्ड न डालें।
- कोक की जगह ठंडा पानी पीएँ। अगर कोक के बिना काम नहीं चलता तो डाइट कोक मँगाएँ।

बर्गर

आप मानें या न मानें, पर आपको बर्गर से सारे अनिवार्य पोषक तत्त्व प्राप्त हो सकते हैं, जैसे–कार्बोहाइड्रेट, प्रोटीन, फैट, मिनरल व विटामिन।

- बड़े या दुगने आकार का बर्गर न खाएँ। इसे समझें–225 ग्राम के 'महाराजा मैक' बर्गर में 537 कैलोरी होती है जबकि 140 ग्राम चिकन मैकग्रिल बर्गर में सिर्फ 309 कैलोरी होती है।
- मांसाहारियों के लिए चिकन या फिश बर्गर उपयुक्त रहता है। मीट या बीफ बर्गर में फैट व कैलोरी प्रचुर मात्रा में होती हैं। शाकाहारियों के लिए आलू टिक्की, बर्गर या सलाद ग्रीन बर्गर उतने ही पोषक तत्त्वों से युक्त है, जितने कि वे स्वादिष्ट हैं।
- ऊपर से चीज़ न डलवाएँ। चीज़ की एक स्लाइस में 54 कैलोरी होती है।
- बर्गर में खट्टी क्रीम व अन्य सामग्रियाँ प्रचुर मात्रा में होती हैं–आप केवल आधी सामग्री प्रयोग करने के लिए कह सकते हैं।

- फ्राइज से बचें। फ्राइज की सामान्य बड़ी सर्विंग में 400 कैलोरी होती है–यानी हमारे एक पूरे आहार की तमाम कैलोरियाँ जितनी! अगर आप उन्हें खाना ही चाहते हैं तो कम मात्रा में लें (200 कैलोरी) और दोस्तों के साथ बाँटकर खाएँ।
- बर्गर के साथ मिल्क शेक मँगाने का चलन अत्यधिक बढ़ गया है। याद रखें कि मिल्क शेक के एक छोटे गिलास तक में 270 कैलोरी होती है। चॉकलेट शेक में एक बड़े गिलास में 541 कैलोरी होती है। अगर आपको बर्गर के साथ कुछ मीठा लेना ही है तो आइसक्रीम कोन या चॉकलेट फज का स्कूप ले लें।
- खाने के बाद कोला की बजाय एक कप हॉट चॉकलेट या इलायचीवाली चाय पी जा सकती है।

सैंडविच व फुट लांग्स

आर्डर करते समय कभी भी ज्यादा चीजें न मँगाएँ। अगर आधे से काम चल जाता है तो एक पूरा ग्रिल्ड सैंडविच न मँगाएँ। 12 इंच फुट लांग की जगह 6 या 8 इंच फुटलांग मँगाएँ। सैंडविच और फुट लांग के साथ पेट भरने के लिए बिना किसी ड्रेसिंग के हरी सलाद मँगाएँ।

इन चीजों से बने सैंडविच खाएँ।

- साबुत अनाजवाली ब्रेड, ब्राउन ब्रेड, बैगल (bagel), इंग्लिश मफिन व रोल्स।
- बटर, मायोनेज, चीज़ या अन्य वसायुक्त स्प्रैड की जगह मस्टर्ड या सालसा।
- सलामी की जगह हरी सब्जियाँ या टर्की, चिकन या चर्बीरहित सूखा मांस।
- सैंडविच के साथ आलू के चिप्स या फ्राइज लेने के बजाय ब्रेडस्टिक्स लें।

याद रखें, फास्ट फूड रेस्टोरेंट में भी पौष्टिक भोजन खाया जा सकता है। कुछ टिप्स अपनाकर फास्ट फूड खाने के शौकीन लोग बिना किसी पछतावे के अपने मनपसंद खाने का आनंद उठा सकते हैं।

कुछ हेल्दी फास्ट फूड विकल्प :
- ग्रिल्ड चिकन या फिश सैंडविच
- साबुत गेहूँ के रोल्स
- बेक्ड आलू (चीज़, मक्खन, खट्टी क्रीम की जगह सब्जियों के साथ)

● अलग से ड्रेसिंग या वसारहित सलाद ड्रेसिंग के साथ सलाद।
● सिंगल हैमबर्गर
● गेहूँ की ब्रेड से बने लो फैट सैंडविच
● साबुत गेहूँ के तोरतिया के रैप्स
● वसा रहित दूध
● फल या फल दही

विशेष रूप से अस्वास्थ्यकर भोजन :
● चिकन नगट्स
● क्रोइसाँ ब्रेकफास्ट सैंडविच और सामान्य क्रोइसाँ या पेस्ट्रीज
● फ्राइड फिश या फ्राइड चिकन सैंडविच
● फ्राइड चिकन
● फ्रेंच फ्राइज या चिप्स
● प्याज के लच्छे (अनियन रिंग्स) (Onion Rings)
● मायोनेज
● सॉफ्ट ड्रिंक्स
● बहुत सारी चॉकलेट सॉस के साथ आइसक्रीम

कोला में पोषण विहीन कैलोरी सबसे अधिक होती है। जैसे 500 मि.ली. कोला में 200 कैलोरी होती हैं। इसलिए उसके स्थान पर पानी या लो फैट मिल्क पीएँ।

भाग 7

वजन प्रबंधन

भूमिका

पोषण पर लिखी कोई भी पुस्तक तब तक पूर्ण नहीं हो सकती, जब तक कि उसमें मोटापे को कम करने की बात न की गई हो। यह एक ऐसी समस्या है जो विश्व भर में महामारी का रूप ले चुकी है। भारत, विशेष रूप से शहरी भारत, में समृद्ध तबका इससे अछूता नहीं है और हो सकता है कि वह मोटापे व उससे जुड़ी स्वास्थ्य समस्याओं के मामले में विकसित देशों को भी पीछे छोड़ दे।

आज, मध्यवर्गीय भारतीय वैभवपूर्ण जीवनशैली का आनंद उठा रहा है। गरिष्ठ भोजन का सेवन वह प्रचुर मात्रा में कर रहा है। काम स्वचालित हो गया है। सुविधाएँ सहज उपलब्ध हैं और वही हमें मार रही हैं। सबसे दुखद बात तो यह है कि बच्चों में लगातार मोटापा बढ़ रहा है। मोटे बच्चों को भी मोटे वयस्कों की तरह बीमारियाँ घेर लेती हैं। यही नहीं, मोटे बच्चे बड़े होने पर भी मोटे ही रहते हैं जिससे उनका संपूर्ण भविष्य खतरे में पड़ सकता है।

इसलिए शुरुआत में ही मोटापे से छुटकारा पा लिया जाना चाहिए। बच्चों व किशोरों को मोटे न होने देना पहला कदम है। अगर उनका वजन पहले ही अधिक है तो धीरे-धीरे उनको वजन कम करने के लिए प्रेरित करना अगला कदम है। वयस्कों के लिए 'स्वस्थ वजन' (हेल्दी वेट) पाने की दिशा में प्रयास करना (जो बेशक उपयुक्त वजन के वर्ग में न आता हो) अधिक महत्त्वपूर्ण व व्यावहारिक है।

किताब का यह भाग आपको यह जानने में मदद करेगा कि आप या आपके परिवार के अन्य सदस्यों का वजन अधिक है या नहीं और फिर प्रभावी ढंग से इस समस्या को निबटाने के तरीके बताए जाएँगे।

7.1
क्या मैं ओवरवेट हूँ?

हमारी आज की जीवनशैली ऐसी है कि हम जरूरत से ज्यादा खा लेते हैं। साथ ही यह भी है कि जितना श्रम हमें प्रतिदिन करना ही चाहिए, उससे कहीं कम काम हम आज करते हैं। परिणाम स्पष्ट है। हमारा वजन और मोटापा बढ़ता जा रहा है।

इसलिए पहला तार्किक प्रश्न है : क्या मेरा वजन जरूरत से ज्यादा है? अगर हाँ तो कितना ज्यादा? और मुझे क्या करना चाहिए?

अधिक वजन व मोटापे के बारे में विस्तार से जानने से पहले, हम समझ लें कि शरीर के वजन में क्या-क्या शामिल होता है? हमारा वजन हड्डी, मांसपेशी, अवयव, शरीर के रस और वसा का कुल जोड़ होता है। स्पष्ट है कि शरीर की जितनी कैलोरी खर्च होती है, उससे कहीं ज्यादा कैलोरी ग्रहण करने पर वजन बढ़ जाता है। वे अतिरिक्त कैलोरी वसा की तरह शरीर में संग्रहीत हो जाती हैं। कई वर्षों तक लगातार जरूरत से ज्यादा खाने से अतिरिक्त वसा एकत्र होती जाती है और जिसकी वजह से मोटापा बढ़ता जाता है।

शरीर की वसा (बॉडी फैट) क्या है?

आम मत के विपरीत, हमारे शरीर की सारी वसा हानिकारक नहीं होती है। कुछ वसा शरीर के सामान्य कार्य के लिए आवश्यक होती है। यह 'अनिवार्य

वसा' अल्प मात्रा में मज्जास्थि, फेफड़ों, यकृत, गुर्दों, मांसपेशियों आदि में संग्रहीत होती है। दूसरी ओर, जब भोजन अत्यधिक होता है तो 'एकत्र' वसा वहीं जमा होती रहती है और ऊर्जा के संग्रह की तरह काम करती है, वैसे ही जैसे बैंक में धन। जब भी आवश्यकता होती है, जमा वसा ऊर्जा में बदल जाती है। उपयुक्त सेहत के लिए शरीर का कुल फैट (अनिवार्य व संग्रहित) स्तर पुरुषों के लिए 8–24% के बीच व महिलाओं के लिए 21–35% के बीच निर्धारित किया जाता है।

अधिक वजन बनाम मोटापा

हममें से अधिकांश लोग 'अधिक वजन' (ओवरवेट) व 'मोटापे' (ओबेसिटी) को एक ही तरह से देखते हैं। हालाँकि वजन अधिक होना या मोटा होना एक ही बात नहीं हैं।

ओवरवेट वह स्थिति है जिसमें लंबाई के अनुपात में मानक वजन से अधिक वजन होता है। मोटापा अत्यधिक वसा होने की स्थिति है, जिसमें वर्षों से एक व्यक्ति जरूरत से ज्यादा कैलोरी ले रहा हो। एक मोटे व्यक्ति के शरीर में अतिरिक्त वसा की मात्रा बहुत ज्यादा होती है। जो लोग मोटे होते हैं उनका वजन बहुत अधिक होता है और गंभीर स्वास्थ्य समस्याओं का जोखिम भी उनमें अधिक बढ़ जाता है।

यह जानना जरूरी है कि आप ओवरवेट या मोटापे की किस अवस्था के अंतर्गत आते हैं। इससे आपको अपनी लंबाई के अनुसार वजन पाने के लिए आवश्यक उपाय करने में मदद मिलेगी।

ओवरवेट व मोटापे को मापना

बॉडी मास इंडेक्स (बीएमआई) या कमर का घेरा ओवरवेट व मोटापे की ओर इंगित करनेवाले दो विश्वसनीय सूचक हैं।

बीएमआई लंबाई से संबंधित वजन का माप है। यह इस तर्क पर आधारित है कि प्रत्येक व्यक्ति को अपनी लंबाई के हिसाब से अपने वजन को बनाए रखना चाहिए। इसकी गणना इस फार्मूले के अनुसार की जाती है :

वजन (किलोग्राम) ÷ [लंबाई (मीटर) × लंबाई (मीटर)]*

* अपना वजन किलोग्राम व लंबाई मीटर में नापें। जैसे कि अगर आपका वजन 55 किलोग्राम है और आपकी लंबाई 158 सेंटीमीटर है तो आपका बीएमआई होगा–55 ÷ (1.58×1.58)=22.03

दिए नोमोग्राम से आप अपना वजन व लंबाई तैयार जान सकते हैं कि आपका बीएमआई क्या है?

डब्ल्यू एच ओ के अनुसार, आदर्श बीएमआई 18.5 व 24.9 के बीच होती है। इससे अधिक बीएमआई ओवरवेट व मोटे होने की ओर इंगित करती है। (देखें तालिका)।

वर्गीकरण	**बीएमआई**
अत्यधिक कम वजन	<18.5
सामान्य	18.5–24.9
अत्यधिक वजन	25.0–29.9
मोटापा, श्रेणी 1	30.0–34.9
मोटापा, श्रेणी 2	35.0–39.9
मोटापा, श्रेणी 3	≥40

इंटरनेशनल ओबेसिटी टास्क फोर्स (आई.ओ.टी.एफ) का मानना है कि डब्ल्यू.एच.ओ. का यह निर्धारण एशिया के लोगों के मोटापे का कम मूल्यांकन करता है। वह एशिया व भारत के लिए यह मानक प्रस्तुत करती है :

बीएमआई > 23=ओवरवेट

बीएमआई > 25=मोटापा

अपने बीएमआई की गणना कर जानें कि आप किस श्रेणी में आते हैं।

हालाँकि मोटापे को मापने के लिए बीएमआई सबसे व्यावहारिक तरीका है, यह जानना जरूरी है कि निम्न लोगों के लिए बीएमआई सही सूचक नहीं हो सकता है–

- हृष्टपुष्ट या जिनकी मांसपेशियाँ कम हो रही हैं। (जैसे वृद्धों में होता है);
- 18 वर्ष से कम उम्र के लोग; और
- गर्भवती व स्तनपान करानेवाली महिलाएँ।

कमर का घेरा पेट के मोटापे की ओर इंगित करता है, जो स्वास्थ्य समस्याओं का सबसे मुख्य कारक है। जिन पुरुषों की कमर का घेरा 37 इंच (94 सें.मी.) से और जिन औरतों का 31.5 इंच (80 सें.मी.) से ज्यादा होता है, उनके बीमार होने के खतरे बढ़ जाते हैं।

शरीर में वसा किस तरह एकत्र होती है?

हमारे शरीर की वसा वसा कोशिकाओं से बनी होती है। ये कोशिकाएँ छोटे-छोटे प्लास्टिक बैग्स की तरह होती हैं जो वसा की बूँदों को एकत्र करती हैं।

वसा कोशिकाएँ केवल बचपन में ही निर्मित होती हैं। यौवनावस्था के दौरान हमारे अंदर और वसा कोशिकाएँ नहीं बनतीं। हमारे शरीर के अंदर वसा को बनाए रखने के लिए हमारी कोशिकाएँ या तो फैलती हैं या सिकुड़ती हैं।

शरीर में वसा का एकत्र होना लिंग पर निर्भर होता है। इस प्रकार वयस्क पुरुष की छाती, कमर व नितंबों में वसा जमा होती है। वयस्क महिला की वसा स्तनों, कमर, जाँघों व नितंबों में जमा होती है।

सेब के आकार (एप्पल शेप्ड) के पुरुषों की तुलना में नाशपाती के आकार (पेयर शेप्ड) की महिलाएँ ज्यादा बेहतर क्यों होती हैं?

सेंटीमीटर में अपनी कमर व नितंब को नापें। कमर के माप को नितंब के माप से विभाजित करें और अपनी कमर-नितंब का अनुपात निकालें **(कमर ÷ नितंब = कमर नितंब अनुपात)** अगर किसी का कमर-नितंब अनुपात 0.95 से अधिक है, तो शरीर को 'सेब के आकार' की श्रेणी में रखा जाएगा। अगर अनुपात कम है तो शरीर को 'नाशपाती के आकार' के रूप में वर्गीकृत किया जाएगा।

सरल शब्दों में कहें तो पेट के हिस्से में अतिरिक्त वसा होने पर उसे 'सेब के आकार' का मोटापा कहा जाता है जो आमतौर पर पुरुषों में होता है। इसके विपरीत जाँघों व नितंबों के पास एकत्र अत्यधिक वसा को 'नाशपाती के आकार' का शरीर कहा जाता है, जैसा कि महिलाओं का होता है।

अनुसंधान बताते हैं कि 'पेयर शेप्ड' मोटापे की तुलना में 'एप्पल शेप्ड' मोटापा ज्यादा खतरनाक होता है। इसके पीछे निहित कारण का अभी तक पता नहीं लगाया जा सका है। पेट पर जमा वसा हार्मोन बनाता है जिसकी वजह से डायबीटीज, हाई ब्लड प्रेशर हो सकता है तथा साथ ही वे रक्त के लिपिड स्तर में भी वृद्धि करते हैं। पेट पर चढ़ा मोटापा उन पुरुषों व महिलाओं के लिए ज्यादा खतरनाक हो सकता है जो मोटे भी हैं। दूसरी ओर, पेयर शेप्ड महिलाओं में आमतौर पर ग्लूकोज मेटाबॉलिज्म की समस्या नहीं होती।

लेकिन मेनोपॉज के बाद महिलाओं में भी पुरुषों की तरह पेट पर वसा एकत्र होने लगती है और परिणामस्वरूप रक्त शर्करा, लिपिड व दबाव की असमान्यताओं के खतरे बढ़ जाते हैं।

और अब अच्छी खबर

एक्सरसाइज से आप अपने शरीर को बदल सकते हैं। अनुसंधानों से यह पता लगा है कि कमर/नितंब के अनुपातों को नियमित रूप से 45 मिनटों तक एक्सरसाइज

करके आकार में लाया जा सकता है। सेब के आकार से बदलकर पेयर शेप में आने से संबंधित बीमारियों का जोखिम भी घट जाता है।

भाग्यवश, जो लोग सेब के आकार के हैं, नाशपाती के आकार के लोगों की तुलना में आसानी से वजन कम कर पाते हैं। ऐसा इसलिए क्योंकि पेट की वसा नितंबों व जाँघों में जमा वसा की अपेक्षाकृत ज्यादा आसानी से कम हो सकती है।

आपका वजन अधिक है या आप मोटे हैं तो लंबाई के हिसाब से सही वजन पाना हमेशा संभव होता है। बस केवल चाहिए दृढ़ इच्छाशक्ति व निष्ठा।

7.2

वजन कम करने की लड़ाई को जीतना

आगे बढ़ने से पहले चार चीजें याद रखना जरूरी है :

- सामान्य वजन होने का अर्थ है अच्छा महसूस करना व स्वस्थ रहना।
- स्वस्थ रहने के लिए बहुत अधिक वजन घटाने की जरूरत नहीं है।
- वजन कम करने की कोशिश कभी भी की जा सकती है। आहार व जीवनशैली की आदतों में आवश्यक बदलाव करना उतना कठिन नहीं है, जितना कि आपको लगता है।
- वजन घटाने से भी ज्यादा महत्त्वपूर्ण है कम हुए वजन को बनाए रखना। घटे वजन को उसी स्तर पर स्थिर रखना ही प्रभावी वजन प्रबंधन कहलाता है।

प्रभावी वजन प्रबंधन

1.1 मुझे कितना वजन घटाना चाहिए?

आपका वजन अगर बीएमआई लंबाई के अनुपात में सामान्य वजन के अंतर्गत आता है (18.5–24.9) तो आप बधाई के पात्र हैं। इसी वजन को बनाए रखना अब आपके लिए किसी चुनौती से कम नहीं है।

अगर आपका बीएमआई सामान्य अनुपात से ज्यादा है (यानी कि 25.0 या अधिक) तो आप कुछ वजन घटा सकते हैं। जिसका अर्थ है कि संपूर्ण स्वास्थ्य के लिए उपयुक्त वजन करना।

आमतौर पर हम अपने शरीर के लिए उचित* वजन का आकलन अपनी लंबाई के अनुसार करते हैं। यद्यपि, ऐसे स्वयं गढ़े वजन घटाने के लक्ष्य व उम्मीदें अवास्तविक होती हैं और बिलकुल भी उचित नहीं है। याद रखें कि वजन घटाने से यह सुनिश्चित होना चाहिए कि आप मोटापे की बीएमआई श्रेणी से सामान्य वजन की श्रेणी की ओर जाएँ। पाँच फुट लंबी महिला का उदाहरण लेते हैं जिसका वजन 60 किलो है। निश्चित रूप से उसका वजन अधिक है क्योंकि उसका बीएमआई है 26.6। लेकिन, उसके लिए अपना वजन 45-46 किलोग्राम करना न सिर्फ हानिकारक होगा, असंभव भी होगा। दूसरी ओर, 7-8 किलोग्राम वजन घटाना मुश्किल नहीं होगा और उसका वजन (52 किलोग्राम) अब सामान्य बीएमआई के स्तर (18.5-24.9) पर भी आ जाएगा। साथ ही मोटापे से जुड़ी बीमारियों के खतरों में भी कमी आ जाएगी।

> अनुसंधानों से पता चलता है कि वजन का बहुत कम घटना भी लाभदायक होता है। जिन मोटे लोगों का थोड़ा-सा वजन भी कम हो जाता है (शरीर के वजन का 5-10% तक भी) उनकी सेहत में सुधार हो जाता है। ग्लूकोज की मात्रा में सुधार होता है, ब्लड प्रैशर व कॉलेस्ट्रोल के स्तर में भी कमी आती है।

1.2 अपना वजन हम कैसे घटा सकते हैं?

सरल शब्दों में कहें तो हमारा वजन इस बात से संतुलित होता है कि कितना शरीर में गया और कितना खर्च हुआ। इस प्रकार जो शरीर में गया (यानी हमने कितनी ऊर्जा ली) वजन घटाने से उसमें कमी आती है और इसी तरह कितना खर्च हुआ (यानी हमने कितनी ऊर्जा खर्च की) उसमें वृद्धि होती है। इसकी वजह से शरीर में ऊर्जा का संतुलन शरीर में एकत्रित वसा को गतिशील करता है और वजन घटाने में मदद करता है।

सुनने में सरल व आसान लगता है, फिर भी हममें से बहुतों को वजन घटाना अत्यंत कठिन लगता है। जीवनशैली में सुधार करने के साथ-साथ सही तरह का आहार लेने की आदतें सफलतापूर्वक वजन घटाने की रेसिपी है।

---

* शरीर का उपयुक्त वजन
पुरुष : 48 किलोग्राम + 2.3 किलोग्राम 5 फीट से अधिक प्रत्येक इंच के लिए।
महिलाएँ : 45.5 किलोग्राम + 2.3 किलोग्राम 5 फीट से अधिक प्रत्येक इंच के लिए।

याद रखें, कैलोरी कैलोरी है, कैलोरी है। बिस्कुट से लेकर अतिरिक्त चपाती तक, ऊर्जा प्राप्त करने की आवश्यकता से अधिक आप जो भी खाते हैं, वह फैट में बदल जाता है।

उन आहार संबंधी आदतों के बारे में पहले बात करते हैं जिनसे वजन घट सकता है। इसमें शामिल हैं :

- हफ्ते तक एक आहार-पुस्तिका बनाकर रखना। आप जो भी खाते हैं, उसके बारे में लिखें। इस पुस्तिका को देखने से आपको अपनी उन खाने की आदतों के बारे में पता चलेगा जिन्हें बदलने की जरूरत है।
- अपने वर्तमान भोजन के आधार पर आप पोषक तत्त्वों का कितना सेवन कर रहे हैं, इसकी गणना करें। यानी कैलोरी, प्रोटीन व फैट की मात्रा का। इंटरनेट पर व न्यूट्रीशन पर लिखी किताबों से भोज्य पदार्थों में निहित पोषक तत्त्वों की जानकारी हासिल कर ऐसा करें।
- फिर, यह हिसाब लगाएँ कि वजन घटाने के लिए आपको कितनी कैलोरी की मात्रा को कितना सीमित करना होगा। अपने आहार में परिवर्तन करने से पहले पोषण-विज्ञानी से अवश्य सलाह लें। अपने प्रतिदिन के आहार में लगभग 500-800 कैलोरी कम करने से वजन कम हो जाता है।
- कार्बोहाइड्रेट्स से 50-55%, प्रोटीन से 15-25% व फैट से 30% कैलोरी कम करना, कम की गई आहार की उचित मात्रा कही जा सकती है।

चमत्कारिक ढंग से वजन घटानेवाले सलाहकारों से सावधान रहें।
उन लोगों से सतर्क रहें जो हफ्ते भर में बहुत अधिक वजन कम करवाने का दावा करते हैं। वजन धीरे-धीरे घटना चाहिए और हफ्ते में 0.5 से लेकर 1 पौंड (बहुत-से-बहुत महीने में 2 किलोग्राम) तक ही घटना चाहिए।

कैलोरी में अत्यधिक कमी (1000 कैलोरी से अधिक) बिलकुल भी उन्नित नहीं है। तेजी से आपका बहुत ज्यादा वजन तो घट जाता है, फैट (वांछनीय) व प्रोटीन (अवांछनीय) कम हो जाते हैं। आपका शरीर तब वैसे ही प्रतिक्रिया करता है जैसा कि भूखा होने पर। मेटाबॉलिज्म गड़बड़ा जाता है, जिसकी वजह से हाइपरटेंशन, रूखी त्वचा व बाल, जल्दी थक जाना, कब्ज, स्नायु तंत्र की असमान्यताएँ, डिप्रेशन आदि जैसे बहुत से नकारात्मक प्रभाव दिखाने लगते हैं।

दूसरी ओर, लंबे समय में धीरे-धीरे वजन के घटने से एकत्रित फैट के घटने में मदद मिलती है और महत्त्वपूर्ण मांसपेशीय ऊतकों की कमी भी सीमित हो जाती है। थोड़े से मोटे लोगों के लिए प्रति हफ्ते 0.5 से लेकर 1 पौंड तक वजन का घटना बिलकुल उपयुक्त है। अधिक मोटे लोगों (जिनका बीएमआई 35 से अधिक है), प्रति सप्ताह 1-2 पौंड वजन का घटना सही माना जाता है।

वजन घटने की यह दर 6 महीने तक जारी रहनी चाहिए, जिससे शरीर के वजन में 10% तक कमी आ जाती है। अगले छह महीनों तक वजन घटाने के बजाय ध्यान उसी वजन को बनाए रखने पर केंद्रित होना चाहिए। इस अवस्था के बाद और वजन घटाने के बारे में सोचा जा सकता है।

स्थायी रूप से वजन घटाने का सही तरीका है अपने खाने की आदतों में बदलाव करना, ताकि आप बिना यह महसूस किए कि आप डाइटिंग कर रहे हैं, पौष्टिक भोजन का सेवन करें।

- आपको सारे आहारों की मात्रा में कमी करनी होगी। उपयुक्त मात्रा में अनाज, ज्वार, दालों व दूध/दही, प्रचुर मात्रा में फल व सब्जियाँ, मीट/चिकन/फिश/अंडे, फैट्स/तेल, चीनी व मसालों का कम मात्रा में सेवन और कभी-कभी ही प्रोसेस्ड फूड, फास्ट फूड व मिठाई आदि का सेवन करना और फूड गाइड पिरामिड के सिद्धांतों का सख्ती से पालन करना चाहिए।
- सॉफ्ट ड्रिंक, फ्रूट जूस व स्पोर्ट्स ड्रिंक्स में चीनी की मात्रा अत्यधिक होती है; उनसे दूर रहें।
- सेमी-स्किम्ड मिल्क, लो-कैलोरी योगर्ट (दही) व सलाद ड्रेसिंग लेना शुरू कर दें। फैट चीज़/स्प्रैड्स कम मात्रा में लें।
- सही आहार लेने का अर्थ यह भी है कि सैचुरेट्ड फैट की मात्रा में भी कमी करना। रेड मीट के बजाय चर्बीरहित चिकन लें तथा मछली व शाकाहारी भोजन अधिक मात्रा में खाएँ। तले हुए पदार्थों की जगह ग्रिल किए हुए या भुने हुए की बजाय बेक किए हुए पदार्थों का सेवन करें।
- किसी भी वक्त का खाना न खाने की गलती न करें। खाने से आपके मेटाबॉलिज्म में बढ़ोतरी होती है और वह संतुलित स्तर पर काम करता रहता है। खाना न खाने से अचानक बहुत तेज भूख लगने लगती है, जिससे

खाना ज्यादा खाया जाता है। जो लोग नाश्ता नहीं करते, उन्हें दोपहर तक इतनी भूख लगने लगती है कि वे ज्यादा कैलोरी का सेवन कर लेते हैं।

- कम मात्रा में, थोड़े-थोड़े अंतराल के बाद खाने से कैलोरी की आपूर्ति सही मात्रा में होती है और भूख भी नियंत्रण में रहती है। प्रत्येक भोजन के समय मात्रा घटाते जाएँ। धीरे-धीरे खाएँ व जब थोड़े भूखे ही हों, खाना बंद कर दें।
- तभी खाएँ जब आप भूखे हों, तब नहीं जब आप बोरियत महसूस कर रहे हों या और कोई काम न सूझे।
- भोजन के बीच में स्नैक्स लेना तभी तक सही है जब आप लो-कैलोरी दही, ताजे फल या साबुत अनाज के नमकीन बिस्कुट ही खाएँ और उसी के अनुसार अपने मुख्य भोजन के अनुपात में कमी कर दें।
- इसके साथ ही एल्कोहल की मात्रा में भी कमी करें, क्योंकि प्रति ग्राम इससे 7 कैलोरी मिलती है तथा यह फैट को ऑक्सीडाइज्ड होने से रोकता है।
- विटामिंस व मिनरल सप्लीमेंट आमतौर पर उन महिलाओं को लेने की सलाह दी जाती है जिन्हें 1200 कैलोरी से कम और जिन पुरुषों को 1800 कैलोरी से कम लेने की सलाह दी जाती है।
- वजन घटानेवाले लोग आमतौर पर अपने स्वाद बढ़ाने व मात्रा को नियंत्रित करने के लिए कृत्रिम मीठे व वसा के विकल्पों पर निर्भर होते हैं। ध्यान रहे, ऐसा कोई प्रमाण नहीं है जिससे साबित हो सके कि कृत्रिम मीठे का सेवन करने से वजन घटता है।

आपके लिए कौन-सा डाइट प्लान उपयुक्त है, यह जानने के लिए तीन प्रश्न स्वयं से पूछें :

1. क्या यह आहार आगे भी मुझे सही ढंग से खाने के बारे में सिखा पाएगा?
2. क्या जीवन-भर मेरे लिए इसी डाइट का पालन कर सकना संभव है?
3. क्या इस डाइट प्लान में एक्सरसाइज के बारे में उचित सलाह दी गई है?
   यदि इन सवालों का जवाब हाँ है, इस डाइट प्लान को लंबे समय तक वजन घटाने के लिए अपनाएँ।

यो-यो प्रभाव

अपने जीवनकाल में अनेक मोटे लोगों का वजन घटता व बढ़ता रहता है। इसे यो-यो प्रभाव कहा जाता है-जीवनकाल में अनेक बार वजन घटने व बढ़ने की प्रक्रिया। इस तरह प्रत्येक चक्र में फैट की मात्रा बढ़ जाती है। अनुभव बताता है कि हर चक्र की बारी आने पर उसी मात्रा में वजन घटाने में ज्यादा समय लग जाता है और वजन बढ़ने में कम समय।

वजन में होनेवाला यह उतार-चढ़ाव मोटापे से संबंधित स्वास्थ्य समस्याओं के जोखिम को और बढ़ा देता है। भविष्य में बहुत सारा पैसा खर्च किया जाता है, पर कोई फायदा नहीं होता। व्यक्ति के अंदर उस समय आत्मविश्वास की कमी हो जाती है और वह हताश और असहाय महसूस करता है।

याद रखें, वजन की समस्या तुरंत ठीक नहीं हो सकती है। वजन नियंत्रण के किसी भी तरीके के साथ आहार व जीवनशैली में परिवर्तन करना भी निहायत जरूरी है। वजन घटाने के दूसरे पहलू यानी कि जीवनशैली में सुधार करने के बारे में अगले अध्याय में चर्चा की गई है।

7.3
आज ही बदलें अपनी जीवनशैली

हम जानते हैं कि आवश्यकता से थोड़ा-सा भी अधिक खाने से हम मोटे हो सकते हैं। उसी तरह, थोड़े से भी कम सक्रिय होने से–चलने की बजाय गाड़ी में सफर कम करना, सीढ़ियों की बजाय लिफ्ट लेने से–हमारा वजन बढ़ सकता है। एक-एक पाउंड घटाना जब इतना मुश्किल हो, ऐसे में वजन तभी घट पाता है जब हम ऐसे व्यवहार के साथ, जिससे ऊर्जा सही मात्रा में खर्च हो, सही तरह का आहार लेना आरंभ कर दें।

आधुनिक जीवनशैली में बिना किसी मेहनत के काम के सुस्वाद भोज्य पदार्थों को खाने की सुविधा मिलती है। सही ढंग से वजन घटाने की ओर अनुपयुक्त आहार व अपर्याप्त एक्सरसाइज को बढ़ावा देनेवाले गलत आचरण को पहचानना पहला कदम है। याद रखें, मोटापा एक गंभीर बीमारी है और इसके लिए जीवनशैली में स्थायी रूप से बदलाव व सुधार करने की जरूरत है।

खाना कब, क्या और कैसे खाएँ?

हममें से अधिकांश लोग तब खाते हैं जब हमें जरूरत नहीं होती। ऊर्जा प्राप्त करने व ऊर्जा न होने के बीच संतुलन करनेवाली रेखा बहुत हलकी है। थोड़ी-सी भी अतिरिक्त कैलोरी का अर्थ है बहुत अधिक वजन बढ़ना। एक गिलास सेब का जूस–लगभग 100 कैलोरी–पीने से एक वर्ष में 10 पाउंड अतिरिक्त वजन बढ़ जाता है। इसका मतलब हुआ कि हमें अपने संपूर्ण व्यवहार या आदतों को कम खाने की ओर प्रवृत्त करना होगा। हमें उन संकेतों को पहचानकर दूर करना होगा

जो हमें खाने के लिए उकसाते हैं और फिर अपनी खाने की आदतों में सुधार करना होगा।

खाने के संकेतों को दूर करें

- घर में एक ही निश्चित स्थान पर खाना खाएँ।
- खाना खत्म होते ही मेज से उठ जाएँ।
- बिना सोचे-समझे खाने से बचें। आपके मुँह में जो भी जा रहा है उस पर ध्यान दें। पढ़ते व टी.वी. देखते समय न खाएँ।
- मेज पर खाने के डोंगे न रखें। किचन से ही खाना लेकर आएँ और दुबारा लेने के लिए किचन में जाएँ।
- घर में पौष्टिक पदार्थों को ही रखें।
- सारे भोज्य पदार्थों को अलमारी में रखें ताकि वे दिखाई न दें; उन अलमारियों में ताला लगा कर रखें।
- रसोई के सामान की खरीदारी के लिए घर से खाली पेट न निकलें।
- खरीदारी करने के लिए जाते समय कम पैसे साथ ले जाएँ।
- मुख्य भोजन व स्नैक्स के बारे में योजना बनाएँ।
- बचे हुए खाने को तुरंत डिब्बों में वापस डाल दें या बाद में खाने के लिए फ्रिज या फ्रीजर में रख दें।
- परिवार के लोगों को पौष्टिक व सेहत के लिए फायदेमंद खाना खाने के लिए कहें।
- स्नैक्स खाने के बजाय विकल्प के तौर पर दूसरी गतिविधियों को अपनाएँ।
- ताजे फल व सब्जियाँ खाएँ।

अपने व्यवहार में सुधार करें ताकि आप कम खाएँ

- धीरे-धीरे खाएँ और हर टुकड़े का स्वाद महसूस करें।
- खाने के दौरान काँटा नीचे रखें।
- खाने के बीच-बीच में 2-3 मिनट की देरी करें। खाते हुए दूसरों से बातचीत करें।
- मनपसंद स्नैक को खाने की इच्छा को 10 मिनट तक टालें।
- बहुत बार खाने को चबाएँ।
- छोटी प्लेट में खाना सर्व करें।
- प्लेट में खाने के एक-दो कौर छोड़ दें।
- मात्रा आधी कर दें ताकि बाकी मात्रा फिर ली जा सके।

वजन पर नजर रखनेवाले कई बार आहार प्रबंधन में चूक कर बैठते हैं और ज्यादा खा लेते हैं। फिर बाद में पछताते हैं। यहाँ तक कि वजन घटाने की अपनी कोशिशें ही बंद कर देते हैं। इस तरह निराश नहीं होना चाहिए, बल्कि सकारात्मक ढंग से अपने-आपसे बात करें, "मैंने केक का एक टुकड़ा खाया; कोई बात नहीं। एक स्लाइस से वजन नहीं बढ़ेगा। हाँ, अब आगे से ध्यान रखना होगा और संतुलित भोजन करते रहना होगा।"

उन भावनाओं को भी पहचानें जो आपको खाने के लिए उकसाती हैं। अगर आप गुस्सा होने या अकेलापन महसूस करने पर जरूरत से ज्यादा खाते हैं तो बहुत ही सकारात्मक ढंग से ऐसी भावनाओं से निबटें।

एक्सरसाइज का कमाल

प्रमाणों की संख्या बढ़ रही है और हमेशा से अधिक विश्वसनीय है।

- शारीरिक कार्य न सिर्फ हमारा वजन नियंत्रित करने में मदद करते हैं; बल्कि हमारी हड्डियाँ, मांसपेशियाँ व जोड़ मजबूत करते हैं; तनाव व चिंता के लक्षणों में कमी आती है व डायबीटीज, ब्लडप्रैशर, हृदय-रोग व आघातों के खतरों में भी कमी आती है। एक्सरसाइज करने से बोरियत व उदासीनता भी दूर होती है, नियंत्रण करने की भावना में वृद्धि होती है। सबसे महत्त्वपूर्ण बात तो यह है कि शारीरिक व्यायाम व्यक्तित्व में सुधार करता है और आत्मविश्वास निर्मित करता है।
- सक्रिय व गतिशील होकर हर उम्र के लोग अपने स्वास्थ्य व तंदुरुस्ती में सुधार कर सकते हैं।
- सक्रिय जीवनशैली आरंभ करने के लिए कभी देर नहीं होती।
- फायदा हो, इसके लिए शारीरिक गतिविधि का थकानेवाला होना जरूरी नहीं है।
- एक्सरसाइज करने के लिए आपको किसी जिम या हेल्थ क्लब में जाने की जरूरत नहीं है। दैनिक जीवन में भी सक्रियता कायम रखी जा सकती है जिससे समान रूप से स्वास्थ्य को फायदा पहुँचता है।
- विशेषज्ञ मानते हैं कि हफ्ते में 5 दिन कम-से-कम अत्यधिक तीव्रता के साथ 20-30 मिनटों तक किया गया कार्य या संतुलित ढंग से एक घंटे की गई शारीरिक गतिविधियाँ पर्याप्त होती हैं।

– घर के बाहर सैर के लिए जाएँ। तीन बार 10 मिनट तक की गई सैर 30 मिनट की सैर के बराबर ही फायदेमंद रहती है।

– लिफ्ट की बजाय सीढ़ियों का प्रयोग करें।

– कार से जाने की बजाय पैदल या साइकिल से जाएँ।
– जहाँ पहुँचना है उससे थोड़ी दूरी पर कार पार्क करें व बाकी दूरी पैदल चलकर जाएँ।
– घर के कार्य स्वयं करें : सफाई, कपड़े धोना, बागवानी आदि। इन सबसे कैलोरी खर्च होती है।
– गतिविधियाँ बदलते रहें ताकि आपको बोरियत महसूस न हो। दौड़ें, साइकिल चलाएँ, स्केटिंग करें–संभावनाएँ असीमित हैं।
– टी.वी. देखने व वीडियो गेम्स खेलने में ज्यादा समय बरबाद न करें। यहाँ तक कि किताब पढ़ने और ताश खेलने में अत्यधिक ऊर्जा खर्च हो जाती है।
– डांस करें। इससे एक घंटे में 300 से अधिक कैलोरी खर्च हो जाती है।
– बच्चों या पालतू पशुओं के साथ खेलें। अगर काम से आने के बाद या कोई काम करने के बाद ऐसा करना कठिन लगे तो पहले करें।
– कॉफी ब्रेक्स के बजाय फिटनेस ब्रेक्स लें–चलना या डेस्क पर बैठे-बैठे एक्सरसाइज करना।
– टी.वी. देखते हुए एक्सरसाइज करें (हाथों के वेट्स, खड़ी साइकिल, ट्रेडमिल या स्टैपर पर चलना)।
– अपनी कार व ऑफिस में आरामदायक जूते रखें।

तो शुरू करें

एक दिन में 30 मिनटों तक शारीरिक गतिविधि करते रहने का वही प्रभाव होता है जो हफ्ते में पाँच दिन 20–60 मिनटों के लिए जिम में तेजी से एक्सरसाइज का। नियमित एक्सरसाइज के द्वारा मांसपेशी के आकार को निर्मित करने से (विशेषकर स्ट्रेंथ ट्रेनिंग से) सोते समय में भी कैलोरी खर्च होती है।

- ऐसी गतिविधियों का चयन करें जो करने में आपको सबसे अधिक आनंद आता है।
- किसी गतिविधि को करने के समय में धीरे-धीरे वृद्धि करते जाएँ या उसकी तीव्रता में वृद्धि करते जाएँ या दोनों करें।
- दिलचस्पी व फायदों की सूची बढ़ाने के लिए अपनी गतिविधियों में विविधता लाएँ।
- अपने प्रयासों को सराहें व इनाम दें।

आप जो भी एक्सरसाइज चुनें, वह आसानी से की जानेवाली, सुखद व बजट में हो। तभी आप उसे जीवन-भर कर सकते हैं।

स्वास्थ्य व तंदरुस्ती के लिए नियमित रूप से एक्सरसाइज करना सबसे फायदेमंद हो सकता है। लेकिन क्या शुरुआत करना ही सबसे कठिन काम नहीं है?

एक्सरसाइज न करने के लिए दिए जानेवाले बहानों से आप इस तरह छुटकारा पा सकते हैं :

मेरे पास समय नहीं है; यह असुविधाजनक है।	एक हफ्ते तक अपनी दैनिक गतिविधियों पर नजर रखें। हफ्ते में कम-से-कम 30 मिनट का वह समय निर्धारित करें जिसका इस्तेमाल आप किसी भी तरह की शारीरिक गतिविधि के लिए कर सकते हैं। ऐसी गतिविधियाँ चुनें जिनमें कम-से-कम समय लगता हो, जैसे चलना, जॉगिंग या सीढ़ी चढ़ना।
एक्सरसाइज बोरियत भरी है।	नियमित रूप से अपने किसी मित्र को अपने साथ एक्सरसाइज करने के लिए आमंत्रित करें और अपने कैलेंडर पर लिखें। किसी एक्सरसाइज ग्रुप या क्लास में शामिल हो जाएँ।
परिवार के सदस्यों के प्रोत्साहन, समर्थन व साथ की कमी।	मित्रों व परिवार के लोगों को एक्सरसाइज के प्रति अपनी रुचि के बारे में समझाएँ। जिनमें एक्सरसाइज की जा सके, ऐसी सामाजिक गतिविधियाँ आयोजित करें। शारीरिक रूप से सक्रिय लोगों से मित्रता करें। वाईएमसीए या हाइकिंग क्लब जैसे ग्रुप के सदस्य बन जाएँ।
एक्सरसाइज करने के लिए ऊर्जा बाकी नहीं है।	अपने को यकीन दिलाएँ कि अगर आप एक बार अपने को मौका दें तो शारीरिक गतिविधि आपके ऊर्जा के स्तर में वृद्धि कर देगी, फिर इसे आजमाएँ। दिन की शुरुआत होते ही एक्सरसाइज करें, दिन के समाप्त होने के लिए इसे न छोड़ें।

पारिवारिक दायित्व/बच्चों को अकेला नहीं छोड़ सकते।	अगर बच्चों को घर में नहीं छोड़ सकते, उन्हें अपने साथ ले जाएँ, साथ सैर करने जाएँ, दौड़ने वाले खेल खेलें, बच्चों के लिए रस्सा ले जाएँ और इकट्ठे एक्सरसाइज करें या घर पर भी रस्सा कूद सकते हैं। व्यायाम करें, स्थिर साइकिल चलाएँ या बच्चे जब खेल में व्यस्त हों या सो रहे हों तो घर के जिम के उपकरणों का इस्तेमाल करें। एक्सरसाइज तभी करने की कोशिश करें जब बच्चे घर में न हों (जैसे उनके स्कूल जाने या सोते समय)।
मुझे बहुत घूमना पड़ता है।	बाहर जाएँ तो अपने बैग में एक रस्सा रख लें। सैर करें। स्थानीय शॉपिंग मॉल में जाएँ और आधा घंटा या अधिक देर तक चलें। ऐसी जगह रहें जिनमें स्वीमिंग पुल या हेल्थ क्लब, जिम आदि हों। अपने साथ एक छोटा टेपरिकॉर्डर ले जाएँ। ऐरोबिक एक्सरसाइज टेप भी साथ रखें। योग एक ऐसा व्यायाम है, जो होटल के कमरे में भी किया जा सकता है।

एक्सरसाइज करें और वजन घटाएँ

डाइट पर नियंत्रण न भी रखें, तो हम बस एक्सरसाइज करके भी वजन घटा सकते हैं–लगभग दो या तीन किलोग्राम। यह कटौती इस बात पर निर्भर करती है कि हम कितनी प्रबलता से कितनी देर तक किस प्रकार की एक्सरसाइज कर रहे हैं।

यही नहीं, अगर शुरू-शुरू में वजन न भी घटे तो इसका मतलब यह नहीं है कि हमारे शरीर की वसा (चर्बी) कम नहीं हो रही। सच तो यह है कि शारीरिक गतिविधि से आरंभ में तो मांसपेशियों का आयतन बढ़ता ही है, क्योंकि पेशियों का घनत्व उस वसा से कहीं अधिक होता है जिसकी जगह लेकर वह बढ़ रही है। यानी हो सकता है कि शुरुआत में वजन में कोई

बदलाव न हो। हाँ, हम एक्सरसाइज करते रहें तो यह अनुपात बदल जाता है और वसा (चर्बी) घटने से हमारा वजन भी कम होने लगता है।

एक्सरसाइज के किसी भी ऐसे प्रोग्राम को प्रभावी होने के लिए कम-से-कम दो महीनों का समय दें।

सबसे महत्त्व की बात तो यह है कि एक्सरसाइज के परिणामस्वरूप हमारा वजन फिर से बढ़ना शुरू नहीं होता। कुछ अध्ययन यह भी दर्शाते हैं कि पाँच साल बाद 20 मोटे व्यक्तियों में से एक ही अपना वजन कम रख पाता है। फिर भी कहा जा सकता है कि नियमित और योजनाबद्ध शारीरिक गतिविधि से दीर्घकाल तक हम अपना वजन घटाए रह सकते हैं।

7.4
क्या आप अपना पेट कम कर सकते हैं?

आपने अभी-अभी ऑफिस में लंच किया है और आपका सहकर्मी आपको प्रसाद का एक बड़ा-सा लड्डू देता है। आप आस्था की वजह से उसे ले लेते हैं, थोड़ी देर बाद आपकी सेक्रेटरी एक प्लेट में समोसे व गुलाबजामुन लेकर आती है, क्योंकि परीक्षा में उसका बेटा बहुत अच्छे अंकों से उत्तीर्ण हुआ है। आप उसे भी खा लेते हैं और फिर एक कप चाय पीते हैं—आपके अनुसार हर चीज को पचाने के लिए। उसके बाद आप घर पहुँचकर चाय के साथ नमकीन या अन्य कोई स्नैक लेते हैं। थोड़ी देर बाद, रात के खाने का समय हो जाता है। इसमें कोई नई बात नहीं है, है क्या?

अगर हम सावधानी न बरतें तो हमारा पेट बिना तल्ली के गड्ढे के समान बन सकता है। आप अपने पेट के आकार को सिकोड़कर खाए जानेवाले भोजन की मात्रा को सीमित कर सकते हैं।

आप जितना ज्यादा खाएँगे, उतना ज्यादा आप खा सकते हैं।

यह सही है। प्राकृतिक रूप से पेट का आकार आपकी बंद मुट्ठी जितना होता है। पेशी होने के कारण, इस्तेमाल किए जाने के अनुसार यह फैलता व संकुचित होता है। जब यह भर जाता है तो यह फैलता है, जब यह खाली हो जाता है तो वह अपने मूल आकार में आ जाता है। अगर, आप आदतन अत्यधिक भोजन करते हैं तो पेट की पेशियाँ अपना स्वाभाविक लचीलापन खो देती हैं और पेट फैल जाता है।

इसलिए आवश्यकता से अधिक खाने से पेट का आकार बढ़ जाता है। बदले में, इस बढ़े हुए पेट की क्षमता अधिक खाने को प्रेरित करती है। इस तरह अगर पेट का आकार छोटा होगा, आपका पेट बहुत शीघ्रता से भर जाएगा। जिन लोगों के पेट का आकार बड़ा होता है, पेट की स्नायु कोशिकाएँ मस्तिष्क को पेट के भरे होने का संकेत तब तक नहीं देती हैं, जब तक कि उसे बड़ी मात्रा में खाना न मिले। इस प्रकार बड़े, बाहर निकले पेटवाले लोगों को पेट भर गया है, महसूस करने के लिए अधिक मात्रा में खाना खाने की जरूरत पड़ती है, जो आवश्यकता से अधिक होता है।

अपने पेट की पेशियों को सिकोड़ें? हाँ! आप कर सकते हैं।

सुनने में बेशक यह असंभव लगे, पर अनुसंधान दर्शाते हैं कि पेट को उसके मूल आकार में वापस लाना संभव है।

कोलंबिया यूनिवर्सिटी में गेलीब्टर और उसके साथियों ने चार हफ्तों तक 600 कैलोरी आहार दिए जानेवाले मोटे लोगों के पेट की क्षमता को पहले व बाद में मापा। इन लोगों के पेट का आकार 27 प्रतिशत घट गया था। यही नहीं, ये डाइट करनेवाले लोगों को डाइटिंग न करनेवाले लोगों की अपेक्षा 36 प्रतिशत छोटे पेट की क्षमता पर ही पेट के 'भरे' होने की संवेदना का अहसास हुआ। इस तरह उनका 9 किलो वजन भी कम हो गया।

प्रत्येक भोजन के समय खाने की मात्रा को घटाने से पेट के प्रतिदिन फैलने में कमी आ जाती है और समय के साथ इसका आकार सिकुड़ जाता है। साथ ही, आपको पूरी तरह से संतुष्टि का अहसास दिलानेवाले भोजन की मात्रा में भी कमी आ जाती है।

शीघ्रता व सुरक्षित ढंग से अपने पेट को घटाने के कुछ टिप्स :

1. कभी भी किसी भी समय का भोजन न छोड़ें

वजन घटानेवाले लोग सोचते हैं कि भोजन न खाकर वे कैलोरी बचा रहे हैं। वास्तव में, भोजन न करना अपने को भूखा रखने जैसा ही है और फिर जब भोजन किया जाता है तो उस पर टूट पड़ने जैसी हालत हो जाती है।

जागने के बाद आपका पहला आहार आपके मेटाबॉलिज्म की शुरुआत करता है। नाश्ता नहीं खाया तो दोपहर के भोजन के समय तक आपका मेटाबॉलिज्म काम करना आरंभ नहीं करेगा। इसका अर्थ हुआ कि आपने वसा खर्च करने के 3-4 घंटों को खो दिया है।

याद रखें, अगर आप भूखे रहेंगे तो आपका मेटाबॉलिज्म धीमा हो जाएगा। इसलिए पौष्टिक वसारहित भोजन का सेवन करें, पेट को भरा रखें और आपका मेटाबॉलिज्म एकत्रित वसा को खर्च करने का काम करता रहेगा।

2. बार-बार कम मात्रा में खाएँ

एक बार भोजन करने के बाद भी आपका पेट सिकुड़ या फैल सकता है। यह भोजन की मात्रा पर निर्भर करता है। जब आप हर 2-3 घंटे बाद लगातार कम मात्रा में कुछ खाते रहते हैं तो पेट अपने आप ही सिकुड़ना शुरू कर देता है। अनुसंधान दर्शाते हैं कि तीन बार अधिक मात्रा में भोजन करने के बजाय 5-6 बार अल्प मात्रा में भोजन करने से पेट 33% तक सिकुड़ सकता है।

3. धीरे-धीरे मात्रा घटाएँ

पेंसिलवेनिया स्टेट यूनिवर्सिटी में हुए एक अध्ययन से यह निष्कर्ष सामने आया है कि भोजन की मात्रा जितनी ज्यादा होगी, उतना ज्यादा खाना खाया जाता है। अनुसंधानकर्ताओं ने 51 पुरुष व महिलाओं को एक मुफ्त लंच में जितनी चाहे मकरौनी व चीज़ खाने को कहा। लिंग, आयु व वजन की परवाह किए बिना कम मात्रा की तुलना में सर्व की गई मात्रा ज्यादा होने पर लोगों ने 30% अधिक कैलोरी का सेवन किया।

आप भोजन की मात्रा को धीरे-धीरे कम करें। जब मात्रा में एकदम कमी आ जाती है तो पेट का एक भाग खाली रहता है और मस्तिष्क तक भूखे होने का संकेत पहुँचाता है। अगर धीरे-धीरे मात्रा को घटाया जाता है तो बिना किसी दिक्कत के पेट सिकुड़ जाता है।

कम मात्रा में खाने या अपना व्यंजन किसी और के साथ बाँटने का प्रयास करें। आपको संतुष्टि मिलेगी। ध्यान रहे, थोड़ा-सा चखना भी उतना ही संतुष्टिदायक हो सकता है जितना कि आइसक्रीम का पूरा कटोरा जल्दी से खत्म कर देना।

4. खाना खाने में कम-से-कम २० मिनट या ज्यादा समय लगाएँ

आपका पेट, मुँह व मस्तिष्क आपस में एक-दूसरे से जुड़े हुए हैं और आपके पेट को मस्तिष्क तक यह संकेत पहुँचाने तक कि आपका पेट भर गया है, 20 मिनट तक भोजन को चबाना पड़ता है। पेट भरा महसूस करना और सही ढंग से वजन घटाने के लिए आपको धीरे-धीरे 20 मिनट या उससे देर तक खाना चाहिए। इसका एक तरीका है कि एक कौर खाने के बाद चम्मच या काँटे को नीचे रख दें। उस कौर का लुत्फ उठाएँ और अपने मुँह में खाने को निगलने के बाद ही काँटे को दुबारा उठाएँ।

5. फाइबर से भरपूर पदार्थों की मात्रा बढ़ा दें

जिन भोज्य पदार्थों में फाइबर प्रचुर मात्रा में होता है यानी साबुत दालें, चपाती, सलाद आदि, उनसे पेट जल्दी भर जाता है। इसका अर्थ हुआ कि आपके अधिक मात्रा में खाना खाने से बहुत पहले ही आपका पेट 'भर' जाने का सिग्नल मस्तिष्क तक पहुँचा देता है। आप जो भी चीज खाते हैं उसे ज्यादा आसानी से आपके पाचन तंत्र से निकल जाने में भी फाइबरयुक्त भोजन मदद करते हैं।

6. बहुत अधिक पानी पीएँ

सक्रिय मेटाबॉलिज्म या एकत्रित फैट को खर्च करने के लिए बहुत अधिक पानी पिएँ। प्रतिदिन कम-से-कम 8-10 गिलास पानी पिएँ।

खाना खाने से पहले एक गिलास पानी पिएँ। ठंडापन आपके पेट को हलका-सा सिकोड़ देता है जिससे आप पेट जल्दी भरा महसूस करेंगे।

7. अपने पर विश्वास रखें

जब आपका दिमाग एक ही बात पर केंद्रित रहता है तो वैसा ही हो जाता है। एक सकारात्मक दृष्टिकोण व आशावादी प्रवृत्ति रखने से तेजी व आसानी से वजन घटाने में मदद मिलती है। नकारात्मक विचारों को अपने से दूर रखें। उदासी, तनाव, चिंता, डर, पछतावा व क्रोध जैसे संवेग हमें ज्यादा खाने को उकसाते हैं।

गैस्ट्रिक बाइपास सर्जरी : मोटापे का अंत

रोग की दशा तक पहुँचे मोटापे का इलाज कई बार ऑपरेशन के जरिए भी किया जाता है। यह ऑपरेशन विशेषकर उन लोगों पर किया जाता है जिनका बीएमआई 40 हो। बीएमआई 35 वाले उन लोगों पर भी यह ऑपरेशन किया जाता है जिन्हें किसी अन्य प्रकार का उदर संबंधी जोखिम हो।

इस शल्यक्रिया का उद्देश्य होता है उदरीय या आंत्रिक वाहिका (जीआई ट्रैक्ट) में प्रविष्ट होनेवाले आहार की मात्रा को घटाना या वाहिका में उसका अंतर्ग्रहण कम करना। गैस्ट्रिक बाइपास नाम का यह ऑपरेशन आजकल लोकप्रिय हो रहा है। इस ऑपरेशन के द्वारा उदर के आयतन को काँच की बड़ी बोतल के आकार से घटाकर छोटी बोतल जितना किया जाता है। इसमें शल्य-चिकित्सक स्टेनलैस स्टील के स्टेपल लगाकर उदर को दो भागों में विभाजित कर देता है और आहार के लिए केवल छोटा भाग खुला रखता है।

हाल के वर्षों में, पश्चिमी देशों में गैस्ट्रिक बाइपास सर्जरी की लोकप्रियता बढ़ती जा रही है। एक साल में ही पेशेंट अपना वजन 60 प्रतिशत कम करने में सफल हुए है। सन् 2009 में यूएसए में एक लाख से ज्यादा लोगों ने यह ऑपरेशन कराया।

विशेषज्ञों की सलाह है कि यह एक बड़ा ऑपरेशन होता है। यूँ ही यह ऑपरेशन नहीं करा बैठना चाहिए। कारण–

- 15 प्रतिशत केसों में ऑपरेशन असफल हो जाता है।
- सात प्रतिशत केसों में इसके परिणामस्वरूप फेफड़ों में रक्त के थक्के बन जाते हैं या नमूनिया और संक्रमण (छूत) जैसे रोग हो जाते हैं। कई बार फिर से बनी आंत्र में से रिसाव होने लगता है।
- सौ में से एक रोगी की मृत्यु की संभावना भी रहती है।

सर्जनों की राय है कि जब तक मोटापा घोर रुग्ण अवस्था तक न पहुँचे, यह ऑपरेशन नहीं कराना चाहिए।

7.5

क्या आपके बच्चे का वजन ज्यादा है?

जब भी आपको बहुत से बच्चे नजर आएँ तो रुकें व उन्हें देखें। आपको बहुत सारे मोटे बच्चे दिखाई देंगे। यह कोई संयोग की बात नहीं है। कुछ दशकों पहले जितने मोटे बच्चे थे, उससे कहीं ज्यादा आज हैं।

पश्चिम के विपरीत भारत में बचपन में होनेवाले मोटापे की समस्या हाल के वर्षों में ही उत्पन्न हुई है। समृद्धि–विशेषकर भारत के शहरों में–अब बच्चों के स्वास्थ्य पर असर डाल रही है। पाँच भारतीय महानगरों–दिल्ली, मुंबई, चेन्नई, हैदराबाद और कोलकाता में हुए नवीनतम अनुसंधानों के अनुसार स्कूल जानेवाले हर पाँच बच्चों में से एक बच्चा मोटा है। इन आँकड़ों की तुलना अमेरिका से की जा सकती है जहाँ मोटापे को एक महामारी की तरह घोषित किया गया है। अगर यही स्थिति बनी रही तो अगले दस वर्षों में मोटे बच्चों की संख्या बढ़कर दुगनी हो जाएगी।

बच्चों के मोटे होने को लेकर हम चिंता क्यों करें?

मोटे बच्चों को बड़े होने पर स्वास्थ्य संबंधी समस्याएँ हो जाती हैं। वह अतिरिक्त वजन उन्हें मधुमेह, उच्च रक्तचाप, आघात व हृदय रोगों के खतरे में डाल देता है। अत्यधिक वजन रीढ़, नितंब व घुटनों के जोड़ों पर दबाब डालता है जिससे कमजोरी उत्पन्न करनेवाला गठिया हो जाता है। यकृत की बीमारियों, कैंसर व अन्य गंभीर बीमारियों की वजह से होनेवाले खतरों व मृत्यु में लगातार बढ़ोतरी हो रही है।

मोटापे से ग्रस्त बच्चों के साथ समाज में भी पक्षपात किया जाता है। उन्हें आमतौर पर 'आलसी', 'मूर्ख' व बेकार समझा जाता है। उनके दोस्त उनका मजाक उड़ाते हैं और वे सबसे दूर रहने को मजबूर हो जाते हैं। परिणामस्वरूप, उनके अंदर आत्मसम्मान व आत्मविश्वास की कमी हो जाती है और अकसर वे आत्महत्या करने पर भी बाध्य हो जाते हैं।

यही नहीं, बचपन की खाने की आदतें वयस्क बनने पर भोजन के स्वाद व शरीर के मेटाबॉलिक दर को निर्धारित करती हैं। सबसे अधिक चिंताजनक विषय है कि तमाम स्वास्थ्य, सामाजिक व मनोवैज्ञानिक समस्याओं के साथ मोटे बच्चे वयस्क बनने के बाद भी मोटे ही रहते हैं।

मोटापे की एक संभावना

आमतौर पर बचपन में मोटा होना 5 और 6 साल के बीच शुरू होता है और किशोरावस्था के दौरान भी अध्ययन दर्शाते हैं कि जो बच्चा 10–13 वर्ष की आयु में मोटा होता है, उसके वयस्क होने के बाद भी मोटे होने की 80 प्रतिशत संभावना रहती है।

मोटे होने की संभावना तब और बढ़ जाती है जब माँ या पिता में से कोई एक मोटा हो। अगर एक अभिभावक मोटा है तो बच्चे के मोटा होने की 50 प्रतिशत संभावना होती है। जहाँ माता-पिता दोनों मोटे होते हैं, वहाँ बच्चे के मोटे होने की 80 प्रतिशत संभावना होती है।

जीवन के लिए वजन

जीवन के आरंभिक वर्षों में वसा कोशिकाएँ (फैट सैल) निर्मित होती हैं। जब बच्चे की आहार लेने की मात्रा जरूरत से ज्यादा होती है तो अधिक-से-अधिक वसा-कोशिकाएँ निर्मित हो जाती हैं। एक सामान्य बच्चे की तुलना में एक मोटे बच्चे में तीन गुना अधिक वसा कोशिकाएँ हो सकती हैं। धीरे-धीरे नई वसा कोशिकाएँ बनना बंद हो जाता है और एक वयस्क में जीवन-भर के लिए निश्चित संख्या में ये कोशिकाएँ बनी रहती हैं।

शरीर जिस मात्रा में फैट को संग्रहित करना चाहता है, वह वसा कोशिकाओं की कुल संख्या पर निर्भर करता है। जितनी अधिक वसा कोशिकाएँ होंगी, वसा को संग्रहित करने की प्रवृत्ति उतनी ही अधिक बढ़ जाएगी। इसलिए अगर कोई व्यक्ति बचपन से ही मोटा है तो उसके शरीर में अधिक वसा कोशिकाएँ होती हैं और वह और अधिक वसा अपने अंदर समाने

की क्षमता रखता है। हालाँकि नियंत्रित आहार व नियमित एक्सरसाइज से वसा कोशिकाओं का आकार घट जाता है, लेकिन वसा कोशिकाओं की कुल संख्या में कमी नहीं आती है। इसी कारण जो मोटे वयस्क मोटे बच्चे थे, उनके लिए वजन घटाना अत्यंत मुश्किल होता है।

हमारे बच्चे मोटे क्यों हैं?

बच्चे क्या खाते हैं, किस तरह एक्सरसाइज करते व खेलते हैं, इसका सीधा असर बच्चों के मोटापे पर पड़ता है। हमारे समाज में मोटे बच्चों की लगातार बढ़ती संख्या के लिए माता-पिता निश्चित रूप से जिम्मेदार हैं। जानते हैं क्यों?

माँ गर्भावस्था के समय से ही बच्चे को मोटा करने में सहयोग देने लगती है। माँ अपने पसंदीदा भोजन का सेवन अधिक मात्रा में करती है और गर्भावस्था के दौरान शारीरिक सक्रियता में कमी कर देती है तो बच्चों का वजन जन्म के समय बहुत अधिक होता है। अनुसंधानों से यह सिद्ध हो चुका है कि जो बच्चे अधिक वजन के साथ पैदा होते हैं, वे बाद में भी मोटे ही रहते हैं। यही नहीं, शिशु, जिसके लिए 4 से 6 महीनों तक माँ का दूध ही उत्तम रहता है, को कैलोरी से भरपूर पाउडर दूध, फलों के रस व शिशु के लिए बने आहार खिलाए जाते हैं। अधिकांश मामलों में, प्यारा-सा गोल-मटोल शिशु एक साल का होते-होते मोटा हो जाता है। यही नहीं, बहुत ही आरंभिक अवस्था में बिना सोचे-समझे कुछ भी खा लेने की आदतें उनमें स्वास्थ्य के लिए हानिकारक भोज्य पदार्थों को खाने के लिए उकसाती हैं।

- अभिभावक प्यार व इनाम के रूप में खाने का इस्तेमाल करते हैं। 'बाहर घूमना' या 'मौज-मस्ती करने' का अर्थ किसी फास्ट फूड ज्वाइंट या रेस्टोरेंट में जाना जाता है।
- पौष्टिक भोजन घर में ही पकाना चाहिए। लेकिन जिन घरों में माता-पिता दोनों कामकाजी होते हैं, उन्हें बाहर से खाना मँगाना ज्यादा सुविधाजनक लगता है।
- पिज्जा, बर्गर, केक व आइसक्रीम जैसे फास्ट फूड आजकल खूब प्रचारित किए जाते हैं और उनमें अतिरिक्त स्वादवर्द्धक तत्त्व डाले जाते हैं। किसी भी फास्ट फूड रेस्टोरेंट में चले जाइए। वहाँ दिखाई देनेवाली चहल-पहल से साबित हो जाता है कि हमारे तरुणों में इनका क्रेज कितना बढ़ रहा है। यही नहीं, हर सर्विंग की मात्रा बड़ी होती जा रही है। आज फ्रेंचफ्राईज से भरे बड़े डिब्बे दिखाई देंगे और 200 मिलीलीटर की जगह 500 मिलीलीटर

का कोला मिलेगा। आइसक्रीम और पॉपकॉर्न की मात्रा का भी यही हाल है।

- फैशन व दोस्तों की देखादेखी बच्चे, विशेषकर युवा, घर से टिफिन लेकर नहीं जाते। अपने को आधुनिक कहलाने के चक्कर में वे कैंटीन में उपलब्ध बर्गर, नूडल्स, स्प्रिंग रोल्स, ब्रेड पकोड़ा जैसे जंक फूड का सेवन करते हैं। कोला और आइसक्रीम तो बहुत पसंद की जाती हैं।
- दावतों का चलन भी बहुत बढ़ गया है। जन्मदिन पर, बच्चे स्कूल की कैंटीन में पार्टी देते हैं। थोड़े बड़े बच्चे अपने मित्रों के साथ जंक फूड रेस्टोरेंट में जाकर जन्मदिन मनाते हैं।
- बच्चों की सारी मनपसंद गतिविधियाँ बैठकर करनेवाली हो गई हैं। टी.वी. व फिल्में देखना, वीडियो गेम्स खेलना, इंटरनेट पर चैट करना व टेलीफोन पर देर तक बातें करना अब बच्चों की जिंदगी का महत्त्वपूर्ण हिस्सा बन गए हैं।
- बच्चे अब स्कूल पैदल चलकर नहीं जाते। स्कूल में लंबे समय तक रहना, होमवर्क व ट्यूशन की वजह से बच्चों को घर से बाहर खेलने जाने का समय ही नहीं मिलता। एक्सरसाइज करने के लिए खुले स्थानों व अभिभावकों के निरीक्षण में कमी की वजह से हमारे बच्चे आलसी बन रहे हैं। जिस तरह ईनाम के रूप में भोजन को महत्ता दी जाती है, वैसे सजा के तौर पर एक्सरसाइज करने को कहा जाता है—'सौ बार उठक-बैठक लगाओ', 'पूरे ग्राउंड का चक्कर लगाओ।'
- अनेक स्कूलों में खेल या शारीरिक प्रशिक्षण सत्र कम हैं या हैं ही नहीं। कुछ स्कूलों में तो खेल के मैदान तक नहीं हैं।

टेलीविजन दोषी है!

आज के बच्चों का स्कूल जाने से भी बहुत पहले टीवी की दुनिया से नाता जुड़ जाता है। भारत में, 4 से 14 वर्ष के बच्चे इसे देखनेवाला सबसे बड़ा वर्ग है (23%)। उसके बाद 15-25 वर्ष के लोग (22%), फिर 25-35 वर्ष के लोग (20%)।

टीवी ने बच्चों को घर में रहने को मजबूर कर उन्हें आलसी व सुस्त बना दिया है। आज बच्चे भागने व खेलने जैसी ऊर्जा प्रदान करनेवाली गतिविधियों पर कम-से-कम समय व्यतीत करते हैं। इतना ही नहीं, जब

बच्चे टीवी देखते हैं तो वे हानिकारक जंक फूड जैसे पॉपकॉर्न, चिप्स, आइसक्रीम, कोला, नमकीन व बिस्कुट आदि खाते रहते हैं। इनमें नमक व कैलोरी की मात्रा तो अत्यधिक होती है, पर फाइबर बिलकुल नहीं होता। टीवी पर जिन वस्तुओं के विज्ञापन दिखाए जाते हैं, उनमें भी कैलोरी अत्यधिक मात्रा में होती है।

यह देखा गया है कि जो बच्चे ज्यादा टीवी देखते हैं, उनके मोटे होने की संभावना भी अधिक होती है। इसलिए एक स्वस्थ जीवनशैली को अपनाने के लिए टीवी देखने की सही आदतों का विकसित करना महत्त्वपूर्ण है।

टीवी देखना किस तरह ज्यादा लाभप्रद बनाया जा सकता है?

सीमा निर्धारित करें: दो वर्ष से कम आयु के बच्चों को बिलकुल भी टीवी नहीं देखने देना चाहिए। बड़े बच्चे दिन में केवल एक घंटा ही टीवी देखें। बच्चों के कमरे में टीवी न रखें।

टीवी की जगह आकर्षक विकल्प तलाशें : बच्चों के पढ़ने, गेम्स खेलने, बातचीत करने, अन्य हॉबी अपनाने के लिए प्रोत्साहित करें। अपने बच्चों के साथ इन गतिविधियों में हिस्सा लें।

टीवी देखने के नियम बनाएँ : खाना खाते समय या घर का काम या होमवर्क खत्म करने से पहले टीवी देखने की अनुमति न दें।

पहले तय करें : अखबार में से पहले बच्चे को तय करने दें कि उसे कौन-सा कार्यक्रम देखना है। इसके लिए बार-बार चैनल न बदलें। कार्यक्रम खत्म होने के बाद टीवी बंद कर दें।

ध्यान रखें : आपके बच्चे टीवी पर क्या देखते हैं, इसके बारे में जानकारी रखें। ऐसे कार्यक्रम देखने के लिए उन्हें प्रोत्साहित करें जो ज्ञानवर्धक व अच्छे संस्कार सिखाते हों।

साथ मिलकर टीवी देखें : बच्चों के साथ बैठकर टीवी देखें। बाद में उनके साथ प्रोग्राम पर चर्चा करें।

उदाहरण प्रस्तुत करें : चूँकि बच्चे अपने अभिभावकों के आचरण का ही अनुकरण करते हैं, इसलिए स्वयं की टीवी देखने की आदतों पर नियंत्रण कर एक आदर्श प्रस्तुत करें।

क्या मेरा बच्चा मोटा है?

यह जानने के लिए कि आपके बच्चे का वजन अधिक है कि नहीं, इन बातों को जाँचें :

1. वयस्कों की तरह बीएमआई द्वारा जाना जाता है कि बच्चा मोटा है कि नहीं। इस फॉर्मूले के आधार पर अपने बच्चे (या युवा) की बीएमआई की गणना करें :
   वजन (किलोग्राम), [लंबाई (मीटर) × लंबाई (मीटर)]
   इस तरह अगर आपके बच्चे की आयु 9 वर्ष है, लंबाई 135 सेंटीमीटर व वजन 35 किलोग्राम है तो उसका बीएमआई 19.2 होगा।
2. अब आपको अपने बच्चे की बीएमआई की तुलना किसी मानक से करने की जरूरत है। वयस्कों से भिन्न, जहाँ बीएमआई आयु व लिंग के अनुसार नहीं होता, बच्चों के लिए बीएमआई की दर आयु व लिंग के अनुसार बदल जाती है।* कई देशों ने अपने नागरिकों के लिए आयु के अनुसार बीएमआई चार्ट प्रकाशित किए हैं। अमेरिका के एनसीएचएस/सीडीसी चार्ट का इस्तेमाल समृद्ध भारतीय बच्चों के लिए किया जा सकता है।
3. इन चार्टों में, आयु व लिंग के लिए 85% का इस्तेमाल अत्यधिक वजन के व 95% का बच्चों में मोटापे के संदर्भ बिंदु के लिए किया गया है। इस प्रकार अगर आपके बच्चे की बीएमआई आयु के हिसाब से 95% से अधिक है (यानी कि बीएमआई समान आयु व लिंग के 95% लोगों से ज्यादा है) तो आपका बच्चा मोटा है। अगर आयु के हिसाब से बीएमआई 85–95% के बीच आती है (जैसे कि उस उदाहरण में जिसमें 9 वर्ष के लड़के की बीएमआई 19.2 है) तो आपके बच्चे का वजन जरूरत से कहीं ज्यादा है (ओवरवेट)।
4. आयु के अनुसार, बीएमआई के हिसाब से जो भी बच्चे 85% से अधिक हैं, उनकी डॉक्टरी जाँच की जानी चाहिए। अगर कोई परेशानी न हो तो अभिभावक व बच्चों को बदलाव करने के लिए तैयार किया जाना चाहिए। और उनकी खाने की आदतों व कार्य करने के ढंग का सावधानीपूर्वक मूल्यांकन करना नितांत जरूरी है।

---

* जन्म के समय मध्यम बीएमआई 13 कि.ग्राम/एम2 जितना होता है, 1 वर्ष की आयु में वह बढ़कर 17 कि.ग्राम/एम2 हो जाता है, 6 वर्ष की आयु में घटकर 15.5 कि. ग्राम/एम2 हो जाता है और फिर 20 वर्ष की आयु में बढ़कर 21 कि.ग्राम/एम2 हो जाता है।

7.6

अधिक वजनवाले या मोटे बच्चों पर नियंत्रण

स्पष्ट है कि मोटापे की समस्या से निपटने के लिए बचपन से ही नियंत्रण कड़ा करना होगा। पर बहुत सख्ती बरती जाए तो परिणाम उलटा भी हो सकता है और कभी कम खाने और फिर एकदम बहुत अधिक खा जाने के दौर आने लगें। बच्चों में प्रवंचना (महरूमियत) और अकेलेपन की भावनाएँ उभर सकती हैं। वे अपने-आपको हीन भी समझने लगते हैं, और एनोरेक्सिया के साथ-साथ बुलीमिया जैसी आहार-संबंधी विकृतियाँ पैदा हो जाती हैं।

बच्चों में अत्यधिक वजन व मोटापे को नियंत्रित करने के लिए ये चार सिद्धांत अपनाएँ :

1. मोटापे और अधिक वजन को बच्चे की एक समस्या के रूप में स्वीकारें।
2. वजन नियंत्रण केवल वजन घटाने तक ही न केंद्रित हो जाए। बल्कि वजन को कायम रखना या वजन बढ़ने की दर को कम करना। (परिशिष्ट 3)
3. बच्चों से डाइट न करवाएँ। इसके बजाय, उन्हें एक स्वस्थ जीवनशैली जीने की महत्ता के बारे में सिखाया जाना चाहिए जिसमें नियंत्रित भोजन व सक्रिय दिनचर्या शामिल है।
4. मोटे बच्चों के वजन को नियंत्रित करने में अभिभावकों की मुख्य भूमिका होती है।

आइए, हम इन चारों सिद्धांतों पर विस्तार से चर्चा करते हैं।

यह स्वीकारें कि आपके बच्चे का वजन अत्यधिक है।
देखा जाए तो भारतीय मोटापे को एक समस्या के रूप में स्वीकृत नहीं करते, खासकर बच्चों में। पोषण विज्ञानियों के अनुसार, अभिभावकों को यह समझाना कि उनका बच्चा मोटा है और इसके लिए कुछ उपाय करने की जरूरत है, सबसे बड़ी परेशानी की बात है। वे दिन बीत गए जब मोटे-मोटे गालों और गोल-मटोल बच्चे के रूप में एक स्वस्थ बच्चे की छवि नजर आती थी। इसलिए सबसे पहले जरूरी है यह समझना कि आपका बच्चा ओवरवेट है।

वजन घटाने पर नहीं, वजन को कायम रखने पर ध्यान देना चाहिए।
मोटे वयस्कों की तुलना में मोटे बच्चों को एक फायदा है। अभी उनका विकास हो रहा है और लंबे होने पर अगर वे अपने वजन को नियंत्रित रख पाते हैं तो जल्दी ही मोटापे से उन्हें छुटकारा मिल जाता है।

इससे यह सुनिश्चित होता है कि पेशी के समूह व विकास के साथ कोई समझौता किए बिना वक्त के साथ शरीर के फैट का प्रतिशत घट जाता है। ध्यान रखें, एक बच्चा जितना बड़ा होता है, उसका अधिक वजन से छुटकारा पाना उतना ही कठिन होता है। अधिक वजनवाला 16 वर्षीय बच्चा–जिसकी लंबाई वयस्क की तरह हो चुकी है–वह वयस्क बनने पर भी वैसा ही रहता है। फिर वजन प्रबंधन योजना नियंत्रित खाने व लगातार बढ़ाए जानेवाली शारीरिक गतिविधि के द्वारा वजन बढ़ने की दर को धीमी करने पर केंद्रित हो जाती है।

एक स्वस्थ जीवनशैली अपनाने के लिए प्रेरित करें
सभी बच्चों को, चाहे उनका वजन कितना ही क्यों न हो, संतुलित मात्रा में खाने की आदतों (आंशिक कैलोरी सहित) व एक्सरसाइज (कैलोरी खत्म करने के लिए) को अपनाने व कायम रखने की आवश्यकता है। यही नहीं, मोटापा अकसर परिवार के कई सदस्यों को प्रभावित करता है, जिससे पौष्टिक व संयमित आहार लेना व नियमित एक्सरसाइज करना एक पारिवारिक गतिविधि बन जाती है। इससे बच्चे के लिए वजन कम करने की संभावनाएँ बढ़ जाती हैं।

अभिभावक व अत्यधिक वजनवाला बच्चा
याद रखें, एक अभिभावक के रूप में अपने ज्यादा वजनवाले बच्चे की देखभाल करने में आपकी महत्त्वपूर्ण भूमिका है। आप उनके टीचर, गाइड, आदर्श व कदम-कदम पर सहयोग देनेवाले सभी होते हैं।

वजन नियंत्रित करने की कोशिश तभी सफल हो सकती है, जब बच्चा खुद ऐसा करना चाहे। बच्चे से पूछें कि वह क्या चाहता है। अधिकांश बच्चे, जिनका वजन ज्यादा होता है, वे इस बारे में सतर्क होते हैं। पर नहीं जानते कि उन्हें क्या करना है या किससे सलाह लेनी चाहिए। इसलिए अपने बच्चे से इस समस्या के बारे में बात करने और उसे यह यकीन दिलाकर कि आप उसकी इसमें मदद करेंगे, वजन घटाने की राह में एक महत्त्वपूर्ण कदम है।

साथ-साथ, बच्चे के वजन की समस्या पर ध्यान केंद्रित करने के बजाय, हमेशा उसकी खूबियों व सकारात्मक गुणों की चर्चा करें। कभी भी बच्चे को उसके मोटे होने के कारण न चिढ़ाएँ। ऐसे शब्दों का प्रयोग न करें जो मोटापे की ओर इंगित करते हों जैसे 'लड्डू', 'मोटू', 'आलू' आदि। इससे बच्चा आहत महसूस करेगा।

मोटे बच्चे के साथ कभी भी समस्याग्रस्त बच्चे की तरह व्यवहार न करें। पूरे परिवार को अपनी जीवनशैली में एक सही बदलाव लाने की आवश्यकता होती है।

संतुलित आहार खाएँ-खिलाएँ

मोटापे की नींव गर्भावस्था व शिशुवस्था के दौरान ही पड़ती है। यह ध्यान रखते हुए कि मोटे शिशु बड़े होकर मोटे वयस्क बनते हैं, इन बातों का ध्यान रखें :

- गर्भावस्था के दौरान आपका ज्यादा वजन न बढ़े।
- पहले चार से छह महीनों तक शिशु को केवल स्तनपान ही कराएँ।
- बच्चा जब भूखा हो तभी उसे खिलाएँ। जबरदस्ती कुछ न दें।
- डिब्बाबंद आहारों में चीनी, तेल आदि न डालें।
- शिशु को आयरन, कैल्शियम व विटामिंस जैसे माइक्रोन्यूट्रिएंट्स पर्याप्त मात्रा में दें।
- वृद्धि को बीएमआई के अनुसार नापें, वह अत्यधिक न बढ़े।

बढ़ते बच्चे की स्वस्थ जीवनशैली विकसित करने का दायित्व माता-पिता पर होता है। खासकर माँ पर। माँ होने के नाते बच्चे को संतुलित आहार देना और अच्छी आदतें डालना आपकी जिम्मेदारी है। जानें कैसे।

माँ की भूमिका

संतुलित व पौष्टिक भोजन बनाएँ	संतुलित खाने के लिए मार्गदर्शन करें
• बच्चों को विकास, वृद्धि व ऊर्जा के लिए आहार की जरूरत होती है। कैलोरी की मात्रा कम करने से विकास पर असर पड़ सकता है। परिपक्व होने में विलंब हो सकता है, बच्चा वंचित महसूस कर सकता है और इससे जरूरत से ज्यादा खाने की समस्या में बढ़ोतरी हो सकती है। • नियमित रूप से उसे भोजन व स्नैक खाने को दें। • पौष्टिक व संतुलित भोजन के लिए फूड गाइड पिरामिड को एक गाइड की तरह प्रयोग करें। • ज्यादा कैलोरीवाले भोज्य पदार्थों की बजाय फल व सब्जियाँ अधिक खरीदें। • खाना पकाते समय वसा व चीनी का प्रयोग कम करें। घर में हमेशा ताजे फल व सब्जियाँ, मेवे, पौष्टिक कुकीज आदि रखें। • भोजन में बहुत सारी चीजें एक साथ न बनाएँ। जितने ज्यादा व्यंजन होंगे, उतना ज्यादा हम खाएँगे।	• बच्चों को तय करने दें कि उन्हें कब और क्या खाना है। • दूसरी बार खाना परोसने से पहले कुछ पल रुकें। • बच्चा अगर कहे कि उसका पेट भर गया है तो जबरदस्ती न करें। • तृप्ति व भूख के बारे में बच्चे को अपने अंतर्मन की बात सुनने दें। • खाने की मात्रा पर नजर रखें। • भोजन को इनाम की तरह न मानें। बार-बार चिप्स, नमकीन, बर्गर, चॉकलेट, कोला आदि खाने से उसे रोकें। • परिवार की तरह साथ बैठकर भोजन करें। • टीवी देखते हुए खाना खाने पर नियंत्रण करें। • खाना बनाने व घर का सामान खरीदने में बच्चे की मदद लें। • उनका मनपसंद भोजन खाने से उन्हें न रोकें। इस तरह वे उनके प्रति और आकर्षित होंगे।

खाने की आदतों में धीरे-धीरे, छोटे-छोटे बदलाव करें। इससे जीवन-भर कायम रहनेवाली आदतें निर्मित होने में मदद मिलती है।

बच्चे के आदर्श होते हैं अभिभावक

आप अपने बच्चों के लिए आदर्श होते हैं। वे अपने माता-पिता की ही आदतें अपनाते हैं। बचपन की ये आदतें वयस्क अवस्था तक कायम रहती हैं। आपको कुकीज खाते देखकर वे भी वैसा करते हैं। आपको घर का काम करते देखते हैं तो वे आपका हाथ बँटाने आगे बढ़ते हैं।

याद रखें कि हर चीज के जिम्मेवार केवल आप हैं।

आहार का चयन करने में बच्चों की मदद करना

अकसर माँ बच्चों के लिए ज्यादा मुश्किलें पैदा कर देती है। अगर बच्चा बहुत अधिक खाता है तो कई माँएँ कहती हैं—'तुम्हें इस तरह नहीं खाना चाहिए', 'तुम घर से भी ज्यादा विशाल हो जाओगे'।

क्या इस तरह कहकर आप बच्चे को कम खाने से रोक सकती हैं? निश्चित रूप से नहीं। इन बातों से तो बच्चा अपराधबोध से ग्रस्त हो सकता है।

एक और बेहतर तरीका है। जब आपका बच्चा स्नैक खाना चाहता हो तो आप कह सकती हैं, 'लग रहा है कि तुम्हें भूख लग रही है या तुम बोर हो रहे हो।' इस तरह बच्चा अपनी बात कह सकेगा, 'हाँ मुझे भूख लग रही है।'

बच्चे को संतुलित चीज खाने में मदद करें। 'चलो, तुम्हारे पेट से ही बात करते हैं। तुम्हें क्या लगता है कि तुम्हारा पेट क्या खाना पसंद करेगा जिससे तुम्हारी भूख मिट जाए?' जो बच्चा सोचता है कि बहुत सारी कुकीज खाकर पेट भरा जा सकता है, उसे कहा जा सकता है कि 'क्या तुमने इससे पहले एक साथ बहुत सारी कुकीज खाई हैं? तब तुम्हें कैसा लगा?' हर कदम पर हम अपने बच्चे को इस बात पर गौर करने में मदद कर सकते हैं कि उनका शरीर उन्हें क्या बता रहा है।

सक्रिय जीवनशैली अपनाने के लिए प्रोत्साहित करें

बच्चों के वजन नियंत्रण प्रोग्राम में अत्यधिक सक्रिय होना बहुत जरूरी है। उन्हें यह समझना जरूरी है कि सामान्य वजन के बच्चों को भी अपनी तंदुरुस्ती व स्वस्थ रहने के लिए सक्रिय रहना आवश्यक है।

वजन चाहे जो भी हो, बच्चे को स्वीमिंग, साइकलिंग, टेनिस, बेडमिंटन,

क्रिकेट आदि कोई खेल हफ्ते में कम-से-कम तीन बार जरूर खेलना चाहिए। सबसे ज्यादा जरूरी है निष्क्रियता या बैठे रहने की आदत को कम करना।

- सप्ताह के पाँच दिन टीवी केवल आधा घंटा व शनिवार व इतवार को एक घंटे तक ही देखें।
- कंप्यूटर पर काम करना, वीडियो गेम, प्ले स्टेशन, गेम वॉच आदि कम खेलें।
- घर के कामों में माता-पिता की मदद करें। इसके लिए आप स्वयं कोई ऐसा काम चुनें जो आप प्रतिदिन करते हों और उनसे करा सकें।
- ऐसे तरीके ढूँढ़ें जिनमें वे आपके साथ शारीरिक रूप से सक्रिय रह सकें। जैसे, इधर-उधर से चीजें लाना, उठाना-धरना, खाने की मेज लगाना, दौड़कर टेलीफोन ले आना या घंटी बजने पर दरवाजा खोलना, अलमारियाँ साफ करना या बागवानी में मदद करना आदि।

याद रखें, वजन घटानेवाली थोड़ी ही चमत्कारी कहानियाँ हैं। मोटे होने पर वजन घटाने के हिसाब से सफलता पाना सीमित है, पर भावनात्मक तंदुरुस्ती, पोषण स्तर और शारीरिक क्षमता के रूप में सफलता पाने के बारे में सोचना चाहिए।

भाग 8

भविष्य के लिए आहार

8.1
ऑरगैनिक आहार का बढ़ता क्रेज

ऑरगैनिक आहार आजकल हर जगह उपलब्ध है। ऑरगैनिक अनाज, आटा, चावल, दाल, मसाले, सब्जियाँ व फल भारत के प्रमुख स्टोरों में स्थान पा रहे हैं। धीमी गति से ही सही, ग्राहकों की उनके प्रति रुचि बढ़ रही है और स्वास्थ्य के प्रति सजग लोग उसे अपना रहे हैं।

आमतौर पर उपलब्ध आहार से हटकर ऑरगैनिक फूड उगाने की, उसकी साज-सँभाल की, और प्रोसेसिंग की विधियाँ अलग होती हैं। सरल शब्दों में कहें तो ऑरगैनिक आहारों की खेती में किसी प्रकार के रासायनिक उर्वरों और कीटनाशकों को इस्तेमाल नहीं किया जाता। उन पर किसी प्रकार का आणविक विकिरण नहीं किया जाता, न ही उनके उत्पादन के लिए आनुवंशिक (जैनेटिक) जीनों का परिष्कार किया जाता है। ऑरगैनिक मांस, मुर्गी, अंडे व दूध सहित सभी दुग्ध उत्पादों के लिए पशु-पक्षियों को किसी भी प्रकार के एंटीबायोटिक या ग्रोथ हार्मोन नहीं दिए जाते। केवल सामान्य उपचार किए जाते हैं। यहाँ तक कि उनके शरीर में किसी भी प्रकार की अनावश्यक दवाओं के प्रवेश से पूरी तरह दूरी बरती जाती है। वे सचमुच बीमार हों, तभी किसी पशु चिकित्सक की सेवाएँ ली जाती हैं।

ऑरगैनिक आहार अपनाने के विज्ञान कई कारण देता है :

स्वाद के लिए : ऑरगैनिक उत्पाद खाने में कई गुना स्वादिष्ट होते हैं। फलों व सब्जियों में रस व सुगंध भरपूर मात्रा में होती है।

अत्यधिक पोषण के लिए : ताजे ऑरगैनिक फूड अधिक पौष्टिक होते हैं

क्योंकि उनमें विटामिंस, मिनरल्स व एंटीऑक्सीडेंट्स 50 प्रतिशत अधिक मात्रा में निहित होते हैं। उनमें विटामिन ए, बी-कॉम्प्लेक्स व सी प्रचुर मात्रा में निहित होते हैं। जो शरीर के लिए रासायनिक विषाक्त पदार्थ निकालने के लिए अत्यंत जरूरी होते हैं। उनमें क्रोमियम व सेलेनियम (जो मधुमेह, हृदय धमनियों की बीमारियों व कैंसर से बचाव करते हैं) खनिज व कैल्शियम, बोरोन, लिथियम व मैग्निशियम प्रचुर मात्रा में होते हैं।

बेहतर स्वास्थ्य के लिए : ऑरगैनिक आहारों में कृत्रिम कीटनाशकों, शाकनाशकों, फफूँदीनाशकों व उर्वरकों से प्राप्त विषाक्त रसायन नहीं होते हैं। उनमें एंटीबायोटिक्स, पैदावार बढ़ाने व दूसरे जीवों को मारनेवाली दवाइयाँ भी निहित नहीं होती हैं, जो आमतौर पर दूध देनेवाली गायों व खेती में काम आनेवाले पशुओं को दी जाती हैं। एल्यूमिनियम, केडनियम, जस्ता व पारे जैसी हानिकारक भारी धातुएँ भी उनमें कम मात्रा में होती हैं। इसलिए इनमें कैंसर, हृदय रोगों, एलर्जी, स्नायुतंत्र के विकार व बच्चों में हाइपर एक्टिविटी जैसी आम बीमारियों को कम करने की संभावना होती है।

मानव जाति की सुरक्षा के लिए : ऑरगैनिक फूड का उत्पादन किसानों, अपनी बगिया में साग-सब्जी उगानेवालों व उनके परिवारों के लिए सुरक्षित रहता है। एशियाई प्रदेश के कृषि क्षेत्र में जुड़े 25 करोड़ कामगारों की अनैच्छिक विषायन से रक्षा करता है।

प्रकृति के संरक्षण के लिए : ऑरगैनिक खेत हमारी सुंदर व विविधतापूर्ण वन्यजीवन की रक्षा व पोषण करते हैं। वे भू-क्षरण को कम करते हैं और विलुप्त होने के कगार पर खड़े कई कीटों, पक्षियों की किस्मों को बचा सकते हैं।

आमतौर पर ऑरगैनिक आहार महँगे होते हैं। कई बार तो आम बिकनेवाले खाद्य पदार्थों की तुलना में 50-100 प्रतिशत ज्यादा महँगे होते हैं, क्योंकि इसकी पैदावार कम मात्रा में होती है और मजदूरों की खपत ज्यादा लगती है। फिर भी, इससे जुड़े फायदों की वजह से अधिक-से-अधिक लोग आज ज्यादा पैसे देने को तैयार हैं। वैसे भी ऑरगैनिक आहार उन उपभोक्ताओं की खास पसंद बनते जा रहे हैं जो अपने स्वास्थ्य व भोज्य पदार्थों के उत्पादन तंत्र को लेकर चिंतित हैं।

यह तो असंभव है कि दुनिया में ऑरगैनिक खेती पूरी तरह से प्रचलित खेती की जगह ले लेगी, लेकिन विकसित दुनिया में ऑरगैनिक पदार्थों की बिक्री 25 प्रतिशत तक बढ़ गई है। भारत में उच्च आयवाले उपभोक्ता के बढ़ते अनुपात को देखते हुए, यहाँ ऑरगैनिक आहार कोई चलन या फैड या अस्थायी फैशन प्रतीत नहीं होती।

8.2

हेल्थ फूड्स का उपलब्ध होना

हेल्थ फूड्स उन आहारों की शृंखला को कहते हैं जो हमारे आज के नियमित आहार में पूरक का काम करती है। इनमें पोषकता के साथ-साथ चिकित्सीय तत्त्व भी होते हैं। इनमें अजब तरह के नाम होते हैं और गुणों के बारे में बड़े-बड़े दावे किए जाते हैं। ये हमें जड़ी-बूटियों, अनाजों, फलों, बिस्कुटों, नमकीनों के रूप में या प्राकृतिक घटकों के कई तरह के मिश्रणों के रूप में मिलते हैं।

भारत में महँगे हेल्थ फूड की बिक्री बुटीकों व प्रमुख किराना आउटलैटों में या दवाओं की दुकानों के जरिए होती है। इनके निर्माता इन्हें 'संपूर्ण पोषण' का दर्जा देते हैं।

हेल्थ फूड्स की गिनती में आते हैं—स्पाइरूलीना (समुद्र में या तट पर होनेवाली एक तरह की हरी ऐल्जी या शैवाल), जिनसेंग (जिनसेंग झाड़ी की जड़), व्हीटग्रास (गेहूँ के नन्हें हरे पौधों का रस), ऐल्फैल्फा बूटी), तोफू (सोयाबीन की दही या सोयाबीन की चीज़) व मंचूरियन मशरूम। वस्तुतः प्राचीन काल से ही इन आहारों में असाधारण पौष्टिक व औषधिक शक्तियाँ मानी जाती रही हैं।

अन्य कुछ हेल्थ फूड हैं—म्यूजली (ओट्स, जौ, मकई या गेहूँ के साथ ताजा बेरियाँ, शहद और दूध), कौर्न फ्लेक (मकई, चीनी/शक्कर, साल्ट, विटामिन, आयरन व एंटीआक्सीडैंट्स), शहद (आमतौर पर जड़ी-बूटियों,

फलों, आँवले, नीम, गुलाब और गिरियों के साथ)... इनके अतिरिक्त और बहुत से आहार हेल्थ फूड की गिनती में आते हैं।

आज तेजी से तनाव, प्रदूषण, कीटनाशक और भोजन में जल्दबाजी की आदत आदि बढ़ रहे हैं। इस हालत में हेल्थ फूड की ओर झुकाव का महत्त्व लोगों को समझ में आ रहा है। यह सही है कि अभी तक इन आहारों की स्वास्थ्यकर और ऊर्जाप्रद शक्तियों का पूरा आकलन नहीं किया गया है, फिर भी उपभोक्ताओं का एक बड़ा वर्ग इनकी ओर उन्मुख हो रहा है। ऐसे उत्पादों की माँग लगातार बढ़ती जा रही है। आखिरकार हेल्थ फूड के माध्यम से अच्छा स्वास्थ्य हमसे बस एक दुकान की दूरी पर ही तो है...।

8.3
जीएम फूड्स : वे क्या हैं?

अगर ऑरगैनिक फूड्स प्रकृति की ओर लौटने के प्रतीक हैं तो जेनेटिकली मोडिफाइड फूड (आनुवंशिक जींस में फेरबदल करके बनाए गए फूड) प्रकृति पर विज्ञान की विजय के या इस बात के प्रमाण हैं कि आज के वैज्ञानिक आज के पौधों और जीवों से बदले हुए नए आहार बना पाने में सक्षम हैं।

जी हाँ, आज विटामिनों से भरपूर संतरे, कैंसर से लड़ने की क्षमतावाले टमाटर, वैक्सीन बनानेवाले केले या स्वास्थ्यप्रद आलू से बनी फ्रैंच फ्राइज खरीदने की बात अब सोची जा सकती है। यह करिश्मा है एक नई और क्रांतिकारी तकनीक का जिसे कहते हैं–*जेनेटिक मोडिफिकेशन : आनुवंशिक परिवर्तन* (बॉक्स देखें)।

स्वास्थ्य के लिए आहार कैसे बनाए जा रहे हैं

आज वैज्ञानिक ऐसे कई फलों व सब्जियों की किस्मों के जींस तैयार कर रहे हैं जो अधिक पौष्टिक, स्वास्थ्यकारी, कम महँगे व चिकित्सीय गुणों से युक्त हैं और जिन्हें लंबे समय तक सुरक्षित रखा जा सकता है।

आज इस तरह के परिष्कृत किए गए आहारों में एलर्जीमुक्त मूँगफली, अधिक मीठी स्ट्रॉबेरी, विटामिन-ए से भरपूर चावल, मकई की अधिक किस्में, प्रोटीन से भरपूर आलू, आयरनयुक्त चावल, वैक्सीनयुक्त बकरी व भेड़ का दूध आते हैं। वास्तव में यह सूची असीमित है। मछलियों की भी बहुत-सी किस्में हैं,

जैसे–साल्मन, ट्राउट व कैटफिश–जो अपने वन्य मित्रों की तुलना में 6 गुना अधिक तेजी से बढ़ती हैं और 40 गुना अधिक बड़ी होती हैं।

वस्तुतः जीएम फूड्स न केवल अलमारी में अपनी जगह बना रहे हैं, बल्कि कुकीज से लेकर आलू के चिप्स व बेबीफूड्स तक में अपनी पैठ बना रहे हैं। अमेरिका में, सारे प्रोसेस्ड फूड की दो-तिहाई किस्मों में–पॉपकॉर्न से लेकर सोया सॉस व कैंडी तक में एक या एक से अधिक जीएम तत्त्व निहित होता है।

भारत के लिए अपने यहाँ पैदा हुए जीएम फूड्स की निर्यात करने में बेशक कुछ समय लगे। हमारे पास विदेश से आयतित भोज्य पदार्थ बहुलता में हैं–कच्चा व संशोधित दोनों, जिनमें उत्पत्तिमूलक ढंग से संशोधित तत्त्व निहित हैं।

जेनेटिक मोडिफिकेशन

इस क्रांतिकारी तकनीक ने पौधों व पशुओं के गुणों की बेहतरी के लिए बदलना संभव कर दिया है। एक जीव से प्राप्त फायदेमंद जींस को अन्य जीवों में डाला जा सकता है। यहाँ तक कि ऐसे जीव में भी जो स्वाभाविक रूप से प्रजनन में अक्षम हैं। इस प्रकार, मानव के जींस लेकर उन्हें चूहों में, मछली से टमाटर में, जीवाणु से कॉटन में, जुगनूँ से मकई में डाला जा सकता है ताकि इस तरह की किस्मों की पैदावार हो सके जो अधिक पौष्टिक व फायदेमंद हो, किसी भी विपरीत स्थिति में उग सकें, अपने खुद के कीटनाशकों का उत्पादन कर सकें व लंबे समय तक उन्हें सुरक्षित रखा जा सके।

जीएम फूड्स या भस्मासुर फूड?

अगर जीएम फूड के फायदे स्पष्ट हैं तो उनके स्वास्थ्य पर होनेवाले दीर्घकालीन परिणामों के बारे में कोई नहीं जानता। आज तक, मानव जाति पर जीएम फूड्स के प्रभावों का मूल्यांकन करने के लिए बहुत कम ही अनुसंधान हुए हैं।

अगर आहार से प्राप्त परिष्कृत जीन को मानव में स्थानांतरित किया जाता है तो खतरा हो सकता है। उदाहरणतया, जीएम कॉर्न में एक जीन निहित होता है जो कीटनाशक उत्पन्न करता है। अगर जीएम कॉर्न से यह जीन हमारी आँतों में प्राकृतिक रूप से विद्यमान जीवाणु में प्रवेश कर जाए तो हमारी आँतों का जीवाणु जीवित कीटनाशक फैक्ट्रियों में बदल जाएँगे।

उसी तरह जीएम फसल में एंटीबायोटिक प्रतिरोध के लिए भी एक जीन निहित होता है। अगर यह जीन हमारी आँत के जीवाणु में चला जाए तो नई एंटीबायोटिक प्रतिरोधक बीमारियाँ उत्पन्न हो सकती हैं। जीएम फूड्स से एलर्जीकारक, टॉक्सिस, कैंसरजनित, या पोषक विरोधियों का मानव शरीर में बहुलता से उत्पादन भी हो सकता है।

हो सकता है कि इन हानिकारक प्रभावों को सिद्ध करने में कई वर्ष लग जाएँ। नवीनतम रिपोर्ट जीएम फूड्स का इस्तेमाल करने से होनेवाले खतरों की ओर इंगित करती है। पशुओं पर हुए अध्ययन दर्शाते हैं कि जीएम कॉर्न खानेवाले चूहों में आवयविक असामान्यताएँ हो गईं और रक्त कोशिकाएँ निर्मित होने में परेशानी आई। सुअरों में कृत्रिम गर्भावस्था या बाँझपन देखने को मिला। जर्मनी में जीएम कॉर्न खानेवाली गायों की रहस्यमय ढंग से मृत्यु हो गई।

मनुष्यों में भी हानिकारक प्रभाव देखे गए। ब्रिटेन में जीएम सोयबीन उपलब्ध होने के तुरंत बाद, सोया से होनेवाली एलर्जी 50 प्रतिशत अधिक हो गई। उसी तरह, जीएम कॉर्न की खेतीवाले क्षेत्रों के पास रहनेवाले फिलिपिंस के किसानों को बुखार, श्वासतंत्र की बीमारियों व त्वचा रोगों से जूझना पड़ा। विश्व के विभिन्न भागों से भी बीमारियों की खबर मिली। हम यह निश्चित तौर पर तो नहीं कह सकते हैं कि जीएम फूड्स ही इन बीमारियों की वजह हैं, इसलिए लंबे समय तक लगातार चलनेवाले परीक्षणों की आवश्यकता जरूर है।

जीएम फूड्स के स्वास्थ्य पर पड़ने पर संभावित अज्ञात नकारात्मक प्रभावों के डर ने लोगों की कल्पना को इतना ज्यादा भड़का दिया है कि उन्हें 'फ्रैंकिंस्टाइन' (भस्मासुर) फूड कहा जा रहा है। वस्तुतः अणु तकनीक को छोड़कर किसी अन्य तकनीक ने दुनिया भर में इतना तहलका उत्पन्न नहीं किया है। जीएम फूड्स का प्रतिरोध सबसे ज्यादा यूरोप में और उसके बाद जापान व अमेरिका में हुआ है।

क्या हमें जीएम फूड्स से डरना चाहिए?

चूँकि जीएम फूड्स के हानिकारक प्रभावों को सिद्ध करने (या सिद्ध न कर पाने) में लंबा समय लग सकता है, सावधान रहना बहुत जरूरी है। सबसे बड़ी समस्या तो यह है कि यह पहचानने का कोई भी तरीका (रूप-रंग, स्वाद या कुकिंग) नहीं है, कि खाया जानेवाला आहार जीएम है या नहीं। यहाँ तक कि अंतर्राष्ट्रीय फलक पर भी, जहाँ लेबल पर सामग्रियों व पोषक तत्त्वों की सूची देना अनिवार्य है, यह जानने का कोई तरीका नहीं है कि संपूर्ण आहार का संपूर्ण या कोई भाग उत्पत्तिमूलक ढंग से परिष्कृत किया गया है कि नहीं!

आज भारत में विदेशी आहार बहुतायत से उपलब्ध हैं। इन पदार्थों को सर्वश्रेष्ठ मानते हुए हम विभिन्न तरह के विदेशी आहार खाने के अभ्यस्त हो गए हैं। विदेशी ताजे फल, डिब्बाबंद जूस, मकई के दाने व बेक्ड बींस, नाश्ते में खाए जानेवाले भोज्य पदार्थ, बिस्कुट, सूप व मीट, बेबी फूड व चिप्स, केक मिश्रण व पास्ता, चॉकलेट व आइसक्रीम, सॉस व सीजनिंग अब हमारे प्रतिदिन के आहार का हिस्सा बन चुके हैं।

हालाँकि भारतीय कानून जीएम आहार का आयात करने की अनुमति नहीं देता है, फिर भी ये हमारे द्वारा सेवन किए जा रहे हैं। विदेशी आहार के जीएम होने या न होने की जानकारी का हमारे पास कोई तरीका नहीं है। यहाँ तक कि भारत में संसाधित होनेवाले भोज्य पदार्थ के लिए, यह जानना कठिन है कि क्या उनमें किसी भी तरह के विदेशी जीएम सामग्रियों का इस्तेमाल किया गया है! यह भी संभव है कि हर भारतीय शायद जीएम भोजन का ही सेवन कर रहा हो–जिसकी सुरक्षा के बारे में अभी तक अनिश्चितता है।

देश में आने से पहले जीएम घटकों के लिए सारे विदेशी भोज्य पदार्थों का ठीक से परीक्षण होना चाहिए। यही नहीं, जीएम फूड्स की व जीएम तत्त्वों से युक्त आहारों की विस्तार से लेबलिंग होना अनिवार्य कर देना चाहिए। इन सुरक्षा उपायों को विकसित करने की दिशा में भारत सरकार प्रयासरत है।

हमें विदेशी भोज्य उत्पादों का इस्तेमाल करने में बहुत सावधानी भी बरतनी चाहिए। जब तक उनकी सुरक्षा प्रमाणित होती है, अपने भारतीय उत्पादों पर कायम रहना ही अच्छा है।

8.4

आहार : दीर्घायु की कुंजी

हम सबने ऐसे लोगों की कहानियाँ सुनी हैं जो बूढ़े नहीं होते, और हमेशा सुंदर व युवा रहते हैं। अब विज्ञान ने भी यह सिद्ध कर दिया है कि मानवजाति के लिए भी बहुत जल्दी यह संभव होनेवाला है। अब तक दुनिया-भर के अनुसंधानकर्ताओं ने यह हिसाब लगाया है कि कैसे खमीर, कृमियों, मक्खियों और चूहों के जीवन को 30-40 प्रतिशत अधिक बढ़ा दिया जाए।

मानव अपने जैविक व प्रजनन की पराकाष्ठा पर 26 वर्ष की आयु में पहुँचते हैं। इसके साथ, वृद्ध होने की प्रक्रिया आरंभ हो जाती है और हम शिथिल, कमजोर, हृदयरोग व कैंसर जैसी बीमारियों की ओर प्रवृत्त होने लगते हैं।

विज्ञान अब वृद्ध होने की प्रक्रिया में देरी करने के तरीकों को ढूँढ़ रहा है, साथ ही मृत्यु का कारण बननेवाली बीमारियों से लड़ने के लिए शरीर की क्षमता को बढ़ाने के तरीकों को भी। लंबी आयु के साथ, विज्ञान को यह भी सुनिश्चित करने की जरूरत है कि वृद्ध व्यक्ति एक स्वस्थ व उर्वर जीवन जीता रहे। यहाँ तक कि 110 या 120 वर्ष की आयु तक भी।

बुढ़ापे को रोकने के लिए की जानेवाले विभिन्न शोधों में परिष्कृत जींस से लेकर कोशिकाओं में फ्री रेडिकल्स के कारण होनेवाले नुकसान से बचाना भी शामिल है। सबसे प्रचलित धारणा—कैलोरी पर बहुत ज्यादा रोक लगाने के द्वारा जीवन बढ़ाने का प्रयास अनेक प्रजातियों में बूढ़े होने की गति को धीमी करने में सक्षम रहा है।

कैलोरी पर प्रतिबंध लगाने का अर्थ है कि कम कैलोरीयुक्त आहार जो इसके बावजूद अनिवार्य पोषक तत्त्व प्रदान करे। प्रतिदिन एक-तिहाई कैलोरी की मात्रा में कमी करने से चूहों की आयु में 30 से 40 प्रतिशत तक वृद्धि हुई।

मेस्साचुसेट्स इंस्टीट्यूट ऑफ टेक्नोलॉजी में यीस्ट (खमीर) पर काम करते हुए भोजन के सेवन व बुढ़ापे के जींस की सक्रियता के बीच संबंध को प्रदर्शित किया गया है। जब आहार बहुलता में होता है, एसआरआई-2 जीन (बुढ़ापे को नियंत्रित करनेवाला जीन) निष्क्रिय होता है और बुढ़ापे के जींस को वृद्ध होने की प्रक्रिया को आगे बढ़ाने में मदद करता है। पर जब सीमित कैलोरी के कारण भोजन की आपूर्ति कम होती है तो एसआईआर-2 जीन बुढ़ापे के जींस को शांत कर जीव की जिंदगी को बढ़ा देता है।

यह यीस्ट की दीर्घ आयु के बारे में तो बता सकता है, लेकिन लोगों का क्या होगा? शोध अब एसआईआरटी-1 जीन पर केंद्रित की जा रही है—मनुष्य में यीस्ट जैसा ही जीन। हालाँकि यह बात अजीब ही लगती है कि अपने को भूखा रखते हुए वृद्ध लोग अपनी आयु को लंबा करना चाहें। परिणामस्वरूप, वैज्ञानिक 'कैलोरी रिस्ट्रिक्शन मिमेटिक्स' (नकलची) की खोज कर रहे हैं यानी कि वे औषधियाँ जो कि शरीर को यह सोचने के लिए प्रेरित करेंगी कि वह अत्यधिक रूप से घटाई गई डाइट का पालन कर रहा है। ऐसी दवाइयाँ अगले 5-10 वर्षों तक संभवत: बन जाएँ। अगर वे कामयाब होती हैं तो लोग 170 वर्षों तक जी पाएँगे और वह भी भरपूर सेहत के साथ।

मानव में एसआईआरटी-1 जीन रेड वाइन से प्राप्त होनेवाले फायदों के बारे में व्याख्या कर पाएँगे। रेस्वेरेट्रोल—अंगूरों के छिलके में निहित एक तरह एसआईआरटी-1—को सक्रिय करता है। ब्लूबेरी, रेड वाइन व पालक में भी निहित अन्य तत्त्व भी आयु बढ़ानेवाले समान गुण हैं।

सावधानी रखें: बुढ़ापे को जल्दी न आने देने के लिए कैलोरी सीमित करने का सिद्धांत अभी भी विकास की अवस्था में है और मानवजाति के लिए किसी भी तरह के बुढ़ापे को रोकने के उपाय सुझाने से पहले उन पर लंबे समय तक काम करने की जरूरत है। **केवल कैलोरी सीमित करने से बुढ़ापा आने में देरी नहीं हो सकती है और किसी को भी इसे आजमाना नहीं चाहिए।** जब तक कि ठोस परिणाम सामने नहीं आते और निर्णायक रूप से सिद्ध नहीं होते। आयु बढ़ाने के लिए पारंपरिक तरीकों यानी उपयुक्त वजन कायम रखना, धूम्रपान न करना, नियमित एक्सरसाइज व सावधानीपूर्वक ड्राइव करना आदि को अपनाना ही सुरक्षित है।

आधारभूत पोषक तथ्य

कार्बोहाइड्रेट्स

मानव आहार में, कार्बोहाइड्रेट्स एनर्जी (ऊर्जा) के मुख्य स्त्रोत हैं। प्रत्येक ग्राम कार्बोहाइड्रेट्स से प्रतिग्राम 4 कैल्स प्राप्त होते हैं। कार्बोहाइड्रेट्स या तो सादे या मिश्रित होते हैं। सादे कार्बोहाइड्रेट्स हमें चीनी, शहद, ग्लूकोज व फलों से प्राप्त होते हैं जो बहुत मीठे होते हैं। मिश्रित (कांप्लेक्स) कार्बोहाइड्रेट्स में स्टार्च आते हैं जो अनाजों, ज्वार, दालों, जड़ों व डंडियों में पाए जाते हैं।

फाइबर भी एक कार्बोहाइड्रेट ही है जिसे मनुष्य पचा नहीं सकते हैं और वह साबुत अनाजों, ज्वार व साबुत दालों, सब्जियों व फलों में पाया जाता है। फाइबर में कैलोरी नहीं होती है, पर यह गंभीर बीमारियों को रोकने में अत्यंत महत्त्वपूर्ण भूमिका निभाता है।

प्रोटींस

हमारे शरीर में लगभग आधा प्रोटीन मांसपेशियों के रूप में है। बाकी हड्डियों, उपास्थियों व त्वचा के रूप में होता है।

पशु से प्राप्त होनेवाले आहार, जैसे—दूध, मीट, मछली व अंडे व दालों जैसे पौधों से मिलनेवाले पदार्थों में प्रचुर मात्रा में प्रोटीन होते हैं।

पशु से प्राप्त होनेवाले प्रोटीन उच्च गुणवत्तावाले होते हैं क्योंकि उनमें अनिवार्य अमिनो एसिड्स के उपयुक्त अनुपात होते हैं। जबकि पौधों से मिलनेवाले प्रोटीन समान गुणवत्तावाले नहीं होते, लेकिन अनाजों व दालों को एक साथ खाने से शरीर को आवश्यक अधिकांश अमीनो एसिड्स मिल जाते हैं।

फैट्स

ऑयल्स व फैट्स एनर्जी के गाढ़े स्त्रोत होते हैं जो प्रतिग्राम 9 कैलारी प्रदान करते हैं। फैट्स-फैट-घुलनशील विटामिंस विशेषकर विटामिन ए व ई के लिए एक वाहन का काम करते हैं। आहार संबंधी फैट्स दो स्त्रोतों से आते हैं—अदृश्य फैट या पौधों व पशुओं से मिलनेवाले भोज्य पदार्थों में

विद्यमान फैट, या दिखाई देनेवाले फैट या खाना पकाते समय मिलाए गए फैट्स और ऑयल्स।

सैचुरेट्ड या हानिकारक फैट्स मक्खन, क्रीम, घी, सूअर की चरबी व हाइड्रोजेनेटड फैट्स (वनस्पति व मारग्रेरिन) में होते हैं।

पशु से प्राप्त वसा विशेषकर अंडों व अंगों के मांस में कॉलेस्ट्रोल होता है। वेजीटेबल ऑयल्स में कोई कॉलेस्ट्रोल नहीं होता और वे अनसैचुरेट्ड होते हैं। अनसैचुरेट्ड फैट्स मोनोअनसैचुरेट्ड या पोलीअनसैचुरेट्ड हो सकते हैं। मोनोअनसैचुरेट्ड शरीर के लिए बहुत फायदेमंद होते हैं। बादाम, काजू, अखरोट व मूँगफली जैसे मेवों में इस तरह के फैट होते हैं, साथ ही ऑलिव व केनोला ऑयल में भी।

पोलीअनसैचुरेट्ड फैट भी फायदेमंद फैट है। यह कॉर्न ऑयल, सैफ्फलावर ऑयल, सोयाबीन ऑयल व मेयोनीज में पाया जाता है।

विटामिंस

विटामिंस में कैलोरी नहीं होती है। ये शरीर की अनगिनत क्रियाओं व त्वचा, हड्डी, स्नायु, आँख, मस्तिष्क, रक्त व म्यूकस (श्लेष) झिल्ली की बनावट को बनाए रखने के लिए अनिवार्य होते हैं। ये या तो पानी में घुलनेवाले या वसा में घुलनेवाले होते हैं।

विटामिन ए, डी, ई व के फैट घुलनशील हैं। जबकि विटामिन सी और बी-कॉम्प्लेक्स पानी में घुलनेवाले हैं।

मिनरल्स

मिनरल्स से भी किसी तरह की कैलोरी नहीं मिलती है। इनकी आवश्यकता भी शरीर की हर प्रक्रिया के लिए पड़ती है—स्नायु कोशिका संचरण हो, एंजाइम व हार्मोन सक्रियता हो या खून के थक्के जमना। त्वचा, बाल, नाखून, रक्त व कोमल तंतुओं की सुव्यवस्था कायम रखने के लिए भी इनकी आवश्यकता पड़ती है।

महत्त्वपूर्ण खनिज हैं सोडियम, पोटाशियम, कैल्शियम, फॉसफोरस, मैगनीशियम व सल्फर। जिंक, कॉपर, सेलेनियम, मोलीवडीनम, फ्लोराइन, कोबाल्ट, क्रोमियम व आयोडीन भी महत्त्वपूर्ण मिनरल्स हैं।

❑❑❑